FOLIO SCIENCE-FICTION

Edgar Allan Poe

Le masque de la Mort Rouge

et autres nouvelles fantastiques

Traduit de l'américain
par Charles Baudelaire
et Alain Jaubert
Préface
de René Réouven

Gallimard

Journaliste de formation, critique littéraire, poète et romancier, Edgar Poe (1809-1849) a donné ses lettres de noblesse à la nouvelle fantastique et à la littérature policière. Longtemps méconnu aux États-Unis, il doit sa célébrité littéraire à Charles Baudelaire, qui a traduit en français la majeure partie de ses nouvelles.

Marqués par un extraordinaire humour noir, dominés par une logique du cauchemar morbide et inquiétante, ses contes fantastiques, qui reprennent et transcendent la tradition des romans gothiques anglo-saxons, ont gardé aujourd'hui encore tout leur pouvoir d'envoûtement.

L'homme hanté

Quand il est mort le poète, personne, d'abord, n'en a rien su. On avait trouvé, sur les quais de Baltimore, derrière les entrepôts de la Betheem Steel Company, un pauvre hère couvert d'ecchymoses, habillé de loques, gisant dans un état d'inconscience presque totale. Des marins l'avaient transporté au bureau de vote du 4ᵉ District, la campagne électorale battant alors son plein. Un peu plus tard, son état s'aggravant, l'homme avait été amené pour des soins plus actifs dans un bouge voisin, la *Cooth and Sargeant's Tavern*. Il y avait prononcé le nom du docteur Snodgrass, si bien qu'un des clients de l'établissement, nommé Walker, avait fait prévenir celui-ci. Le malheureux avait également balbutié son propre nom : Edgar Allan Poe. Il devait expirer trois jours plus tard au Washington Hospital, des suites, officiellement, d'un *delirium tremens* avancé.

Si Walker avait pris soin d'Edgar Poe, c'était parce que, typographe au *Baltimore Sun*, il n'était pas sans le connaître de réputation, moins par ses contes ou ses poèmes, œuvres pour lesquelles l'écrivain devait rester longtemps ignoré, qu'à cause de ses critiques littéraires parues dans plusieurs journaux...

Étrange destin que celui d'Edgar Allan Poe, mort aussi mystérieusement qu'avaient vécu ses créatures. Une adolescence tumultueuse, traversée de violents orages et de bonheurs fugaces, avait donné naissance à un homme mystérieux, double, triple, quadruple, tourmenté par la mythomanie. Au départ, un enfant de la balle, semble-t-il. Ses parents étaient comédiens itinérants. Orphelin à deux ans, il est recueilli en 1811 par un riche négociant de Richmond, John Allan, qui l'emmène en Angleterre jusqu'en 1820. De retour en Amérique, son père adoptif l'inscrit à l'université de Virginie. Après une querelle, Edgar s'enfuit à Boston où, déjà, il publie son premier recueil de vers, *Tamerlan*. À seize ans, il s'engage dans l'armée et intègre Wespoint en 1830. Mais décidément, la rigueur quotidienne n'est pas dans son caractère et il s'arrange pour se faire renvoyer. On perd alors sa trace. S'il faut en croire Baudelaire, il aurait voyagé en Europe, notamment en Grèce où, sur les pas de Lord Byron, son idole, il aurait combattu les Turcs. Toujours selon Baudelaire, on le retrouverait ensuite à Saint-Pétersbourg, compromis dans une affaire obscure, d'où l'aurait tiré le ministre américain Middleton. D'autres sources le situent au Havre, se battant en duel à cause d'une femme. Aucun de ces faits n'a jamais été démontré. Ils semblent relever de la pure et simple affabulation. Poe, en toute sincérité, n'a jamais été capable de tracer une frontière exacte entre la réalité et les délires de son imagination.

Le voici finalement à Baltimore, chez sa tante Maria Clemm. Il y écrit sa première nouvelle,

« Manuscrit trouvé dans une bouteille », laquelle séduit John Pendleton Kennedy, directeur du *Southern Literary Messenger*. Il offre à Poe un poste dans son journal. Ce dernier y publie quelques contes, mais sa principale activité reste la critique littéraire, où sa virulence lui vaut de nombreux ennemis, notamment Henry Longfellow, accusé à la légère de plagiat, et Thomas English, contre lequel il gagne un procès en diffamation. Autre rancœur, et de taille, celle que lui vouera Charles Dickens. Alors que son *Barnaby Rudge* est publié en feuilleton, Poe, poussé par son désir effréné de montrer sa science de la déduction, déflore la fin de l'histoire dans le *Saturday Evening Post*, au détriment de l'intérêt que lui portaient les lecteurs.

Par la suite, Poe dirige plusieurs magazines à la vie éphémère. Poursuivi par ses créanciers, il se réfugie auprès de sa tante, Maria Clemm, qui habite maintenant, avec sa fille Virginia, une misérable chaumière à Fordham, dans le Bronx.

Désormais, l'existence d'Edgar Poe s'organisera autour de trois quêtes, l'argent, la célébrité, et surtout l'amour. Qu'on ne s'y trompe pas pourtant : ni Casanova, ni Don Juan, Poe n'est pas un homme de lit. À travers chacune de celles qu'il croise, il cherche la femme de ses rêves, et sous autant d'illusions, une flamme unique. Alors, Jane Stanard, Elizabeth Portiaux, Elmira Royster, Mary Devereaux, Elza White, Sarah Whitman, Frances Osgood, autant de Morella, de Ligeia, d'Éléonora, d'Hélène, de Bérénice, d'Annie, fresque délicate de jolis ectoplasmes dansants. À l'âge adulte, Poe cultive encore la nostalgie de ces verts paradis dont le mirage ne l'aura jamais quitté, ce qui l'amènera bientôt à épouser sa cousine Virginia, dite Sissy. Hélas, le destin goguenard lui refuse la sérénité d'un havre amoureux : il fait mourir sa petite femme-enfant de misère et de phtisie dans la misérable bicoque de Fordham.

Poe est aussitôt rejoint par ses cauchemars, sa nature étant ainsi faite que le rose et le noir lui offrent des séductions antagonistes auxquelles il ne peut résister. S'il bascule de l'extase à l'horreur, si le viscère change, l'extraordinaire perdure. Après les mystères de la passion, après les fantômes de l'amour, voici les spectres hideux, et l'alchimie la plus secrète des angoisses fondamentales ; voici, mises au jour, les peurs les plus intimes, les phobies les moins formulées comme les moins formulables. Héritier de Chamisso et d'Hoffmann, pionniers des zones crépusculaires de l'âme, Poe s'enfonce au sein d'un univers sans géométrie et sans espoir, peuplé de ces horreurs insidieuses qui, plus tard, suborneront l'imagination de ceux qui vont lui succéder, Lautréamont, Maupassant, Stevenson, Wilde, Maurice Renard...

Subjugué, le lecteur voit sa lucidité arraisonnée, sa raison taillée en pièces, tandis qu'il partage avec son guide la hantise des destinations extrêmes : la lune en compagnie de Hans Pfall, les profondeurs de Maelström, l'enfer glacé du pôle Sud à bord d'un vaisseau fantôme, en attendant une exploration plus poussée d'Arthur Gordon Pym, à laquelle Jules Verne, lui-même envoûté, donnera une suite-et-fin dans son *Sphinx des glaces.* Il est peu à peu entraîné chez les ombres, en des pays sinistres, des landes désolées où toutes les maisons s'appellent Usher. Il suit aveuglément Poe dans « les plis sinueux des vieilles capitales », Londres et ses brumes, Paris et ses mystères, Venise, siège de tous les enchantements, et Rome au passé vertigineux, et l'Allemagne gothique, et une Hollande tremblant aux assauts conjugués de la mer et des vents. Poe réveille pour lui la vie souterraine des choses, évoque la magie des lieux dont, paradoxalement, il restitue l'irréalité par une minutie paranoïaque des descriptions. Il le fait discuter avec des momies échappés de leurs sarcophages, dialoguer avec des diables descendus du beffroi ou remontés des enfers.

Car l'univers de Poe est investi de toutes parts. L'homme n'y est plus le maître, bêtes et choses y interviennent à leur gré, du scarabée d'or au maléfique chat noir, en passant par le cheval fou de Metzengerstein. Bacilles, virus et bactéries entrent dans cette danse macabre, véhiculant la peste, le choléra, l'horrible Mort Rouge. De la maladie à la souffrance puis à la mort, il n'y a qu'un pas, vite franchi : trépas exceptionnels (« Enterré vivant »), emmurement sans espoir (« La barrique d'amontillado »), sourdes protestations d'un cadavre jamais en repos (« Le cœur révélateur »), sciences occultes débouchant sur des abîmes d'horreur, comme la putréfaction soudaine de Mr Waldemar après l'hypnose qui fardait sa mort aux yeux des vivants...

Rien de ce qui est étrange ne lui étant étranger, Poe s'attaque aussi aux ambiguïtés dormantes. L'homme est-il un ? Bien avant les savantes conclusions des psychanalystes, il défriche le terrain de l'inconscient, ouvrant la voie à beaucoup d'autres. William Wilson affronte William Wilson, avant que Musset ne rencontre cet étranger vêtu de noir qui lui ressemble comme un frère, et qu'Edward Hyde promène son masque ricanant parmi les brouillards de la Tamise en adressant un pied de nez au docteur Jekyll. Quant au peintre, auteur du « Portrait ovale », il se perd dans la recherche des couleurs absolues de la vie, au point de les prendre chez son modèle, son amante, dont la carnation va nourrir jusqu'à la mort cette osmose tyrannique... qui trouvera un héritier plus qu'inquiétant dans le personnage de Dorian Gray.

Obsession perverse, démence masochiste ? Poe en a conscience, et s'efforce de lutter. À tous ces délires, il va opposer la froide logique d'un Dupin, détective « ratiocineur » réfutant tout recours à l'irraison. Voire ! Si « La lettre volée » et « Le mystère de Marie Roget » restent cantonnées à la stricte rigueur du quotidien, « Le double assassinat de la rue Morgue » louche du côté de l'extraordinaire, même si Poe utilise, pour le suggérer, le facteur commode de l'exotisme, auquel son légataire presque universel, Conan Doyle, recourra souvent. Cet orang-outan surgi des tropiques engendre l'indigène quasi simiesque des îles Andaman, la venimeuse « bande mouchetée », l'horrible araignée africaine de Deptford, et la racine maléfique du pied-du-diable, sans oublier le chien diabolique de Dartmoor. On en passe... Pourtant, même dans ces contes où la raison la plus froide est censée gouverner le monde, Poe n'arrive pas à se débarrasser de ses nostalgies oniriques. Son Dupin adore la nuit. Enfermé dans son appartement parisien, il la couve à la lueur de bougies parfumées choisies pour leur clarté étriquée jusqu'au moment où la pendule l'avertit du retour naturel de l'ombre. Goût du théâtre ou passion viscérale des ténèbres ?

Passion fatale en tout cas. « Les routes qui conduisent à la mort sont nombreuses et étranges », a-t-il écrit quelque part. Laquelle lui avait indiqué « L'ange du bizarre », à l'aube du 27 septembre 1849 ? Ce qui reste établi, c'est qu'il s'est embarqué sur un steamer à Richmond pour arriver à Baltimore quarante-huit heures plus tard, dans une ville en proie aux fièvres mortelles de la passion politique. Les mœurs électorales américaines se nourrissaient alors à la crapulerie la plus flagrante. Les cartes d'électeurs n'existaient pas, ceux-ci se présentant à n'importe quel bureau de vote, où la seule formalité consistait en un serment hâtif et sans aucune valeur juridique. Aussi, des hordes de racoleurs parcouraient-ils les rues des quartiers pauvres pour y rafler tous les vagabonds et miséreux qu'ils rencontraient. En attendant le jour des élections, ils entassaient et séquestraient ce gibier humain dans ce qu'ils appelaient des « coops », des cages à poulets, parfois jusqu'à l'asphyxie. Ils les faisaient boire, puis les menaient de bureau en bureau où ils votaient plusieurs fois.

Poe n'avait plus touché à l'alcool depuis deux mois. Comment a-t-il échoué sur les quais de Baltimore en pleine crise d'éthylisme, dépouillé de son argent et de ses vêtements, revêtu de hardes ignobles ? A-t-il été agressé par des voyous, assommé, puis récupéré par des agents électoraux qui l'auraient fait boire jusqu'à l'ivresse et habillé de loques sommaires afin de l'utiliser aux fins sordides que l'on sait ? Sa mort, en tout cas, ne fut pas connue aussitôt. Elle n'eut aucun retentissement national. L'Amérique ignora longtemps qu'elle avait perdu l'un de ses grands poètes. Il faudra attendre Baudelaire pour le faire connaître en France, alors qu'il restait encore à découvrir dans son propre pays. Mallarmé, pour qui, « tel qu'en lui-même enfin l'éternité le change », Valéry, les symbolistes français – et, en retour, les imagistes américains, avec Ezra Pound puis Hilda Doolittle – ont contribué à lui conférer sa véritable dimension, celle d'un albatros de génie que ses ailes de géant... air connu. Mais en fait d'oiseau, le seul qu'on aura peut-être vu sur sa tombe serait un corbeau, sautillant en criant à tous les échos de la postérité : « *Never more, never more !* »

René RÉOUVEN

Metzengerstein

Traduit par Charles Baudelaire

Pestis eram vivus, – moriens tua mors ero.

MARTIN LUTHER.

L'horreur et la fatalité se sont donné carrière dans tous les siècles. A quoi bon mettre une date à l'histoire que j'ai à raconter ? Qu'il me suffise de dire qu'à l'époque dont je parle existait dans le centre de la Hongrie une croyance secrète, mais bien établie, aux doctrines de la métempsycose. De ces doctrines elles-mêmes, de leur fausseté ou de leur probabilité, – je ne dirai rien. J'affirme, toutefois, qu'une bonne partie de notre incrédulité *vient*, – comme dit la Bruyère, qui attribue tout notre malheur à cette cause unique, – *de ne pouvoir être seuls*[1].

Mais il y avait quelques points dans la superstition hongroise qui tendaient fortement à l'absurde. Les

1. Mercier, dans *L'an deux mille quatre cent quarante*, soutient sérieusement les doctrines de la métempsycose, et J. d'Israeli dit qu'*il n'y a pas de système aussi simple et qui répugne moins à l'intelligence*. Le colonel Ethan Allen, l'*Enfant de la Verte Montagne*, passe aussi pour avoir été un sérieux métempsycosiste. – E. A. P.

Hongrois différaient très essentiellement de leurs autorités d'Orient. Par exemple, – l'*âme*, à ce qu'ils croyaient, – je cite les termes d'un subtil et intelligent Parisien, – *ne demeure qu'une seule fois dans un corps sensible. Ainsi, un cheval, un chien, un homme même, ne sont que la ressemblance illusoire de ces êtres*[1].

Les familles Berlifitzing et Metzengerstein avaient été en discorde pendant des siècles. Jamais on ne vit deux maisons aussi illustres réciproquement aigries par une inimitié aussi mortelle. Cette haine pouvait tirer son origine des paroles d'une ancienne prophétie : – *Un grand nom tombera d'une chute terrible, quand, comme le cavalier sur son cheval, la mortalité de Metzengerstein triomphera de l'immortalité de Berlifitzing.*

Certes, les termes n'avaient que peu ou point de sens. Mais des causes plus vulgaires ont donné naissance, – et cela, sans remonter bien haut, – à des conséquences également grosses d'événements. En outre, les deux maisons, qui étaient voisines, avaient longtemps exercé une influence rivale dans les affaires d'un gouvernement tumultueux. De plus, des voisins aussi rapprochés sont rarement amis ; et du haut de leurs terrasses massives les habitants du château Berlifitzing pouvaient plonger leurs regards dans les fenêtres même du palais Metzengerstein. Enfin, le déploiement d'une magnificence plus que féodale

1. J'ignore quel est l'auteur de ce texte bizarre et obscur ; cependant je me suis permis de le rectifier légèrement, en l'adaptant au sens moral du récit. Poe cite quelquefois de mémoire et incorrectement. Le sens, après tout, me semble se rapprocher de l'opinion attribuée au père Kircher, – que les animaux sont des Esprits enfermés. – C. B.

était peu fait pour calmer les sentiments irritables des Berlifitzing, moins anciens et moins riches. Y a-t-il donc lieu de s'étonner que les termes de cette prédiction, bien que tout à fait saugrenus, aient si bien créé et entretenu la discorde entre deux familles déjà prédisposées aux querelles par toutes les instigations d'une jalousie héréditaire ? La prophétie semblait impliquer, – si elle impliquait quelque chose, – un triomphe final du côté de la maison déjà plus puissante, et naturellement vivait dans la mémoire de la plus faible et de la moins influente, et la remplissait d'une aigre animosité.

Wilhelm, comte Berlifitzing, bien qu'il fût d'une haute origine, n'était à l'époque de ce récit qu'un vieux radoteur infirme, et n'avait rien de remarquable, si ce n'est une antipathie invétérée et folle contre la famille de son rival, et une passion si vive pour les chevaux et la chasse que rien, ni ses infirmités physiques, ni son grand âge, ni l'affaiblissement de son esprit, ne pouvait l'empêcher de prendre journellement sa part des dangers de cet exercice.

De l'autre côté, Frédérick, baron Metzengerstein, n'était pas encore majeur. Son père, le ministre G....., était mort jeune. Sa mère, madame Marie, le suivit bientôt. Frédérick était à cette époque dans sa dix-huitième année. Dans une ville, dix-huit ans ne sont pas une longue période de temps ; mais dans une solitude, dans une aussi magnifique solitude que cette vieille seigneurie, le pendule vibre avec une plus profonde et plus significative solennité.

Par suite de certaines circonstances résultant de l'administration de son père, le jeune baron, aussitôt après la mort de celui-ci, entra en possession de ses vastes domaines. Rarement on avait vu un noble de Hongrie posséder un tel patrimoine. Ses châteaux étaient innombrables. Le plus splendide et le plus vaste était le palais Metzengerstein. La ligne frontière de ses domaines n'avait jamais été clairement définie ; mais son parc principal embrassait un circuit de cinquante milles.

L'avènement d'un propriétaire si jeune, et d'un caractère si bien connu, à une fortune si incomparable laissait peu de place aux conjectures relativement à sa ligne probable de conduite. Et, en vérité, dans l'espace de trois jours, la conduite de l'héritier fit pâlir le renom d'Hérode et dépassa magnifiquement les espérances de ses plus enthousiastes admirateurs. De honteuses débauches, de flagrantes perfidies, des atrocités inouïes, firent bientôt comprendre à ses vassaux tremblants que rien, – ni soumission servile de leur part, ni scrupules de conscience de la sienne, – ne leur garantirait désormais de sécurité contre les griffes sans remords de ce petit Caligula. Vers la nuit du quatrième jour, on s'aperçut que le feu avait pris aux écuries du château Berlifitzing, et l'opinion unanime du voisinage ajouta le crime d'incendie à la liste déjà horrible des délits et des atrocités du baron.

Quant au jeune gentilhomme, pendant le tumulte occasionné par cet accident, il se tenait, en apparence plongé dans une méditation, au haut du palais de famille des Metzengerstein, dans un vaste appartement solitaire. La tenture de tapisserie, riche, quoique fanée, qui pendait mélancoliquement aux murs, représentait les figures fantastiques et majestueuses de mille ancêtres illustres. Ici des prêtres richement vêtus d'hermine, des dignitaires pontificaux, siégeaient familièrement avec l'autocrate et le souverain, opposaient leur *veto* aux caprices d'un roi temporel, ou contenaient avec le *fiat* de la toute-puissance papale le sceptre rebelle du Grand Ennemi, prince des ténèbres. Là, les sombres et grandes figures des princes Metzengerstein, – leurs musculeux chevaux de guerre piétinant sur les cadavres des ennemis tombés, – ébranlaient les nerfs les plus fermes par leur forte expression ; et ici, à leur tour, voluptueuses et blanches comme des cygnes, les images des dames des anciens jours flottaient au loin dans les méandres d'une danse fantastique aux accents d'une mélodie imaginaire.

Mais pendant que le baron prêtait l'oreille ou affectait de prêter l'oreille au vacarme toujours croissant des écuries de Berlifitzing, – et peut-être méditait quelque trait nouveau, quelque trait décidé d'audace, – ses yeux se tournèrent machinalement vers l'image d'un cheval énorme, d'une couleur hors nature, et représenté dans la tapisserie comme appartenant à un ancêtre sarrasin de la famille de son rival. Le cheval se tenait sur le premier plan du tableau, – immobile comme une statue, – pendant qu'un peu plus loin, derrière lui, son cavalier déconfit mourait sous le poignard d'un Metzengerstein.

Sur la lèvre de Frédérick surgit une expression diabolique, comme s'il s'apercevait de la direction que son regard avait prise involontairement. Cependant il ne détourna pas les yeux. Bien loin de là, il ne pouvait d'aucune façon avoir raison de l'anxiété accablante qui semblait tomber sur ses sens comme un drap mortuaire. Il conciliait difficilement ses sensations incohérentes comme celles des rêves avec la certitude d'être éveillé. Plus il contemplait, plus absorbant devenait le charme, – plus il lui paraissait impossible d'arracher son regard à la fascination de cette tapisserie. Mais le tumulte du dehors devenant soudainement plus violent, il fit enfin un effort, comme à regret, et tourna son attention vers une explosion de lumière rouge, projetée en plein des écuries enflammées sur les fenêtres de l'appartement.

L'action toutefois ne fut que momentanée ; son regard retourna machinalement au mur. A son grand étonnement, la tête du gigantesque coursier – chose horrible ! – avait pendant ce temps changé de position. Le cou de l'animal, d'abord incliné comme par la compassion vers le corps terrassé de son seigneur, était maintenant étendu, roide et dans toute sa longueur, dans la direction du baron. Les yeux, tout à l'heure invisibles, contenaient maintenant une expression énergique et humaine, et ils brillaient d'un rouge ardent et extraordinaire ; et les lèvres distendues de ce cheval à la physionomie enragée laissaient pleinement apercevoir ses dents sépulcrales et dégoûtantes.

Stupéfié par la terreur, le jeune seigneur gagna la porte en chancelant. Comme il l'ouvrait, un éclat de lumière rouge jaillit au loin dans la salle, qui dessina nettement son reflet sur la tapisserie frissonnante ; et, comme le baron hésitait un instant sur le seuil, il tressaillit en voyant que ce reflet prenait la position exacte et remplissait précisément le contour de l'implacable et triomphant meurtrier du Berlifitzing sarrasin.

Pour alléger ses esprits affaissés, le baron Frédérick chercha précipitamment le plein air. A la porte principale du palais, il rencontra trois écuyers. Ceux-ci, avec beaucoup de difficulté et au grand péril de leur vie, comprimaient les bonds convulsifs d'un cheval gigantesque couleur de feu.

– A qui ce cheval ? – Où l'avez-vous trouvé ? – demanda le jeune homme d'une voix querelleuse et rauque, reconnaissant immédiatement que le mystérieux coursier de la tapisserie était le parfait pendant du furieux animal qu'il avait devant lui.

– C'est votre propriété, monseigneur, – répliqua l'un des écuyers, – du moins il n'est réclamé par aucun autre propriétaire. Nous l'avons pris comme il s'échappait, tout fumant et écumant de rage, des écuries brûlantes du château de Berlifitzing. Supposant qu'il appartenait au haras des chevaux étrangers du vieux comte, nous l'avons ramené comme épave. Mais les domestiques désavouent tout droit sur la bête ; ce qui est étrange, puisqu'il porte des traces évidentes du feu, qui prouvent qu'il l'a échappé belle.

– Les lettres W. V. B. sont également marquées au fer très distinctement sur son front, – interrompit un second écuyer ; – je supposais donc qu'elles étaient les initiales de Wilhelm von Berlifitzing, mais tout le monde au château affirme positivement n'avoir aucune connaissance du cheval.

– Extrêmement singulier ! – dit le jeune baron, avec un air rêveur et comme n'ayant aucune conscience du sens de ses paroles. – C'est, comme vous dites, un remarquable cheval, – un prodigieux cheval ! bien qu'il soit, comme vous le remarquez avec justesse, d'un caractère ombrageux et intraitable ; allons ! qu'il soit à moi, je le veux bien, – ajouta-t-il après une pause ; – peut-être un cavalier tel que Frédérick de Metzengerstein pourra-t-il dompter le diable même des écuries de Berlifitzing.

– Vous vous trompez, monseigneur ; le cheval, comme nous vous l'avons dit, je crois, n'appartient pas aux écuries du comte. Si tel eût été le cas, nous connaissons trop bien notre devoir pour l'amener en présence d'une noble personne de votre famille.

– C'est vrai ! – observa le baron, sèchement. – Et à ce moment un jeune valet de chambre arriva du palais, le teint échauffé et à pas précipités. Il chuchota à l'oreille de son maître l'histoire de la disparition soudaine d'un morceau de la tapisserie, dans une chambre qu'il désigna, entrant alors dans des détails d'un caractère minutieux et circonstancié ; mais comme tout cela fut communiqué d'une voix très basse, pas un mot ne transpira qui pût satisfaire la curiosité excitée des écuyers.

Le jeune Frédérick, pendant l'entretien, semblait agité d'émotions variées. Néanmoins, il recouvra bientôt son calme, et une expression de méchanceté décidée était déjà fixée sur sa physionomie, quand il donna des ordres péremptoires pour que l'appartement en question fût immédiatement condamné, et la clef remise en ses mains propres.

– Avez-vous appris la mort déplorable de Berlifitzing, le vieux chasseur ? – dit au baron un de ses vassaux, après le départ du page, pendant que l'énorme coursier que le gentilhomme venait d'adopter comme sien s'élançait et bondissait avec une furie redoublée à travers la longue avenue qui s'étendait du palais aux écuries de Metzengerstein.

– Non, – dit le baron, – se tournant brusquement vers celui qui parlait ; – mort ! dis-tu ?

– C'est la pure vérité, monseigneur ; et je présume que, pour un seigneur de votre nom, ce n'est pas un renseignement trop désagréable.

Un rapide sourire jaillit sur la physionomie du baron.

– Comment est-il mort ?

– Dans ses efforts imprudents pour sauver la partie préférée de son haras de chasse, il a péri misérablement dans les flammes.

– En... vé... ri... té... ! – s'exclama le baron, comme impressionné lentement et graduellement par quelque évidence mystérieuse.

– En vérité, – répéta le vassal.

– Horrible ! – dit le jeune homme avec beaucoup de calme ; et il rentra tranquillement dans le palais.

A partir de cette époque, une altération marquée eut lieu dans la conduite extérieure du jeune débauché, baron Frédérick von Metzengerstein. Véritablement, sa conduite désappointait toutes les espérances et déroutait les intrigues de plus d'une mère. Ses habitudes et ses manières tranchèrent de plus en plus et, moins que jamais, n'offrirent d'analogie sympathique quelconque avec celles de l'aristocratie du voisinage. On ne le voyait jamais au-delà des limites de son propre domaine, et dans le vaste monde social il était absolument sans compagnon, – à moins que ce grand cheval impétueux, hors nature, couleur de feu, qu'il monta continuellement à partir de cette époque, n'eût en réalité quelque droit mystérieux au titre d'ami.

Néanmoins, de nombreuses invitations de la part du voisinage lui arrivaient périodiquement. – « Le baron honorera-t-il notre fête de sa présence ? »

– « Le baron se joindra-t-il à nous pour une chasse au sanglier ? » – « Metzengerstein ne chasse pas » ; – « Metzengerstein n'ira pas », telles étaient ses hautaines et laconiques réponses.

Ces insultes répétées ne pouvaient pas être endurées par une noblesse impérieuse. De telles invitations devinrent moins cordiales, – moins fréquentes ; – avec le temps elles cessèrent tout à fait. On entendit la veuve de l'infortuné comte Berlifitzing exprimer le vœu « que le baron fût au logis quand il désirerait n'y pas être, puisqu'il dédaignait la compagnie de ses égaux ; et qu'il fût à cheval quand il voudrait n'y pas être, puisqu'il leur préférait la société d'un cheval ». Ceci à coup sûr n'était que l'explosion niaise d'une pique héréditaire et prouvait que nos paroles deviennent singulièrement absurdes quand nous voulons leur donner une forme extraordinairement énergique.

Les gens charitables, néanmoins, attribuaient le changement de manières du jeune gentilhomme au chagrin naturel d'un fils privé prématurément de ses parents, – oubliant toutefois son atroce et insouciante conduite durant les jours qui suivirent immédiatement cette perte. Il y en eut quelques-uns qui accusèrent simplement en lui une idée exagérée de son importance et de sa dignité. D'autres, à leur tour (et parmi ceux-là peut être cité le médecin de la famille), parlèrent sans hésiter d'une mélancolie morbide et d'un mal héréditaire ; cependant, des insinuations plus ténébreuses, d'une nature plus équivoque, couraient parmi la multitude.

En réalité, l'attachement pervers du baron pour sa monture de récente acquisition, – attachement qui semblait prendre une nouvelle force dans chaque nouvel exemple que l'animal donnait de ses féroces et démoniaques inclinations, – devint à la longue, aux yeux de tous les gens raisonnables, une tendresse horrible et contre nature. Dans l'éblouissement du midi, – aux heures profondes de la nuit, – malade ou bien portant, – dans le calme ou dans la tempête, – le jeune Metzengerstein semblait cloué à la selle du cheval colossal dont les intraitables audaces s'accordaient si bien avec son propre caractère.

Il y avait de plus des circonstances qui, rapprochées des événements récents, donnaient un caractère surnaturel et monstrueux à la manie du cavalier et aux capacités de la bête. L'espace qu'elle franchissait d'un seul saut avait été soigneusement mesuré, et se trouva dépasser d'une différence stupéfiante les conjectures les plus larges et les plus exagérées. Le baron, en outre, ne se servait pour l'animal d'aucun *nom* particulier, quoique tous les chevaux de son haras fussent distingués par des appellations caractéristiques. Ce cheval-ci avait son écurie à une certaine distance des autres ; et, quant au pansement et à tout le service nécessaire, nul, excepté le propriétaire en personne, ne s'était risqué à remplir ces fonctions, ni même à entrer dans l'enclos où s'élevait son écurie particulière. On observa aussi que, quoique les trois palefreniers qui s'étaient emparés du coursier, quand il fuyait l'incendie de Berlifitzing, eussent réussi à arrêter sa course à l'aide d'une chaîne à nœud coulant, cependant aucun des trois ne pouvait affirmer avec certitude que durant cette dangereuse lutte, ou à aucun moment depuis lors, il eût jamais posé la main sur le corps de la bête. Des preuves d'intelligence particulière dans la conduite d'un noble cheval plein d'ardeur ne suffiraient certainement pas à exciter une attention déraisonnable ; mais il y avait ici certaines circonstances qui eussent violenté les esprits les plus sceptiques et les plus flegmatiques ; et l'on disait que parfois l'animal avait fait reculer d'horreur la foule curieuse devant la profonde et frappante signification de sa marque, – que parfois le jeune Metzengerstein était devenu pâle et s'était dérobé devant l'expression soudaine de son œil sérieux et quasi humain.

Parmi toute la domesticité du baron, il ne se trouva néanmoins personne pour douter de la ferveur extraordinaire d'affection qu'excitaient dans le jeune gentilhomme les qualités brillantes de son cheval ; personne, excepté du moins un insignifiant petit page malvenu, dont on rencontrait partout l'offusquante laideur, et dont les opinions avaient aussi peu d'importance qu'il est possible. Il avait l'effronterie d'affirmer – si toutefois ses idées valent la peine d'être mentionnées, – que son maître ne s'était jamais mis en selle sans un inexplicable et presque imperceptible frisson, et qu'au retour de chacune de ses longues et habituelles promenades une expression de triomphante méchanceté faussait tous les muscles de sa face.

Pendant une nuit de tempête, Metzengerstein, sortant d'un lourd sommeil, descendit comme un maniaque de sa chambre, et, montant à cheval en toute hâte, s'élança en bondissant à travers le labyrinthe de la forêt.

Un événement aussi commun ne pouvait pas attirer particulièrement l'attention ; mais son retour fut attendu avec une intense anxiété par tous ses domestiques, quand, après quelques heures d'absence, les prodigieux et magnifiques bâtiments du palais Metzengerstein se mirent à craqueter et à trembler jusque dans leurs fondements, sous l'action d'un feu immense et immaîtrisable, – une masse épaisse et livide.

Comme les flammes, quand on les aperçut pour la première fois, avaient déjà fait un si terrible progrès que tous les efforts pour sauver une portion quelconque des bâtiments eussent été évidemment inutiles, toute la population du voisinage se tenait paresseusement à l'entour, dans une stupéfaction silencieuse, sinon apathique. Mais un objet terrible et nouveau fixa bientôt l'attention de la multitude, et démontra combien est plus intense l'intérêt excité dans les sentiments d'une foule par la contemplation d'une agonie humaine que celui qui est créé par les plus effrayants spectacles de la matière inanimée.

Sur la longue avenue de vieux chênes qui commençait à la forêt et aboutissait à l'entrée principale du palais Metzengerstein, un coursier, portant un cavalier décoiffé et en désordre, se faisait voir bondissant avec une impétuosité qui défiait le Démon de la Tempête lui-même.

Le cavalier n'était évidemment pas le maître de cette course effrénée. L'angoisse de sa physionomie, les efforts convulsifs de tout son être, rendaient témoignage d'une lutte surhumaine ; mais aucun son, excepté un cri unique, ne s'échappa de ses lèvres lacérées, qu'il mordait d'outre en outre dans l'intensité de sa terreur. En un instant, le choc des sabots retentit avec un bruit aigu et perçant, plus haut que le mugissement des flammes et le glapissement du vent, – un instant encore, et, franchissant d'un seul bond la grande porte et le fossé, le coursier s'élança sur les escaliers branlants du palais et disparut avec son cavalier dans le tourbillon de ce feu chaotique.

La furie de la tempête s'apaisa tout à coup et un calme absolu prit solennellement sa place. Une flamme blanche enveloppait toujours le bâtiment comme un suaire, et, ruisselant au loin dans l'atmosphère tranquille, dardait une lumière d'un éclat surnaturel, pendant qu'un nuage de fumée s'abattait pesamment sur les bâtiments sous la forme distincte d'un gigantesque *cheval*.

Perte de souffle

Un conte qui n'est
ni dans le *Blackwood* ni en dehors.

Traduit par Alain Jaubert

Ô ne soufflez pas, etc.
MÉLODIES DE MOORE.

La malchance la plus notoire doit, à la fin, céder devant le courage infatigable de la philosophie – comme la cité la plus obstinée, devant la vigilance sans trêve d'un ennemi. Salmanasar, comme il est dit dans les Saintes Écritures, demeura trois ans devant Samarie ; pourtant, elle tomba. Sardanapale – voyez Diodore – résista sept ans dans Ninive ; mais sans résultat. Troie succomba à la fin du deuxième lustre ; et Azoth, ainsi que l'affirme Aristée sur son honneur de gentilhomme, finit par ouvrir ses portes à Psammétique, après les avoir défendues pendant un cinquième de siècle.

*

« Misérable ! – mégère ! – teigne ! » dis-je à ma femme le matin qui suivit nos noces, « sorcière ! – vieille taupe ! – poseuse ! – bourbier ! – quintessence impétueuse de tout ce qui est abominable – tu

– tu – », ici me dressant sur la pointe des pieds, la saisissant à la gorge et plaçant ma bouche tout près de son oreille, je m'apprêtais à lancer une épithète d'opprobre nouvelle et plus tranchante qui n'aurait pas manqué, une fois proférée, de la convaincre de son insignifiance lorsque, à mon horreur et à mon étonnement extrêmes, je découvris que *j'avais perdu le souffle.*

Les expressions « je suis hors d'haleine », « j'ai perdu le souffle », etc., reviennent assez souvent dans la conversation courante ; mais il ne m'était jamais apparu que le terrible accident dont je parle puisse se produire *bona fide* et réellement ! Imaginez – du moins si vous avez une tournure d'esprit imaginative – imaginez, dis-je, mon étonnement, ma consternation, mon désespoir !

Il y a un bon génie, cependant, qui jamais, à aucun moment, ne m'a complètement abandonné. Même dans mes humeurs les plus débridées je conserve encore un sens de la convenance, *et le chemin des passions me conduit* – comme Lord Edouard, dans la *Julie*, dit qu'il l'a conduit – *à la philosophie véritable.*

Bien que tout d'abord je ne pusse déterminer avec précision jusqu'à quel point cet événement m'avait affecté, je décidai, en tout cas, de cacher la chose à ma femme jusqu'à ce qu'une expérience plus poussée m'ait montré l'étendue de la calamité inouïe qui m'atteignait. Changeant donc en un instant de visage, et passant d'un aspect bouffi et tordu à une expression de bienveillance malicieuse et aguichante, je donnai à ma dame une petite tape sur une joue, et un baiser sur l'autre et, sans prononcer une syllabe (par les Furies, je n'en étais pas capable !), je la laissai tout étonnée de ma bouffonnerie, tandis que je quittai la chambre sur un *pas de zéphyr*.

Voyez-moi donc, blotti en toute sécurité dans mon boudoir personnel, effrayant exemple des funestes conséquences de l'irascibilité – vivant, avec les attributs des morts ; mort, avec les penchants des vivants ; anomalie sur la face de la terre – restant très calme, bien que privé de souffle.

Oui ! sans souffle. Je suis sérieux lorsque j'affirme que mon souffle avait entièrement disparu. Je n'aurais pu lui faire bouger une plume, ma vie dût-elle en dépendre, ni même ternir la délicatesse d'un miroir. Sort cruel ! – pourtant il y eut un adoucissement au paroxysme de douleur qui m'avait d'abord accablé. Je m'aperçus, à l'épreuve, que les possibilités d'élocution, que devant mon incapacité à poursuivre la conversation avec ma femme j'avais alors cru totalement détruites, n'étaient en fait que partiellement entravées, et je découvris que, si j'avais lors de cette intéressante crise baissé la voix jusqu'à un ton singulièrement profond et guttural, j'aurais pu encore continuer à lui communiquer mes sentiments ; ce ton de voix (le guttural) dépendant, à ce que je constatai, non pas du passage du souffle, mais d'une certaine action spasmodique des muscles de la gorge.

Me jetant sur une chaise, je restai quelque temps plongé dans la méditation. Mes réflexions, soyez-en sûr, n'étaient pas d'une nature consolante. Mille pensées vagues et lacrymatoires s'emparèrent de mon âme, et même l'idée de suicide traversa mon esprit ; mais c'est un trait de la perversité humaine que de rejeter l'évident et le proche au profit du lointain et de l'ambigu. Ainsi, je frissonnai à l'idée de me tuer comme si c'était la pire des atrocités, tandis que le chat tigré ronronnait vigoureusement sur le tapis et que le chien de chasse lui-même respirait assidûment sous la table ; chacun se faisant grand mérite de la force de ses poumons, et tout cela, manifestement, pour se moquer de ma propre incapacité pulmonaire.

Accablé par une foule d'espoirs et de craintes vagues, j'entendis enfin le pas de ma femme descendant l'escalier. Assuré désormais de son absence, je retournai, le cœur palpitant, à la scène de mon désastre.

Fermant soigneusement la porte à clé de l'intérieur, j'entrepris une fouille vigoureuse. Il était possible, pensai-je, que, caché dans quelque obscur recoin, ou tapi dans quelque armoire ou quelque tiroir, se trouvât l'objet perdu de mes recherches. Il pouvait avoir une forme vaporeuse – il pouvait même avoir une forme tangible. La plupart des philosophes, sur bien des points de la philosophie, sont encore très non-philosophiques. William Godwin, cependant, dit dans son *Mandeville* que « les choses invisibles sont seules réalités », et ceci, tout le monde en conviendra, s'applique à ce cas. J'aimerais que le lecteur judicieux fasse une pause avant de taxer de telles affirmations d'absurdité excessive. Anaxagore, on s'en souviendra, soutenait que la neige était noire, et j'ai découvert, depuis, que c'était le cas.

Je poursuivis longuement et sérieusement cette investigation ; mais la dérisoire récompense de mon zèle et de ma persévérance ne consista qu'en un râtelier de fausses dents, deux paires de hanches, un œil, et une liasse de *billets-doux* adressés par M. Ventassez à ma femme. Je pourrais aussi bien observer, ici, que cette confirmation du penchant de ma femme pour M. V – ne provoqua en moi que peu d'émoi. Que Mme Manque-de-souffle admirât quelque chose d'aussi différent de moi était un mal naturel et nécessaire. Je suis, c'est bien connu, d'un aspect robuste et corpulent, et, en même temps, d'une taille quelque peu menue. Qu'y a-t-il d'étonnant, alors, que la minceur d'échalas de mon ami, et sa haute taille qui est devenue proverbiale, aient trouvé leur juste valeur aux yeux de Mme Manque-de-souffle ? Mais revenons à notre sujet.

Mes efforts, comme je l'ai déjà dit, s'avérèrent vains. Placard après placard – tiroir après tiroir – coin après coin – furent scrutés sans résultat. Une fois, cependant, je me crus certain de ma *victoire*, lorsque, fouillant une trousse de toilette, je cassai par accident une bouteille d'Huile des Archanges de Grandjean, que je prends ici la peine de recommander pour son parfum agréable.

Le cœur lourd, je retournai à mon *boudoir* – afin d'y réfléchir à quelque méthode pour échapper à la perspicacité de ma femme jusqu'au moment où j'aurais pris des dispositions pour quitter le pays, car j'y étais déjà résolu. Sous un climat étranger, où je serais inconnu, je pourrais, avec quelque chance de succès, essayer de dissimuler ma triste infortune – une infortune propre plus encore que la misère, à m'aliéner les affections de la multitude et à attirer sur un malheureux la réprobation bien méritée des gens vertueux et heureux. Je n'hésitai pas longtemps. Ayant des facilités naturelles, j'appris par cœur la tragédie entière de *Metamora*. J'avais eu la bonne fortune de me rappeler que lorsqu'on déclamait ce drame, ou du moins les parties qui en sont dévolues au héros, les tons de voix qui me manquaient étaient tout à fait superflus, et que le ton guttural bas devait y dominer avec monotonie d'un bout à l'autre.

Je m'exerçai pendant quelque temps sur les rives d'un marais bien fréquenté ; – cela n'avait cependant pas de rapport avec un procédé semblable employé par Démosthène, mais relevait d'une idée objectivement et directement mienne. Ainsi armé en tout point, je résolus de faire croire à ma femme que j'avais été soudain pris de passion pour le théâtre. J'y réussis à merveille ; et à chacune de ses questions, à chacune de ses suggestions je me trouvai libre de répondre de mon ton le plus grenouillesque et le plus sépulcral par quelques passages de la tragédie – dont n'importe quel passage, comme j'eus bientôt grand plaisir à l'observer, pouvait s'appliquer avec un égal bonheur à n'importe quel sujet particulier. Il ne faudrait pas croire, cependant, qu'en débitant ces passages, j'oubliais le moins du monde de jeter des regards obliques, de montrer les dents, de gigoter les genoux, de traîner les pieds, ni de produire aucune de ces grâces innommables qui sont précisément considérées aujourd'hui comme les traits essentiels d'un acteur populaire. Bien sûr, on parla de me boucler dans une camisole de force ; mais, bon Dieu !, on ne soupçonna jamais que j'avais perdu le souffle.

Ayant fini par mettre mes affaires en ordre, je pris place de très bonne heure un matin dans la diligence à destination de –, laissant entendre à mes relations qu'une affaire de la dernière importance exigeait ma présence immédiate dans cette ville.

La diligence était bourrée à craquer ; mais dans le petit jour incertain, je ne pouvais distinguer les traits de mes compagnons. Sans vraiment opposer de résistance, je me laissai placer entre deux messieurs de dimensions colossales ; tandis qu'un troisième, d'une taille encore supérieure, me demandant pardon de la liberté qu'il allait prendre, se jeta de tout son long sur mon corps, et, s'endormant en un instant, étouffa tous mes appels au secours gutturaux sous un ronflement qui eût fait honte aux gémissements du taureau de Phalaris. Heureusement, l'état de mes facultés respiratoires faisait de l'asphyxie un accident tout à fait improbable.

Cependant, comme le jour croissait à mesure que nous approchions des faubourgs de la ville, mon tourmenteur, se levant et ajustant son col de chemise, me remercia de façon très amicale pour ma civilité. Voyant que je restai sans mouvement (tous mes membres étaient disloqués et ma tête tordue d'un côté), il commença à avoir des inquiétudes ; et, réveillant le reste des passagers, il leur fit connaître, d'une façon très catégorique, son opinion que, pendant la nuit, on leur avait refilé un homme mort au lieu d'un compagnon de voyage vivant et responsable ; ici, il me donna un coup de poing dans l'œil droit, histoire de démontrer la vérité de sa suggestion.

Là-dessus, tous, l'un après l'autre (ils étaient neuf en tout), crurent de leur devoir de me tirer l'oreille. En outre, un jeune médecin ayant appliqué un miroir de poche devant ma bouche et m'ayant trouvé sans souffle, l'affirmation de mon persécuteur fut déclarée fondée ; et tout le groupe exprima sa détermination à ne pas aller plus loin avec un tel cadavre.

Je fus donc alors jeté dehors à l'enseigne du « Corbeau » (taverne devant laquelle il se trouva que la diligence passait) sans autre dégât que la fracture de mes deux bras sous la roue arrière gauche du véhicule. Je dois en outre rendre cette justice au postillon qu'il n'oublia pas de jeter à ma suite la plus grande de mes malles qui, me tombant par malheur sur la tête, me fractura le crâne d'une manière à la fois intéressante et extraordinaire.

L'aubergiste du « Corbeau », qui est un homme hospitalier, jugeant que ma malle contenait de quoi l'indemniser des quelques petites peines qu'il pourrait prendre à mon sujet, envoya aussitôt chercher un chirurgien de sa connaissance, et me remit entre ses mains avec une facture et un reçu de dix dollars.

L'acquéreur m'emporta à son domicile et commença aussitôt ses opérations. Cependant, après m'avoir coupé les oreilles, il découvrit des signes de vie. Il sonna alors et envoya chercher un apothicaire du voisinage pour le consulter sur cet imprévu. Pour le cas où ses soupçons concernant mon existence s'avéreraient en fin de compte corrects, il me fit, en attendant, une incision dans le ventre et préleva plusieurs de mes viscères afin de les disséquer en privé.

L'apothicaire fut d'avis que j'étais vraiment mort. Cette idée, j'essayai de la réfuter, en ruant et en me cabrant de toutes mes forces, en faisant les plus furieuses contorsions – car les opérations du chirurgien m'avaient, dans une certaine mesure, rendu la possession de mes facultés. Tout cela, cependant, fut attribué aux effets d'une nouvelle batterie galvanique avec laquelle l'apothicaire, qui est vraiment un homme informé, effectuait diverses curieuses expériences auxquelles, du fait de la part personnelle que je prenais à leur accomplissement, je ne pus m'empêcher de m'intéresser vivement. Ce fut néanmoins pour moi une source de mortification que, malgré plusieurs tentatives de conversation, mes facultés de parole fussent si entièrement suspendues que je ne parvins même pas à ouvrir la bouche ; et encore moins donc, à répondre à certaines théories ingénieuses mais fantaisistes qu'en d'autres circonstances ma connaissance minutieuse de la pathologie hippocratique m'eût permis de réfuter facilement.

Incapables de parvenir à une conclusion, les praticiens me renvoyèrent à un examen ultérieur. On me monta dans un grenier ; et la femme du chirurgien m'ayant affublé de culottes et de bas, le chirurgien lui-même me lia les mains, et m'immobilisa la mâchoire avec un mouchoir – puis il verrouilla la porte de l'extérieur pour se hâter d'aller déjeuner, me laissant seul au silence de ma méditation.

Je découvris alors à ma grande joie que j'aurais pu parler si ma bouche n'avait été immobilisée avec le mouchoir de poche. Rassuré par cette réflexion, je me répétais mentalement certains passages de *l'Omniprésence de la Divinité*, comme c'est mon habitude avant de m'abandonner au sommeil, lorsque deux chats, d'humeur vorace et hargneuse, pénétrant par un trou du mur, bondirent dans une envolée *à la Catalani*, et, s'abattant l'un en face de l'autre sur mon visage, se livrèrent à une malséante dispute à propos de la misérable question de mon nez.

Mais, de même que la perte de ses oreilles se révéla le moyen d'élever au trône de Cyrus, le Mage, ou Mige-Gush de Perse, et de même que l'ablation de son nez donna à Zopyre la possession de Babylone, la perte de quelques onces de mon visage se révéla être le salut de mon corps. Stimulé par la douleur et brûlant d'indignation, je fis d'un seul effort sauter liens et bandage. Traversant majestueusement la pièce, je jetai un regard de mépris aux belligérants et, ouvrant tout grand le châssis, à leur extrême horreur, à leur extrême déception, je me jetai fort prestement par la fenêtre.

Le détrousseur de diligences, W–, avec qui j'avais une singulière ressemblance, était à ce moment mené de la prison de la ville vers l'échafaud érigé pour son exécution dans les faubourgs. Sa faiblesse extrême et sa santé depuis longtemps déficiente, lui avaient valu le privilège de rester sans liens ; et, vêtu de son costume de potence – un costume très semblable au mien –, il gisait de tout son long au fond de la charrette du bourreau (elle se trouva passer sous les fenêtres du chirurgien au moment de mon saut) sans autre garde que le conducteur, qui était endormi, et deux recrues du 6e d'infanterie, qui étaient saouls.

La malchance fit que je tombai debout à l'intérieur du véhicule. W–, qui était un garçon futé, saisit sa chance. Bondissant immédiatement, il sauta dehors par l'arrière, et, tournant dans une ruelle, fut hors de vue en un clin d'œil. Les soldats, réveillés par le remue-ménage, ne purent saisir exactement le fond de cette transaction. Toutefois, voyant sous leurs yeux debout dans la charrette un homme qui était le sosie exact du criminel, ils furent d'avis que le gredin (c'est-à-dire W–) était sur le point de s'évader (ainsi s'exprimèrent-ils), et s'étant mutuellement fait part de cette opinion, chacun d'eux but une goutte, puis à coups de crosse de leurs mousquets, ils m'étendirent raide.

Il ne fallut pas longtemps pour arriver à destination. Bien sûr, il n'y avait rien à dire pour ma défense. La pendaison était mon inévitable destinée. Je m'y résignai avec un sentiment partagé entre la stupeur et l'amertume. N'étant que peu cynique, j'éprouvais tous les sentiments d'un chien. Le bourreau, cependant, ajusta le nœud autour de mon cou. La trappe s'ouvrit.

Je m'abstiens de dépeindre mes sensations sur le gibet ; encore que là, indubitablement, je pourrais en parler fort à propos, et c'est un sujet sur lequel on n'a encore rien dit de bon. En fait, pour écrire sur un tel thème, il est nécessaire d'avoir été pendu. Tout auteur devrait se borner aux matières de son expérience. Ainsi Marc Antoine composa-t-il un traité sur la manière de s'enivrer.

Je dois cependant juste mentionner que je ne mourus pas. Mon corps *fut* suspendu, mais je n'avais pas de souffle qui puisse l'être, et, sans le nœud sous mon oreille gauche (qui donnait la sensation d'un col militaire), je dois dire que je n'aurais éprouvé que fort peu de gêne. Quant à la secousse transmise à mon cou lors de l'ouverture de la trappe, elle s'avéra tout simplement un remède à la torsion que m'avait infligée le gros monsieur de la diligence.

Pour de bonnes raisons, toutefois, je fis de mon mieux et en donnai à l'assemblée pour son dérangement. Mes convulsions furent déclarées extraordinaires. Il aurait été difficile de dépasser mes spasmes. La populace me bissa. Plusieurs messieurs s'évanouirent ; et une multitude de dames furent ramenées chez elles en pleine crise d'hystérie. Pinxit lui-même profita de l'occasion pour retoucher, à partir d'un croquis pris sur le vif, son admirable tableau « Marsyas écorché vif ».

Lorsque j'eus procuré assez d'amusement, on jugea bon d'ôter mon corps du gibet ; et cela d'autant plus que le véritable coupable avait été entre-temps repris et reconnu, fait que j'eus la malchance d'ignorer.

On professa, bien sûr, beaucoup de sympathie à mon égard, et, comme personne ne réclamait mon corps, on donna l'ordre de m'enterrer dans un caveau public.

C'est là qu'après un intervalle convenable, je fus déposé. Le fossoyeur s'en fut et je restai seul. Un vers du *Malcontent* de Marston –

La mort est bon compagnon et tient table ouverte –

me frappa à ce moment comme un mensonge manifeste.

Je fis cependant sauter le couvercle de mon cercueil et pris pied à l'extérieur. L'endroit était affreusement morne et humide, et je me sentis gagné par l'*ennui*. En guise de distraction, je me dirigeai à tâtons parmi les nombreux cercueils rangés en bon ordre alentour. Je les descendis, un par un, et, forçant leurs couvercles, m'absorbai en spéculations sur les morts qu'ils contenaient.

« Ceci », monologuai-je en tombant sur une carcasse bouffie, boursouflée, ronde – « ceci a sans doute été, dans tous les sens du mot, un malheureux – un infortuné. Son terrible sort fut non de marcher mais de se dandiner – de traverser la vie non comme un être humain, mais comme un éléphant – non comme un homme, mais comme un rhinocéros.

« Ses tentatives pour avancer n'ont fait qu'avorter, et ses manœuvres circumgiratoires n'ont été qu'un échec manifeste. En faisant un pas en avant, son malheur a été d'en faire deux vers la droite et trois vers la gauche. Ses études se sont bornées à la poésie de Crabbe. Il n'a pu avoir aucune idée de la merveille qu'est une *pirouette*. Pour lui un *pas de papillon* ne fut qu'un concept abstrait. Il n'est jamais monté au sommet d'une colline. Il n'a jamais contemplé du haut d'un clocher les splendeurs d'une métropole. La chaleur fut son ennemie mortelle. Pendant la canicule, ses journées ont été des journées de chien. A ce moment, il a rêvé de flammes et de suffocation, de montagnes empilées sur des montagnes, du Pélion entassé sur l'Ossa. Il avait le souffle court ; pour tout dire, il avait le souffle court. Il trouvait extravagant qu'on jouât d'instruments à vent. Il fut l'inventeur d'éventails automatiques, de manches à air et de ventilateurs. Il patronna Du Pont, le fabricant de soufflets, et il mourut misérablement en essayant de fumer un cigare. Son cas est de ceux pour lesquels je ressens un vif intérêt – un sort avec lequel je sympathise sincèrement. »

« Mais ici, dis-je – ici » – et je tirai rageusement de son réceptacle une forme émaciée, grande et étrange dont l'aspect remarquable me frappa d'un sentiment de désagréable familiarité – « voici un misérable qui n'a droit ici-bas à aucune commisération. » Ce disant, afin d'obtenir une vue plus distincte de mon sujet, je saisis son nez entre le pouce et l'index, et, le forçant à prendre une position assise sur le sol, je le maintins ainsi à bout de bras, tout en continuant mon monologue.

« Il n'a droit ici-bas, répétai-je, à aucune commisération. Qui vraiment songerait à s'apitoyer sur une ombre ? D'ailleurs, n'a-t-il pas eu sa pleine part des bonheurs des mortels ? Il a été le créateur des hauts monuments – des tours à fondre le plomb de chasse – des paratonnerres – des peupliers de Lombardie. Son traité sur *Les Enfers et les Ombres* l'a immortalisé. Il a édité avec une habileté distinguée la dernière édition du livre de South, *Des os*. Il alla très tôt à l'université, et y étudia la pneumatique. Puis il rentra chez lui, parla continuellement, et joua du cor d'harmonie. Il patronna les cornemuses. Le Capitaine Barclay, qui marchait contre le temps, a refusé de marcher contre lui. Ventoux et Tousouffle furent ses écrivains favoris ; son artiste favori, Phiz. Il mourut glorieusement en inhalant du gaz – *levique flatu corrumpitur*, comme la *fama pudicitiae* de saint Jérôme[1]. C'était indubitablement un... »

« Comment *pouvez*-vous ? – Comment – *pouvez*-vous ? » – m'interrompit l'objet de mes attaques, haletant, et arrachant, d'un effort désespéré, le bandage qui entourait ses mâchoires – « Comment *pouvez*-vous, M. Manque-de-souffle, être assez infernalement cruel pour me pincer de cette façon le nez ? N'avez-vous pas vu comme ils m'ont ficelé la bouche ? Et vous *devez* savoir, si jamais vous savez quelque chose, de quel excédent de souffle je dispose ! Si, cependant, vous ne le savez pas, asseyez-vous et vous allez voir. Dans ma situation c'est vraiment un grand soulagement que d'être capable d'ouvrir la bouche – d'être

1. « *Tenera res in feminis fama pudicitiae, et quasi flos pulcherrimus, cito ad levem marcessit auram, levique flatu corrumpitur, maxime,* etc. » S. Hieron, Epist. LXXXV, « Ad Salvinam ».

capable de discourir – d'être capable de communiquer avec quelqu'un comme vous qui ne se croit pas obligé d'interrompre à chaque phrase le discours d'un monsieur. Les interruptions sont ennuyeuses et devraient indiscutablement être bannies – ne pensez-vous pas ? – pas de réponse je vous en prie – il suffit qu'une seule personne parle à la fois. J'en aurai bientôt fini, et vous pourrez alors commencer. – Comment diable, monsieur, avez-vous échoué dans ce lieu ? – pas un mot, je vous en supplie – suis ici moi-même depuis quelque temps – terrible accident ! – entendu parler, je suppose ? – affreuse calamité ! – passais sous vos fenêtres – il y a peu, au moment où vous avez été saisi par le théâtre – horrible événement ! – entendu parler de “reprendre son souffle”, hein ? – taisez-vous, vous dis-je ! – J'ai repris celui de quelqu'un d'autre ! – en avais toujours eu trop pour ma part – rencontré Blabla au coin de la rue – ne m'a pas laissé placer un mot – pas pu placer une syllabe – ai donc eu une attaque d'épilepsie – Blabla s'est sauvé – maudits soient les sots – on m'a cru mort, et placé en ce lieu – ils en font de belles, tous autant qu'ils sont ! – entendu tout ce que vous avez dit à mon propos – chaque mot un mensonge – horrible ! – extraordinaire ! – scandaleux ! – effroyable ! – incompréhensible ! et caetera – et caetera – et caetera – et caetera – »

Il est impossible de concevoir mon étonnement devant un discours aussi inattendu ; ni la joie avec laquelle je me convainquis peu à peu que le souffle si heureusement capté par le monsieur (en qui je reconnus bientôt mon voisin Ventassez) était, en fait, l'exacte expiration que j'avais égarée lors de la conversation avec ma femme. Le moment, le lieu et les circonstances rendaient la chose indubitable. Cependant, je ne relâchai pas tout de suite ma prise sur l'appendice nasal de M. V– ; je la maintins tant que l'inventeur des peupliers de Lombardie continua de m'honorer de ses explications.

De ce point de vue, j'étais mû par l'habituelle prudence qui a toujours été mon trait prédominant. Je songeai que je pouvais encore rencontrer maintes difficultés sur la voie de mon salut et que seul un effort extrême de ma part pourrait les surmonter. Bien des gens, pensai-je, ont tendance à estimer les biens en leur possession – même lorsqu'ils sont sans valeur pour leur actuel propriétaire – même lorsqu'ils sont embarrassants ou gênants – en fonction directe des avantages que d'autres pourraient tirer de leur possession, ou eux-mêmes de leur abandon. Cela ne pourrait-il être le cas de M. Ventassez ? En me montrant impatient d'obtenir le souffle dont il est actuellement si désireux de se débarrasser, n'allais-je pas m'exposer moi-même aux exactions de sa cupidité ? Il y a des canailles en ce monde, me rappelai-je en soupirant, qui ne se feraient pas scrupule de profiter d'occasions déloyales même avec un proche voisin, et (cette remarque vient d'Epictète) c'est précisément au moment où les hommes sont les plus impatients de rejeter le fardeau de leurs propres malheurs qu'ils se sentent le moins désireux de le soulager chez les autres.

C'est à partir de ce genre de considérations, et tout en maintenant ma prise sur le nez de M. V–, que je crus bon de modeler ma réponse.

« Monstre ! » commençai-je sur le ton de la plus profonde indignation, « monstre, et idiot à double souffle ! Comment oses-tu, *toi* qu'il a plu au Ciel pour tes iniquités d'affliger d'une double respiration – comment oses-tu, dis-je, t'adresser à moi sur le ton familier d'une vieille connaissance ? – "Je mens", en vérité !, et "je tiens ma langue", bien sûr ! – jolie conversation vraiment pour un monsieur à un seul souffle ! – et tout cela lorsque j'ai en mon pouvoir de te délivrer du malheur dont tu souffres si justement – de réduire l'excédent de ta malheureuse respiration. »

Comme Brutus, je m'arrêtai pour ménager une réponse dont M. Ventassez me submergea immédiatement. Les protestations succédèrent aux protestations et les excuses aux excuses. Il n'y avait pas de conditions qu'il ne fût disposé à accepter, et il n'en fut point dont j'eusse manqué de tirer le meilleur avantage.

Les préliminaires ayant été arrangés en détail, mon compagnon me rendit la respiration ; pour laquelle (après l'avoir dûment examinée) je lui donnai alors un reçu.

Je me rends compte que beaucoup de gens me tiendront pour blâmable de parler d'une façon si superficielle d'une transaction aussi impalpable. On pensera que j'aurais dû entrer plus minutieusement dans les détails d'un événement grâce auquel – et ceci est très vrai – bien des lumières nouvelles pourraient être projetées sur une branche hautement intéressante de la philosophie physique.

A tout cela, je suis au regret de ne pouvoir répondre. Une allusion est la seule réponse qu'il me soit permis de faire. Il y avait des *circonstances* – mais je crois plus prudent à la réflexion d'en dire le moins possible à propos d'une affaire si délicate – si *délicate*, je le répète, et qui impliquait à l'époque les intérêts d'une tierce personne dont je n'ai pas la moindre envie, encore actuellement, d'encourir le sulfureux ressentiment.

Il ne nous fallut pas longtemps après ce nécessaire arrangement pour nous échapper des cachots du sépulcre. La force unie de nos voix ressuscitées fut bientôt assez apparente. Ciseaux, le journaliste whig, republia un traité sur « la nature et l'origine des bruits souterrains ». Réponse – réplique – réfutation et justification s'ensuivirent dans les colonnes d'une Gazette Démocrate. Ce ne fut pas avant qu'on ouvrît le caveau pour trancher le débat, que l'apparition de M. Ventassez et de moi-même prouva aux deux parties qu'elles avaient été décidément dans l'erreur.

Je ne puis conclure ces détails de quelques instants très singuliers d'une vie à tout moment fertile en événements, sans rappeler encore une fois à l'attention du lecteur les mérites de cette philosophie aveugle qui est un bouclier sûr et facile contre ces traits du malheur que l'on ne peut ni voir, ni sentir, ni comprendre pleinement. C'est dans l'esprit de cette sagesse que, parmi les anciens Hébreux, on croyait que les portes du Paradis s'ouvriraient inévitablement au pécheur ou au saint, qui, avec de bons poumons et une pleine confiance, crierait le mot « *Amen !* ». C'est dans l'esprit de cette sagesse que, lorsqu'une grande peste ravageait Athènes et qu'on avait en vain tenté tous les moyens pour l'éliminer, Epiménide, comme le rapporte Laërce au second livre sur ce philosophe, conseilla l'érection d'un autel et d'un temple « au dieu approprié. »

LYTTLETON BARRY

Bon-Bon

Traduit par Alain Jaubert

Quand un bon vin meuble mon estomac
Je suis plus savant que Balzac –
Plus sage que Pibrac ;
Mon bras seul faisant l'attaque
De la nation Cosaque,
La mettroit au sac ;
De Charon je passerois le lac
En dormant dans son bac ;
J'irois au fier Eac,
Sans que mon cœur fît tic ni tac,
Présenter du tabac.

VAUDEVILLE FRANÇAIS.

Que Pierre Bon-Bon fût un *restaurateur* d'une qualité peu commune, nul de ceux qui, durant le règne de –, fréquentèrent le petit *café* du *cul-de-sac* Le Febvre à Rouen, ne se sentira, j'imagine, libre de le contester. Que Pierre Bon-Bon fût, à un degré égal, expert en la philosophie de cette époque, est, je le présume, encore plus nettement indéniable. Ses *pâtés de foie* étaient sans aucun doute impeccables ; mais quelle plume rendra justice à ses essais *sur la Nature* – à ses pensées *sur l'Ame* – à ses observations *sur l'Esprit* ? Si ses *omelettes* – si ses *fricandeaux* étaient inestimables, quel *littérateur* de ce temps n'eût donné deux fois plus pour une « *Idée de Bon-Bon* » que pour toute la camelote de toutes les « *Idées* » de tout le reste des *savants* ? Bon-Bon avait fouillé des bibliothèques que personne d'autre n'avait fouillées – avait lu plus qu'aucun autre n'aurait eu l'idée de lire – avait compris plus qu'aucun autre n'aurait conçu la possibilité de comprendre ; et quoique, pendant qu'il prospérait, il ne manquât pas d'auteurs à Rouen pour affirmer « que ses *dicta* ne montraient ni la pureté de l'Académie ni la profondeur du Lycée » – quoique, notez-le, ses doctrines en général ne fussent pas du tout comprises, il n'en découle pas pour autant qu'elles étaient difficiles à comprendre. C'était, je crois, à cause de leur évidence intrinsèque que beaucoup de gens étaient amenés à les trouver abstruses. C'est à Bon-Bon – mais n'ébruitez pas cela – c'est à Bon-Bon que Kant lui-même doit principalement sa métaphysique. Le premier n'était vraiment ni un platonicien ni à strictement parler un aristotélicien – et il ne gaspillait pas non plus, comme le moderne Leibniz, ces heures précieuses qui auraient pu être employées à l'invention d'une *fricassée* ou, *facili gradu*, à l'analyse d'une sensation, en tentatives frivoles pour réconcilier les huiles et les eaux obstinées de la discussion éthique. Pas du tout. Bon-Bon était ionien – Bon-Bon était également italique. Il raisonnait *a priori* – il raisonnait *a posteriori*. Ses idées étaient innées – ou le contraire. Il croyait en Georges de Trébizonde – il croyait en Bessarion. Bon-Bon était positivement un – bon-boniste.

J'ai parlé du philosophe en sa qualité de *restaura-*

teur. Je ne voudrais cependant pas qu'aucun de mes amis s'imaginât qu'en remplissant ses devoirs héréditaires dans ce sens, notre héros était privé de la juste appréciation de leur dignité et de leur importance. Loin de là. Il était impossible de dire de quelle branche de sa profession il tirait la plus grande fierté. Selon son opinion, les facultés intellectuelles étaient en rapport intime avec les capacités de l'estomac. Je ne suis pas sûr, en fait, qu'il ait été en grand désaccord avec les Chinois qui disent que l'âme réside dans l'abdomen. Les Grecs, en tout cas, avaient raison, pensait-il, qui employaient le même mot pour l'esprit et pour le diaphragme[1]. Par là je ne prétends pas porter la moindre accusation de gloutonnerie, ni aucune autre accusation vraiment sérieuse à l'encontre du métaphysicien. Si Pierre Bon-Bon avait ses défauts – et quel grand homme n'en a un millier ? – si Pierre Bon-Bon, dis-je, avait ses défauts, c'étaient des défauts de très petite importance – des fautes qui vraiment, chez d'autres tempéraments, ont souvent été considérées plutôt comme des vertus. Quant à l'un de ces faibles, je ne l'aurais même pas mentionné dans cette histoire sans le remarquable relief – l'extrême *alto relievo* – avec lequel il faisait saillie à la surface de son caractère général. Il ne pouvait jamais laisser passer l'occasion de faire une affaire.

Ce n'est pas qu'il fût avare – non. Il n'était nullement nécessaire à la satisfaction du philosophe que l'affaire fût à son propre avantage. Pourvu qu'un commerce ait pu avoir lieu – un commerce de n'importe quelle sorte, à n'importe quelles conditions

1. φρένες.

ou dans n'importe quelles circonstances – on voyait un sourire de triomphe éclairer son visage pendant bien des jours, et un clin d'œil malin témoignait de sa perspicacité.

A n'importe quelle époque, il n'aurait pas été bien étonnant qu'un humour aussi particulier que celui que je viens de mentionner attirât l'attention et le commentaire. A l'époque de notre histoire, si cette particularité n'avait *pas* attiré l'observation, il y aurait vraiment eu de quoi s'étonner. On rapporta bientôt qu'en toutes occasions de cette nature, le sourire de Bon-Bon différait grandement du franc sourire avec lequel il riait de ses propres plaisanteries ou accueillait une connaissance. On lança des bruits de nature mystérieuse ; on raconta des histoires de marchés passés à la hâte et regrettés à loisir ; et on donna des exemples de pouvoirs inexplicables, de vagues désirs, et de penchants anormaux implantés en lui par l'auteur de tout mal dans un secret dessein connu de lui seul.

Le philosophe avait d'autres faiblesses – mais elles sont à peine dignes du sérieux de notre examen. Par exemple, il y a peu d'hommes d'une profondeur extraordinaire chez qui ne se découvre quelque penchant pour la bouteille. Que ce penchant soit une cause stimulante, ou plutôt une preuve solide de cette profondeur, il n'est pas facile de le dire. Bon-Bon, pour autant que je puisse le savoir, ne pensait pas que le sujet se prêtât à une investigation minutieuse ; – ni moi non plus. Il ne faut pourtant pas supposer qu'en se livrant à une tendance si véritablement classique, le *restaurateur* perdît de vue cette discrimination intuitive qui caractérisait d'habitude à la fois ses *essais* et ses *omelettes*. Dans ses retraites, le vin de Bourgogne avait son heure consacrée, et il y avait des moments appropriés pour le côtes-du-rhône. Pour lui le sauternes était au médoc ce que Catulle était à Homère. Il jouait avec un syllogisme en sirotant un saint-péray, mais débrouillait un argument au clos-vougeot, et retournait une théorie dans un flot de chambertin. Il eût été bon qu'un sentiment aussi vif des convenances l'aidât dans sa tendance aux futilités à laquelle j'ai déjà fait allusion – mais ce n'était aucunement le cas. Et même, pour dire la vérité, *ce* trait de caractère chez le philosophique Bon-Bon commença à prendre à la longue une sorte d'intensité, de mysticisme étranges, et il parut se teinter profondément de la *diablerie* de ses études germaniques favorites.

Pénétrer dans le petit *café* du *cul-de-sac* Le Febvre c'était, à l'époque de notre histoire, pénétrer dans le *sanctuaire* d'un homme de génie. Bon-Bon était un homme de génie. Il n'y avait pas un *sous-cuisinier* à Rouen, qui n'eût pu vous dire que Bon-Bon était un homme de génie. Sa chatte même le savait, et se gardait bien d'agiter la queue en présence de l'homme de génie. Son grand chien de chasse était au courant de la chose, et à l'approche de son maître trahissait son sentiment d'infériorité par une attitude sage, un abaissement des oreilles, et un relâchement de la mâchoire inférieure qui n'étaient pas tout à fait indignes d'un chien. Il est cependant vrai qu'une bonne part de cet habituel respect aurait pu être attribuée à l'apparence personnelle du métaphysicien. Des dehors distingués font leur effet, je suis obligé de le dire, même sur une bête ; et je suis prêt à reconnaître que beaucoup de choses dans l'aspect du *restaurateur* étaient calculées pour faire impression sur l'imagination du quadrupède. Il y a une particulière majesté dans l'allure des grands petits – si on veut me permettre une expression aussi équivoque – que la simple masse physique serait à elle seule incapable de jamais créer. Si cependant Bon-Bon avait à peine trois pieds de haut, et si sa tête était minusculement petite, il était pourtant impossible de contempler la rondeur de son ventre sans un sentiment de magnificence fort proche du sublime. Les chiens comme les hommes avaient dû voir dans son volume un modèle de ses connaissances – et dans son immensité une demeure commode pour son âme immortelle.

Je pourrais ici – si cela me plaisait – m'étendre sur la question de l'habillement, et autres simples détails extérieurs du métaphysicien. Je pourrais dire que notre héros portait les cheveux courts, coiffés lisses sur le front, et surmontés d'un bonnet conique de flanelle blanche à glands – que son pourpoint vert jardin n'était pas à la mode de ceux que portait la classe ordinaire des *restaurateurs* à cette époque-là – que les manches étaient légèrement plus amples que ne l'autorisait le costume à la mode – que les manchettes étaient retournées, non pas selon l'usage de cette époque barbare, avec du tissu de même qualité et de même couleur que le vêtement, mais garnies d'une façon bien plus fantaisiste de velours de Gênes bariolé – que ses pantoufles étaient d'un pourpre éclatant, curieusement filigranées, et auraient pu être fabriquées au Japon, n'étaient leurs pointes exquises et les teintes brillantes des bordures et des broderies – que ses culottes étaient de cette matière jaune semblable au satin et nommée *aimable* – que son manteau bleu ciel, d'une forme ressemblant à une robe de chambre, et partout richement semé de motifs cramoisis, flottait cavalièrement sur ses épaules comme un brouillard du matin – et que son *tout ensemble* suscita ce mot remarquable de Benevenuta, l'Improvisatrice de Florence : « Qu'il était difficile de dire si Pierre Bon-Bon était en fait un oiseau de paradis ou s'il n'était plutôt un vrai paradis de perfection. » Je pourrais, dis-je, m'étendre sur tous ces points si cela me plaisait, – mais je m'en abstiens ; ces détails purement personnels peuvent être laissés aux romanciers historiques, – ils sont au-dessous de la dignité morale des faits bruts.

J'ai dit qu'« entrer dans le *café* du *cul-de-sac* Le Febvre était entrer dans le *sanctuaire* d'un homme de génie » – mais aussi seul l'homme de génie pouvait apprécier convenablement les mérites du *sanctuaire*. Une enseigne consistant en un vaste folio se balançait devant la porte. D'un côté du volume était peinte une bouteille ; de l'autre un *pâté*. Au dos était visible en grandes lettres *Œuvres de Bon-Bon*. Ainsi était délicatement symbolisée la double occupation du propriétaire.

Lorsqu'on franchissait le seuil, tout l'intérieur du bâtiment se présentait à la vue. Une longue salle au plafond bas, de construction ancienne, était en vérité toute l'installation offerte par le *café*. Dans un coin du logement se trouvait le lit du métaphysicien. Un arrangement de rideaux, joint à un baldaquin *à la Grecque*, lui donnait un air à la fois classique et confortable. Dans le coin opposé apparaissaient, en communion familiale directe, les accessoires de la cuisine et de la *bibliothèque*. Un plat de polémique était paisiblement posé sur le buffet. Ici se trouvait une fournée de l'éthique la plus récente – là une marmite de mélanges in-douze. Les volumes de morale allemande étaient comme les doigts de la main avec le gril – On pouvait découvrir une fourchette à rôtir à côté d'Eusèbe – Platon reposait tout à son aise sur la poêle à frire – et les manuscrits contemporains étaient enfilés sur la broche.

A d'autres égards, on pouvait dire que le *Café de Bon-Bon* ne différait que peu des *restaurants* habituels de l'époque. Une vaste cheminée s'ouvrait face à la porte. A droite de la cheminée, une armoire ouverte montrait un formidable étalage de bouteilles étiquetées.

Ce fut là, un soir, vers les minuit, pendant le rigoureux hiver de –, que Pierre Bon-Bon, après avoir écouté pendant quelque temps les commentaires de ses voisins sur son singulier penchant – que Pierre Bon-Bon, dis-je, les ayant tous chassés de chez lui, verrouilla la porte sur eux avec un juron, et, tout à son humeur assez peu pacifique, se transporta vers les conforts d'un fauteuil au siège de cuir et d'un feu de fagots ardent.

C'était une de ces nuits terribles qu'on ne voit qu'une ou deux fois par siècle. Il neigeait furieusement, et la maison était ébranlée jusqu'en son centre par les rafales de vent qui, en s'engouffrant dans les lézardes du mur, et se déversant impétueusement par la cheminée, secouaient affreusement les rideaux de lit du philosophe et désorganisaient l'économie de ses moules à pâtés et de ses papiers. L'énorme in-folio de l'enseigne qui se balançait à l'extérieur, exposé à la fureur de la tempête, craquait sinistrement, et provoquait des sons gémissants dans ses supports de chêne solide.

Ce n'était pas d'une humeur placide, dis-je, que le métaphysicien tira son fauteuil à sa place habituelle près du foyer. Maints incidents de nature troublante s'étaient produits durant le jour, perturbant la sérénité de ses méditations. En essayant *des œufs à la Princesse*, il avait par mégarde commis une *omelette à la Reine* ; la découverte d'un principe d'éthique avait échoué à cause d'un ragoût renversé ; et enfin, pour achever le tout, il avait raté un de ces admirables marchandages qu'à tout moment il prenait un particulier plaisir à mener à bon terme. Mais à l'irritation de son esprit provoquée par ces inexplicables vicissitudes, ne manquait pas de se mêler, dans une certaine mesure, cette inquiétude nerveuse que la fureur d'une nuit de tempête est si propice à créer. Sifflant pour que s'approche plus près de lui le grand chien noir dont nous avons déjà parlé et, s'installant mal à l'aise dans son fauteuil, il ne put s'empêcher de jeter un coup d'œil méfiant et inquiet vers ces lointains recoins de la salle dont même la lumière rougeoyante du feu ne pouvait que partiellement vaincre les ombres inexorables. Ayant effectué un examen dont le but exact ne lui était peut-être pas intelligible, il attira près de son siège une petite table couverte de livres et de papiers, et s'absorba bientôt dans la tâche de retoucher un volumineux manuscrit qui devait être donné à la publication le lendemain.

Il était occupé ainsi depuis plusieurs minutes lorsque soudain une voix plaintive murmura dans la pièce : « Je ne suis pas pressé, Monsieur Bon-Bon. »

« Diable ! » s'écria notre héros, qui se dressa brusquement, renversant la table à côté de lui, et il regarda avec surprise tout autour de lui.

« C'est bien vrai », répondit calmement la voix.

« Bien vrai ! – qu'est-ce qui est bien vrai ? – Comment êtes-vous entré ici ? » vociféra le métaphysicien, tandis que son regard tombait sur quelque chose qui était étendu de tout son long sur le lit.

« Je disais », dit l'intrus, sans faire attention aux questions, – « je disais que je ne suis pas du tout pressé par le temps – que l'affaire pour laquelle j'ai pris la liberté de vous rendre visite n'est pas d'une importance pressante – que je peux très bien attendre que vous ayez fini votre exposé. »

« Mon exposé ! – Ça alors ! – Comment savez-*vous* ? – Comment avez-*vous* pu savoir que j'étais en train d'écrire un exposé – bon Dieu ! »

« Chut ! » répondit la forme, d'un ton bas et aigre ; et, se levant prestement du lit, elle fit un pas vers notre héros, tandis qu'une lampe de fer qui pendait du plafond se balançait convulsivement à son approche.

L'étonnement du philosophe ne l'empêcha pas d'examiner attentivement le vêtement et l'allure de l'étranger. Les lignes de sa silhouette, excessivement mince, mais d'une taille bien supérieure à la moyenne, se distinguaient dans les moindres détails du fait d'un costume – fané – de drap noir qui s'ajustait étroitement à la peau, mais qui, pour le reste, était coupé tout à fait dans le style du siècle précédent. Ce vêtement avait de toute évidence été destiné à une personne beaucoup plus petite que son présent propriétaire. Ses chevilles et ses poignets étaient découverts sur plusieurs pouces. Sur ses souliers, cependant, une paire de boucles très brillantes démentait l'extrême pauvreté suggérée par les autres parties de son costume. Sa tête était nue et entièrement chauve, à l'exception de la partie postérieure d'où pendait une *queue* d'une longueur considérable. Une paire de lunettes vertes, avec des verres sur le côté, protégeait ses yeux de l'action de la lumière, et en même temps empêchait notre héros de se rendre compte de leur couleur comme de leur forme. Sur toute sa personne il n'y avait pas la moindre trace de chemise ; mais une cravate blanche, d'aspect crasseux, était nouée avec une extrême précision autour de son cou, et les extrémités, pendant cérémonieusement l'une à côté de l'autre, faisaient penser (quoique, si j'ose dire, sans intention délibérée) à un ecclésiastique. A dire vrai, bien d'autres points dans son apparence comme dans son comportement auraient fort bien pu renforcer une telle idée. Au-dessus de l'oreille gauche, il portait, à la manière d'un moderne employé, un instrument ressemblant au *stylus* des Anciens. Dans une poche de poitrine de son vêtement se montrait bien en évidence un petit volume noir à fermoirs d'acier. Ce livre, que ce soit ou non par hasard, était tourné vers l'extérieur de façon qu'on puisse lire en lettres blanches sur sa couverture, les mots « *Rituel Catholique* ». Toute sa physionomie était d'un intéressant type saturnien – et même d'une pâleur cadavérique. Le front était haut, et profondément creusé par les rides de la méditation. Les coins de la bouche s'étiraient vers le bas en une expression de l'humilité la plus soumise. Il avait aussi une façon de joindre les mains, comme il s'avançait vers notre héros – un profond soupir – et, dans l'ensemble, une si totale allure de sainteté qu'elle n'aurait pu manquer de prévenir sans équivoque en sa faveur. Toute trace de colère disparut du visage du métaphysicien, lorsque, ayant achevé un examen satisfaisant de la personne de son visiteur, il lui serra cordialement la main et le conduisit vers un siège.

Ce serait pourtant une erreur radicale que d'attribuer cette transformation subite des sentiments du philosophe à l'un de ces faits dont on pourrait naturellement supposer qu'il ait eu une influence. En vérité, Pierre Bon-Bon, d'après ce que j'ai pu comprendre de son caractère, était de tous les hommes le moins facilement influencé par toute forme de comportement extérieur. Il était impossible qu'un observateur aussi aigu des hommes et des choses eût manqué de découvrir, sur le moment, la véritable qualité du personnage qui s'était ainsi introduit dans son hospitalité. Pour n'en pas dire plus, la conformation des pieds de son visiteur était suffisamment remarquable – il maintenait sans pesanteur au-dessus de sa tête un chapeau extraordinairement haut – il y avait un renflement remuant vers le fond de son pantalon – et la vibration des basques de son habit était un fait manifeste. Jugez donc avec quel sentiment de satisfaction notre héros se trouva donc ainsi jeté d'un seul coup dans la compagnie d'une personne pour qui il avait de tout temps professé un respect sans aucune réserve. Il avait néanmoins bien trop de diplomatie pour laisser échapper le moindre indice de ses soupçons quant à l'exacte situation. Il n'était pas dans son rôle de sembler du tout conscient du grand honneur qui lui était ainsi fait sans qu'il s'y attendît ; mais plutôt, en menant la conversation avec son hôte, d'éclaircir quelques idées éthiques importantes, qui pourraient bien, en trouvant place dans la publication projetée, éclairer la race humaine, et en même temps l'immortaliser lui-même – idées, j'aurais dû l'ajouter, qu'auraient pu fort bien lui apporter le grand âge de son visiteur et sa compétence dans la science de la morale.

Poussé par ces vues éclairées, notre héros pria le monsieur de s'asseoir, tandis que lui-même en profitait pour jeter quelques fagots dans le feu, et pour poser sur la table maintenant redressée quelques bouteilles de *mousseux*. Ayant rapidement achevé ces opérations, il tira son fauteuil *vis-à-vis* de son compagnon et attendit que ce dernier entamât la conversation. Mais les plans, même les plus habilement mûris, sont souvent contrariés dès le début de leur application – et le *restaurateur* se trouva bien *décontenancé* par les premiers mots du discours de son visiteur.

« Je vois que vous me reconnaissez, Bon-Bon, dit-il ; ha ! ha ! ha ! – hé ! hé ! hé ! – hi ! hi ! hi ! – ho ! ho ! ho ! – hu ! hu ! hu ! – » et le Diable, abandonnant d'un seul coup la sainteté de son maintien, ouvrit toute grande la bouche d'une oreille à l'autre, découvrant un jeu de dents pointues comme des crocs, et, rejetant la tête en arrière, se mit à rire longuement, fort, méchamment, et à gorge déployée, tandis que le chien noir assis sur son derrière se joignait vigoureusement au chœur, et que la chatte tigrée, ayant pris la tangente, se dressait et poussait des cris perçants dans le coin le plus éloigné de la pièce.

Mais pas le philosophe : il était trop homme du monde pour rire comme le chien ou pour trahir par des cris une nervosité déplacée, comme la chatte. Il faut avouer qu'il éprouvait quelque étonnement à voir les lettres blanches qui formaient les mots « *Rituel Catholique* » sur le livre placé dans la poche de son hôte changer instantanément à la fois de couleur et de sens, et, en quelques secondes, au lieu du titre original, flamboyer en caractères rouges les mots « *Registre des Condamnés* ». Comme Bon-Bon répondait à la remarque de son visiteur, cette surprenante circonstance conféra à l'attitude de Bon-Bon un air d'embarras que probablement on n'aurait pas observé autrement.

« Eh bien, Monsieur, dit le philosophe, eh bien, Monsieur, pour parler sincèrement – je crois que vous êtes – ma parole – le d– le dest – c'est-à-dire, je pense – j'imagine – j'ai quelque vague – quelque *très* vague idée – du remarquable honneur – »

« Oh ! – ah ! – oui ! – très bien ! interrompit Sa Majesté ; n'en dites pas plus – je vois ce que c'est. » Et sur ce, ôtant ses lunettes vertes, il en essuya les verres soigneusement avec la manche de son manteau, puis les déposa dans sa poche.

Si Bon-Bon avait été étonné de l'incident du livre, sa stupeur était maintenant portée à son comble par le spectacle qui se présentait à sa vue. Levant les yeux avec un vif sentiment de curiosité pour vérifier la couleur de ceux de son hôte, il découvrit qu'ils n'étaient nullement noirs, comme il s'y attendait – ni gris, comme on aurait pu l'imaginer – ni même noisette ou bleus – ni non plus jaunes ou rouges – ni violets – ni verts – ni d'aucune couleur des cieux au-dessus de nous, de la terre au-dessous ou des eaux sous la terre. Bref, Pierre Bon-Bon non seulement vit que Sa Majesté n'avait pas d'yeux du tout, mais même ne put déceler le moindre signe qu'ils eussent jamais existé à une époque antérieure – car l'endroit où auraient dû se trouver naturellement les yeux était, je suis bien obligé de le dire, simplement une surface plane de chair.

Il n'était pas dans la nature du métaphysicien de s'interdire d'effectuer quelque investigation sur les origines d'un phénomène aussi étrange ; et la réponse de Sa Majesté fut à la fois prompte, digne et satisfaisante.

« Des yeux ! mon cher Bon-Bon – des yeux ! avez-vous dit ? – oh ! ah ! – je vois ! Les gravures ridicules, hein, qui sont en circulation, vous ont donné une fausse idée de mon apparence personnelle ? Des yeux ! – c'est vrai. Les yeux, Pierre Bon-Bon, sont très bien à leur place appropriée – *qui*, diriez-vous, est la tête ? – bien – la tête d'un ver. Et de même, pour *vous*, ces instruments d'optique sont indispensables – mais je vais vous convaincre que ma vision est plus pénétrante que la vôtre. Voilà une chatte que je vois dans le coin – une jolie chatte – regardez-la – observez-la bien. Eh bien Bon-Bon, voyez-vous les pensées – les pensées, dis-je – les idées – les réflexions – qui sont en train d'être engendrées sous son péricrâne ? Et voilà – vous ne les voyez pas ! Elle pense que nous admirons la longueur de sa queue et la profondeur de son esprit. Elle vient de conclure que je suis le plus distingué des ecclésiastiques et que vous êtes le plus superficiel des métaphysiciens. Vous voyez donc que je ne suis pas tout à fait aveugle ; mais pour quelqu'un de ma profession, les yeux dont vous parlez seraient plutôt un embarras, et risqueraient à tout moment d'être crevés par une broche ou une fourche. Pour vous, j'admets que ces articles optiques soient indispensables. Tâchez, Bon-Bon, d'en faire bon usage ; – ma vision à moi, c'est l'âme. »

Là-dessus, l'invité se servit du vin posé sur la table et, tout en versant une rasade pour Bon-Bon, il le pria de boire sans scrupule et de faire absolument comme chez lui.

« Livre intelligent que le vôtre, Pierre », reprit Sa Majesté en donnant une tape d'un air avisé sur l'épaule de notre ami, tandis que celui-ci reposait son verre après avoir pleinement obéi à l'injonction de son visiteur. « Livre intelligent que le vôtre, sur mon honneur. C'est un travail selon mon goût. Je pense cependant que votre façon de tourner les choses pourrait être améliorée, et beaucoup de vos concepts me rappellent Aristote. Ce philosophe était une de mes relations les plus intimes. Je l'aimais autant pour son caractère terriblement mauvais que pour son heureuse aptitude à faire des gaffes. Il n'y a qu'une seule vérité solide dans tout ce qu'il a écrit, et celle-là je la lui ai soufflée par pure compassion envers sa déraison. Je suppose, Pierre Bon-Bon, que vous voyez très bien à quelle vérité morale je fais allusion ? »

« Je ne puis dire que je – »

« Vraiment ! – Eh bien, c'est moi qui ai dit à Aristote qu'en éternuant les hommes expulsaient les idées superflues par le nez. »

« Ce qui est – hic ! – indubitablement le cas », dit le métaphysicien, tout en se servant une autre rasade de mousseux, et il tendit sa tabatière vers les doigts de son visiteur.

« Il y avait Platon, aussi », continua Sa Majesté, refusant en toute simplicité la tabatière et l'hommage qu'elle impliquait – « il y avait Platon, aussi, pour qui j'ai, à une époque, éprouvé toute l'affection d'un ami. Vous avez connu Platon, Bon-Bon ? – ah, non, je vous demande mille pardons. Il me rencontra à Athènes, un jour, au Parthénon, et me dit qu'il était en quête d'une idée. Je lui demandai d'écrire que ὁ νοῦς ἔστιν αὐλός. Il dit qu'il le ferait et rentra chez lui, pendant que je sautais jusqu'aux pyramides. Mais je fus pris de remords d'avoir énoncé une vérité, même pour venir en aide à un ami, et revenant en toute hâte à Athènes, j'arrivai derrière le siège du philosophe au moment où il était en train de rédiger le "αὐλός". En donnant une chiquenaude au lambda avec mon doigt, je le fis basculer la tête en bas. Si bien que la phrase se lit maintenant "ὁ νοῦς ἔστιν αὐγός" et c'est, vous saisissez, la doctrine fondamentale de sa métaphysique. »

« Avez-vous jamais été à Rome ? » demanda le *restaurateur*, tout en finissant sa seconde bouteille de mousseux, et il tira du placard une plus ample provision de chambertin.

« Une seule fois, Monsieur Bon-Bon, une seule fois. Il fut un temps », dit le Diable, comme s'il récitait quelque passage tiré d'un livre – « il fut un temps où se produisit une anarchie de cinq ans, durant laquelle la République, privée de tous ses officiers, n'eut d'autres magistrats que les tribuns du peuple, et ceux-ci n'étaient légalement investis d'aucun pouvoir exécutif – c'est à cette époque, Monsieur Bon-Bon – c'est à cette époque *seulement* que je fus à Rome, et, en conséquence, je n'ai pas la moindre connaissance de sa philosophie[1]. »

« Que pensez-vous de – que pensez-vous de – hic ! – d'Epicure ? »

« Qu'est-ce que je pense de *qui* ? dit le Diable, étonné ; vous n'avez sûrement pas l'intention de reprocher quoi que ce soit à Epicure ! Ce que je pense d'Epicure ! Vous voulez dire moi, Monsieur ? – Je suis Epicure ! Je suis le philosophe même qui a écrit chacun des trois cents traités commémorés par Diogène Laërce. »

« C'est un mensonge ! » dit le métaphysicien, car le vin lui était un peu monté à la tête.

« Très bien ! – très bien, Monsieur ! – vraiment très bien, Monsieur », dit Sa Majesté, apparemment très flattée.

« C'est un mensonge ! » répéta le *restaurateur*, d'un ton tranchant ; « c'est – hic ! – un mensonge ! »

« Bien, bien, comme vous voudrez ! » dit le Diable, paisiblement, et Bon-Bon, ayant battu Sa Majesté dans le débat, crut de son devoir d'achever une seconde bouteille de chambertin.

« Comme je le disais, reprit le visiteur – comme je l'observais il y a un petit moment, il y a quelques concepts très *outrés* dans ce livre de vous, Monsieur Bon-Bon. Que voulez-vous dire, par exemple, avec toute cette fumisterie à propos de l'âme ? S'il vous plaît, Monsieur, qu'est-ce donc que l'âme ? »

« Lâ – hic ! – l'âme », répondit le métaphysicien, en se reportant à son manuscrit, « c'est sans aucun doute – »

1. Ils écrivaient sur la philosophie (Cicero, Lucretius, Seneca) mais c'était la philosophie grecque. – *Condorcet*.

« Non, Monsieur ! »

« Indubitablement – »

« Non, Monsieur ! »

« Indiscutablement – »

« Non, Monsieur ! »

« Evidemment – »

« Non, Monsieur ! »

« Incontestablement – »

« Non, Monsieur ! »

« Hic ! »

« Non, Monsieur ! »

« Et au-delà de toute question une – »

« Non, Monsieur, l'âme n'est rien de cela ! » (Là, le philosophe, furibond, saisit l'occasion d'en finir, sur-le-champ, avec sa troisième bouteille de chambertin.)

« Alors – hic ! – je vous prie, Monsieur – qu'est – qu'est-ce que c'est ? »

« Ce n'est pas la question, Monsieur Bon-Bon », répondit Sa Majesté, songeuse. « J'ai goûté – c'est-à-dire j'ai connu quelques très mauvaises âmes, et aussi quelques-unes assez bonnes. » A ce moment, il fit claquer ses lèvres, et, ayant inconsciemment laissé tomber sa main sur le volume qui se trouvait dans sa poche, il fut saisi d'une violente crise d'éternuements.

Il continua :

« Il y eut l'âme de Cratinus – passable ; celle d'Aristophane – savoureuse ; celle de Platon – exquise – pas *votre* Platon, mais Platon le poète comique, votre Platon aurait révulsé Cerbère – pouah ! Et puis, voyons ! il y avait Naevius, et Andronicus, et Plaute, et Térence. Puis il y avait Lucilius, et Catulle, et Nason et Quintus Flaccus – ce cher Quinquin !

C'est ainsi que je l'appelais lorsqu'il chantait un *seculare* pour mon divertissement, tandis que je le faisais griller, par pure bonne humeur, sur une fourche. Mais ils manquaient de *saveur*, tous ces Romains. Un Grec gras vaut une douzaine d'entre eux, et en outre il se *conserve*, ce qu'on ne saurait dire d'un Quirite. Goûtons donc votre sauternes. »

Bon-Bon, à ce moment, s'était résolu au *nil admirari*, et il entreprit de descendre les bouteilles en question. Il était cependant conscient d'un bruit étrange qui régnait dans la pièce et qui ressemblait à un frétillement de queue. De ce bruit, quoique extrêmement peu convenable de la part de Sa Majesté, le philosophe ne tint pas compte : – il donna simplement un coup de pied au chien et le pria de rester tranquille. Le visiteur continua :

« J'ai trouvé qu'Horace avait un goût très semblable à celui d'Aristote ; – vous savez que j'aime la vérité. Térence, je n'aurais pas pu le distinguer de Ménandre. Nason, à mon étonnement, était un Nicandre déguisé. Virgile avait un fort écho de Théocrite. Martial me rappela beaucoup Archiloque – et Tite-Live était positivement Polybe et nul autre. »

« Hic ! » répondit alors Bon-Bon, et Sa Majesté poursuivit :

« Mais, si j'*ai* un *penchant*, c'est bien pour les philosophes. Oui, permettez-moi de vous le dire, Monsieur, ce n'est pas n'importe quel dia – je veux dire n'importe quel monsieur qui sait *choisir* un philosophe. Les longs ne sont *pas* bons ; et les meilleurs, s'ils ne sont pas soigneusement vidés, ont tendance à être un peu rances, à cause du fiel. »

« Vidés ! »

« Je veux dire dépouillés de la viande. »

« Et que pensez-vous des – hic ! – médecins ? »

« Ne m'en parlez pas ! – pouah ! pouah ! » (Ici Sa Majesté eut un violent haut-le-cœur.) « Je n'en ai jamais goûté qu'un – ce vaurien d'Hippocrate ! – il sentait l'*assa foetida* – pouah ! pouah ! pouah ! – j'ai attrapé un fichu rhume en le lavant dans le Styx – et en plus, il m'a refilé le choléra-morbus. »

« Le – hic ! – misérable ! s'écria Bon-Bon, le – hic ! – l'avorton de boîte à pilules ! » – et le philosophe versa une larme.

« Après tout, continua le visiteur, si un dia – si un monsieur veut *vivre*, il se doit de posséder plus d'un talent ; et pour nous un visage bien plein est une preuve de diplomatie. »

« Comment cela ? »

« Eh bien, on est parfois excessivement à court de provisions. Vous devez savoir que dans un climat aussi chaud que le nôtre, il est souvent impossible de garder un esprit vivant pendant plus de deux ou trois heures ; et après la mort, à moins d'être mis à mariner immédiatement (et un esprit mariné n'est *pas* bon), ils – sentent – vous saisissez, hein ? La putréfaction est toujours à craindre lorsque les âmes nous sont confiées de la manière habituelle. »

« Hic ! – hic ! – bon Dieu ! Comment vous y prenez-vous ? »

A ce moment la lampe de fer commença à se balancer avec une violence redoublée et le Diable sauta à moitié de son siège ; – avec un léger soupir, il reprit cependant son calme, se contentant de dire d'une voix basse à notre héros : « Je vais vous dire, Pierre Bon-Bon, il ne *faut* plus jurer comme cela. »

L'hôte avala une autre rasade, pour manifester sa compréhension et son accord, et le visiteur continua :

« Eh bien, il y a *plusieurs* façons de s'y prendre. La plupart d'entre nous sommes réduits à la famine : certains s'accommodent de la saumure ; pour ma part, j'achète des esprits *vivente corpore*, et dans ce cas je trouve qu'ils se conservent très bien. »

« Mais le corps ! – hic ! – le corps ! ! »

« Le corps, le corps – eh bien, quoi le corps ? – oh ! ah ! Je vois. Eh bien, Monsieur, le corps n'est pas *du tout* affecté par la transaction. J'ai fait en mon temps d'innombrables achats de ce genre, et les intéressés n'ont jamais éprouvé le moindre inconvénient. Il y a eu Caïn et Nemrod, et Néron, et Caligula, et Denys, et Pisistrate, et – et un millier d'autres qui n'ont jamais su ce que c'était que d'avoir une âme durant la dernière partie de leur vie ; et pourtant, Monsieur, ces hommes ont été le fleuron de la société. Et maintenant n'y a-t-il pas A –, que vous connaissez aussi bien que moi ? N'est-*il* pas en possession de toutes ses facultés mentales et physiques ? Qui écrit de plus piquantes épigrammes ? Qui raisonne avec plus d'esprit ? Qui – mais, attendez ! j'ai son pacte dans mon portefeuille. »

En disant cela, il sortit un portefeuille de cuir rouge, et en tira un certain nombre de papiers. Sur certains d'entre eux, Bon-Bon aperçut les lettres *Machi – Maza – Robesp –* ainsi que les mots *Caligula, George, Elizabeth.* Sa Majesté choisit un mince morceau de parchemin et y lut à haute voix les mots suivants :

« En considération de certains dons intellectuels qu'il n'est pas nécessaire de préciser, et en considération aussi de mille louis d'or, je soussigné, âgé d'un an et un mois, cède par la présente au porteur de ce pacte tous mes droits, titres et prétentions sur l'ombre appelée mon âme. (Signé) A...[1]. »

(Ici, Sa Majesté répéta un nom que je ne me sens pas moi-même autorisé d'indiquer plus clairement.)

« Un garçon intelligent, reprit-il ; mais, comme vous, Monsieur Bon-Bon, il se trompait à propos de l'âme. L'âme, une ombre, vraiment ! L'âme une ombre ! Ha ! ha ! ha ! – hé ! hé ! hé ! – hu ! hu ! hu ! Imaginez seulement une ombre fricassée ! »

« Imaginez *seulement* – hic ! – une ombre fricassée ! » s'écria notre héros, dont les facultés se trouvaient de plus en plus illuminées par la profondeur du discours de Sa Majesté. « Imaginez seulement une – hic ! ombre fricassée ! Eh bien, malédiction ! – hic ! – hum ! Si *moi* j'avais été un tel – hic ! – nigaud ! *Mon* âme, Monsieur – hum ! »

« *Votre* âme, Monsieur Bon-Bon ? »

« Oui, Monsieur – hic ! – *mon* âme est – »

« Quoi donc, Monsieur ? »

« *Pas* une ombre, malédiction ! »

« Vouliez-vous dire – »

« Oui, Monsieur, *mon* âme est – hic ! – hum ! – oui, Monsieur. »

« Vouliez-vous affirmer – »

« *Mon* âme est – hic ! – particulièrement qualifiée pour – hic ! – un – »

« Quoi donc, Monsieur ? »

« Un civet. »

« Ha ! »

1. Serait-ce Arouet ?

« Un soufflé. »

« Eh ! »

« Une fricassée. »

« Vraiment ! »

« Un ragoût et un fricandeau – et voyez-vous, mon cher ami ! Je vous la céderais – hic ! – une affaire. » Ici le philosophe donna une claque dans le dos de Sa Majesté.

« Je n'aurais jamais imaginé une pareille chose », dit ce dernier calmement, tout en se levant de son siège. Le métaphysicien écarquilla les yeux.

« J'ai ce qu'il faut actuellement », dit Sa Majesté.

« Hic ! – hein ? » dit le philosophe.

« Je n'ai pas de fonds sous la main. »

« Quoi ? »

« D'ailleurs, ce serait très peu élégant de ma part – »

« Monsieur ! »

« De tirer avantage de – »

« Hic ! »

« Votre situation présente, dégoûtante et indigne d'un gentilhomme. »

Alors le visiteur s'inclina et se retira – de quelle façon, on ne le sut jamais précisément – mais dans son effort bien calculé pour lancer une bouteille vers « le traître », le métaphysicien rompit la mince chaîne qui pendait du plafond et fut renversé par la chute de la lampe.

Manuscrit trouvé dans une bouteille

Traduit par Charles Baudelaire

Qui n'a plus qu'un moment à vivre
N'a plus rien à dissimuler.

QUINAULT.
Atys.

De mon pays et de ma famille je n'ai pas grand-chose à dire. De mauvais procédés et l'accumulation des années m'ont rendu étranger à l'un et à l'autre. Mon patrimoine me fit bénéficier d'une éducation peu commune, et un tour contemplatif d'esprit me rendit apte à classer méthodiquement tout ce matériel d'instruction diligemment amassé par une étude précoce. Par-dessus tout, les ouvrages des philosophes allemands me procuraient de grandes délices ; cela ne venait pas d'une admiration malavisée pour leur éloquente folie, mais du plaisir que, grâce à mes habitudes d'analyse rigoureuse, j'avais à surprendre leurs erreurs. On m'a souvent reproché l'aridité de mon génie ; un manque d'imagination m'a été imputé comme un crime, et le pyrrhonisme de mes opinions a fait de moi, en tout temps, un homme fameux. En réalité, une forte appétence pour la philosophie physique a, je le crains, imprégné mon esprit d'un des défauts les plus communs de ce siècle, – je veux dire de l'habitude de rapporter aux principes de cette science les circonstances même les moins susceptibles d'un pareil rapport. Par-dessus tout, personne n'était moins exposé que moi à se laisser entraîner hors de la sévère juridiction de la vérité par les feux follets de la superstition. J'ai jugé à propos de donner ce préambule, dans la crainte que l'incroyable récit que j'ai à faire ne soit considéré plutôt comme la frénésie d'une imagination indigeste que comme l'expérience positive d'un esprit pour lequel les rêveries de l'imagination ont été lettre morte et nullité.

Après plusieurs années dépensées dans un lointain voyage, je m'embarquai, en 18.., à Batavia, dans la riche et populeuse île de Java, pour une promenade dans l'archipel des îles de la Sonde. Je me mis en route comme passager, – n'ayant pas d'autre mobile qu'une nerveuse instabilité qui me *hantait* comme un mauvais esprit.

Notre bâtiment était un bateau d'environ quatre cents tonneaux, doublé en cuivre et construit à Bombay, en teck de Malabar. Il était frété de coton, de laine et d'huile des Laquedives. Nous avions aussi à bord du filin de cocotier, du sucre de palmier, de l'huile de beurre bouilli, des noix de coco, et quelques caisses d'opium. L'arrimage avait été mal fait, et le navire conséquemment donnait de la bande.

Nous mîmes sous voiles avec un souffle de vent, et pendant plusieurs jours nous restâmes le long de la côte orientale de Java, sans autre incident pour tromper la monotonie de notre route que la rencontre de quelques-uns des petits grabs de l'archipel où nous étions confinés.

Un soir, comme j'étais appuyé sur le bastingage de la dunette, j'observai un très singulier nuage, isolé, vers le nord-ouest. Il était remarquable autant par sa couleur que parce qu'il était le premier que nous eussions vu depuis notre départ de Batavia. Je le surveillai attentivement jusqu'au coucher du soleil ; alors il se répandit tout d'un coup de l'est à l'ouest, cernant l'horizon d'une ceinture précise de vapeur, et apparaissant comme une longue ligne de côte très basse. Mon attention fut bientôt après attirée par l'aspect rouge et brun de la lune et le caractère particulier de la mer. Cette dernière subissait un changement rapide, et l'eau semblait plus transparente que d'habitude. Je pouvais distinctement voir le fond, et cependant, en jetant la sonde, je trouvai que nous étions sur quinze brasses. L'air était devenu intolérablement chaud et se chargeait d'exhalaisons spirales semblables à celles qui s'élèvent du fer chauffé. Avec la nuit, toute brise tomba, et nous fûmes pris par un calme plus complet qu'il n'est possible de le concevoir. La flamme d'une bougie brûlait à l'arrière sans le mouvement le moins sensible, et un long cheveux tenu entre l'index et le pouce tombait droit et sans la moindre oscillation. Néanmoins, comme le capitaine disait qu'il n'apercevait aucun symptôme de danger, et comme nous dérivions vers la terre par le travers, il commanda de carguer les voiles et de filer l'ancre. On ne mit point de vigie de quart, et l'équipage, qui se composait principalement de Malais, se coucha délibérément sur le pont. Je descendis dans la chambre, – non sans le parfait pressentiment d'un malheur. En réalité, tous ces symptômes me donnaient à craindre un simoun. Je parlai de mes craintes au capitaine ; mais il ne fit pas attention à ce que je disais, et me quitta sans daigner me faire une réponse. Mon malaise, toutefois, m'empêcha de dormir, et vers minuit, je montai sur le pont. Comme je mettais le pied sur la dernière marche du capot-d'échelle, je fus effrayé par un profond bourdonnement semblable à celui que produit l'évolution rapide d'une roue de moulin, et avant que j'eusse pu en vérifier la cause, je sentis que le navire tremblait dans son centre. Presque aussitôt, un coup de mer nous jeta sur le côté, et, courant par-dessus nous, balaya tout le pont de l'avant à l'arrière.

L'extrême furie du coup de vent fit, en grande partie, le salut du navire. Quoiqu'il fût absolument engagé dans l'eau, comme ses mâts s'en étaient allés par-dessus bord, il se releva lentement une minute après, et, vacillant quelques instants sous l'immense pression de la tempête, finalement il se redressa.

Par quel miracle échappai-je à la mort, il m'est impossible de le dire. Étourdi par le choc de l'eau, je me trouvai pris, quand je revins à moi, entre l'étambot et le gouvernail. Ce fut à grand-peine que je me remis sur mes pieds, et regardant vertigineusement autour de moi, je fus d'abord frappé de l'idée que nous étions sur des brisants, tant était effrayant, au-delà de toute imagination, le tourbillon de cette mer énorme et écumante dans laquelle nous étions engouffrés. Au bout de quelques instants, j'entendis la voix d'un vieux Suédois qui s'était embarqué avec nous au moment où nous quittions le port. Je le hélai de toute ma force, et il vint en chancelant me rejoindre à l'arrière. Nous reconnûmes bientôt que nous étions les seuls survivants du sinistre. Tout ce qui était sur le pont, nous exceptés, avait été balayé par-dessus bord ; le capitaine et les matelots avaient péri pendant leur sommeil, car les cabines avaient été inondées par la mer. Sans auxiliaires, nous ne pouvions pas espérer de faire grand-chose pour la sécurité du navire, et nos tentatives furent d'abord paralysées par la croyance où nous étions que nous allions sombrer d'un moment à l'autre. Notre câble avait cassé comme un fil d'emballage, au premier souffle de l'ouragan ; sans cela, nous eussions été engloutis instantanément. Nous fuyions devant la mer avec une vélocité effrayante, et l'eau nous faisait des brèches visibles. La charpente de notre arrière était excessivement endommagée, et, presque sous tous les rapports, nous avions essuyé de cruelles avaries ; mais, à notre grande joie, nous trouvâmes que les pompes n'étaient pas engorgées ; et que notre chargement n'avait pas été très dérangé.

La plus grande furie de la tempête était passée, et nous n'avions plus à craindre la violence du vent ; mais nous pensions avec terreur au cas de sa totale cessation, bien persuadés que, dans notre état d'avarie, nous ne pourrions pas résister à l'épouvantable houle qui s'ensuivrait ; mais cette très juste appréhension ne semblait pas si près de se vérifier. Pendant cinq nuits et cinq jours entiers, durant lesquels nous vécûmes de quelques morceaux de sucre de palmier tirés à grand-peine du gaillard d'avant, notre coque fila avec une vitesse incalculable devant des reprises de vent qui se succédaient rapidement, et qui, sans égaler la première violence du simoun, étaient cependant plus terribles qu'aucune tempête que j'eusse essuyée jusqu'alors. Pendant les quatre premiers jours, notre route, sauf de très légères variations, fut au sud-est quart de sud, et ainsi nous serions allés nous jeter sur la côte de la Nouvelle-Hollande.

Le cinquième jour, le froid devint extrême, quoique le vent eût tourné d'un point vers le nord. Le soleil se leva avec un éclat jaune et maladif, et se hissa à quelques degrés à peine au-dessus de l'horizon, sans projeter une lumière franche. Il n'y avait aucun nuage apparent, et cependant le vent fraîchissait, fraîchissait, et soufflait avec des accès de furie. Vers midi, ou à peu près, autant que nous en pûmes juger, notre attention fut attirée de nouveau par la physionomie du soleil. Il n'émettait pas de lumière, à proprement parler, mais une espèce de feu sombre et triste, sans réflexion, comme si tous les rayons étaient polarisés. Juste avant de se plonger dans la mer grossissante, son feu central disparut soudainement, comme s'il était brusquement éteint par une puissance inexplicable. Ce n'était plus qu'une roue pâle et couleur d'argent, quand il se précipita dans l'insondable Océan.

Nous attendîmes en vain l'arrivée du sixième jour ; – ce jour n'est pas encore arrivé pour moi, – pour le Suédois il n'est jamais arrivé. Nous fûmes dès lors ensevelis dans des ténèbres de poix, si bien que nous n'aurions pas vu un objet à vingt pas du navire. Nous fûmes enveloppés d'une nuit éternelle que ne tempérait même pas l'éclat phosphorique de la mer auquel nous étions accoutumés sous les tropiques. Nous observâmes aussi que, quoique la tempête continuât à faire rage sans accalmie, nous ne découvrions plus aucune apparence de ce ressac et de ces moutons qui nous avaient accompagnés jusque-là. Autour de nous, tout n'était qu'horreur, épaisse obscurité, un noir désert d'ébène liquide. Une terreur superstitieuse s'infiltrait par degrés dans l'esprit du vieux Suédois, et mon âme, quant à moi, était plongée dans une muette stupéfaction. Nous avions abandonné tout soin du navire, comme chose plus qu'inutile, et, nous attachant de notre mieux au tronçon du mât de misaine, nous promenions nos regards avec amertume sur l'immensité de l'Océan. Nous n'avions aucun moyen de calculer le temps, et nous ne pouvions former aucune conjecture sur notre situation. Nous étions néanmoins bien sûrs d'avoir été plus loin dans le sud qu'aucun des navigateurs précédents, et nous éprouvions un grand étonnement de ne pas rencontrer les obstacles ordinaires de glace. Cependant, chaque minute menaçait d'être la dernière, – chaque énorme vague se précipitait pour nous écraser. La houle surpassait tout ce que j'avais imaginé comme possible, et c'était un miracle de chaque instant que nous ne fussions pas engloutis. Mon camarade parlait de la légèreté de notre chargement, et me rappelait les excellentes qualités de notre bateau ; mais je ne pouvais m'empêcher d'éprouver l'absolu renoncement du désespoir, et je me préparais mélancoliquement à cette mort que rien, selon moi, ne pouvait différer au-delà d'une heure, puisque, à chaque nœud que filait le navire, la houle de cette mer noire et prodigieuse devenait plus lugubrement effrayante. Parfois, à une hauteur plus grande que celle de l'albatros, la respiration nous manquait, et d'autre fois nous étions pris de vertige en descendant avec une horrible vélocité dans un enfer liquide où l'air devenait stagnant, et où aucun son ne pouvait troubler les sommeils du kraken.

Nous étions au fond de ces abîmes, quand un cri soudain de mon compagnon éclata sinistrement dans la nuit. – Voyez ! voyez ! – me criait-il dans les oreilles ; – Dieu tout-puissant ! Voyez ! voyez ! – Comme il parlait, j'aperçus une lumière rouge, d'un éclat sombre et triste, qui flottait sur le versant du gouffre immense où nous étions ensevelis, et jetait à notre bord un reflet vacillant. En levant les yeux, je vis un spectacle qui glaça mon sang. A une hauteur terrifiante, juste au-dessus de nous et sur la crête même du précipice, planait un navire gigantesque, de quatre mille tonneaux peut-être. Quoique juché au sommet d'une vague qui avait bien cent fois sa hauteur, il paraissait d'une dimension beaucoup plus grande que celle d'aucun vaisseau de ligne ou de la Compagnie des Indes. Son énorme coque était d'un noir profond que ne tempérait aucun des ornements ordinaires d'un navire. Une simple rangée de canons s'allongeait de ses sabords ouverts et renvoyait, réfléchis par leurs surfaces polies, les feux d'innombrables fanaux de combat qui se balançaient dans le gréement. Mais ce qui nous inspira le plus d'horreur et d'étonnement, c'est qu'il marchait toutes voiles dehors, en dépit de cette mer surnaturelle et de cette tempête effrénée. D'abord, quand nous l'aperçûmes, nous ne pouvions voir que son avant, parce qu'il ne s'élevait que lentement du noir et horrible gouffre qu'il laissait derrière lui. Pendant un moment, – moment d'intense terreur, – il fit une pause sur ce sommet vertigineux, comme dans l'enivrement de sa propre élévation,

– puis trembla, – s'inclina, – et enfin – glissa sur la pente.

En ce moment, je ne sais quel sang-froid soudain maîtrisa mon esprit. Me rejetant autant que possible vers l'arrière, j'attendis sans trembler la catastrophe qui devait nous écraser. Notre propre navire, à la longue, ne luttait plus contre la mer et plongeait de l'avant. Le choc de la masse précipitée le frappa conséquemment dans cette partie de la charpente qui était déjà sous l'eau, et eut pour résultat inévitable de me lancer dans le gréement de l'étranger.

Comme je tombais, ce navire se souleva dans un temps d'arrêt, puis vira de bord ; et c'est, je présume, à la confusion qui s'ensuivit que je dus d'échapper à l'attention de l'équipage. Je n'eus pas grand-peine à me frayer un chemin, sans être vu, jusqu'à la principale écoutille, qui était en partie ouverte, et je trouvai bientôt une occasion propice pour me cacher dans la cale. Pourquoi fis-je ainsi ? je ne saurais trop le dire. Ce qui m'induisit à me cacher fut peut-être un sentiment vague de terreur qui s'était emparé tout d'abord de mon esprit à l'aspect des nouveaux navigateurs. Je ne me souciais pas de me confier à une race de gens qui, d'après le coup d'œil sommaire que j'avais jeté sur eux, m'avaient offert le caractère d'une indéfinissable étrangeté, et tant de motifs de doute et d'appréhension. C'est pourquoi je jugeai à propos de m'arranger une cachette dans la cale. J'enlevai une petite partie du faux bordage, de manière à me ménager une retraite commode entre les énormes membrures du navire.

J'avais à peine achevé ma besogne, qu'un bruit de pas dans la cale me contraignit d'en faire usage. Un homme passa à côté de ma cachette d'un pas faible et mal assuré. Je ne pus pas voir son visage, mais j'eus le loisir d'observer son aspect général. Il y avait en lui tout le caractère de la faiblesse et de la caducité. Ses genoux vacillaient sous la charge des années, et tout son être en tremblait. Il se parlait à lui-même, marmottait d'une voix basse et cassée quelques mots d'une langue que je ne pus pas comprendre, et farfouillait dans un coin où l'on avait empilé des instruments d'un aspect étrange et des cartes marines délabrées. Ses manières étaient un singulier mélange de la maussaderie d'une seconde enfance et de la dignité solennelle d'un dieu. A la longue, il remonta sur le pont, et je ne le vis plus.

Un sentiment pour lequel je ne trouve pas de mot a pris possession de mon âme, – une sensation qui n'admet pas d'analyse, qui n'a pas sa traduction dans les lexiques du passé, et pour laquelle je crains que l'avenir lui-même ne trouve pas de clef. – Pour un esprit constitué comme le mien, cette dernière considération est un vrai supplice. Jamais je ne pourrai, – je sens que je ne pourrai jamais être édifié relativement à la nature de mes idées. Toutefois il n'est pas étonnant que ces idées soient indéfinissables, puisqu'elles sont puisées à des sources si entièrement neuves. Un nouveau sentiment – une nouvelle entité – est ajouté à mon âme.

Il y a déjà bien longtemps que j'ai touché pour la première fois le pont de ce terrible navire, et les rayons de ma destinée vont, je crois, se concentrant et s'engloutissant dans un foyer. Incompréhensibles gens ! Enveloppés dans des méditations dont je ne puis deviner la nature, ils passent à côté de moi sans me remarquer. Me cacher est pure folie de ma part, car ce monde-là *ne veut pas voir*. Il n'y a qu'un instant, je passais juste sous les yeux du second ; peu de temps auparavant je m'étais aventuré jusque dans la cabine du capitaine lui-même, et c'est là que je me suis procuré les moyens d'écrire ceci et tout ce qui précède. Je continuerai ce journal de temps en temps. Il est vrai que je ne puis trouver aucune occasion de le transmettre au monde ; pourtant j'en veux faire l'essai. Au dernier moment j'enfermerai le manuscrit dans une bouteille, et je jetterai le tout à la mer.

Un incident est survenu qui m'a de nouveau donné lieu à réfléchir. De pareilles choses sont-elles l'opération d'un hasard indiscipliné ? Je m'étais faufilé sur le pont et m'étais étendu, sans attirer l'attention de personne, sur un amas d'enfléchures et de vieilles voiles, dans le fond de la yole. Tout en rêvant à la singularité de ma destinée, je barbouillais, sans y penser, avec une brosse à goudron, les bords d'une bonnette soigneusement pliée et posée à côté de moi sur un baril. La bonnette est maintenant tendue sur ses bouts-dehors, et les touches irréfléchies de la brosse figurent le mot DÉCOUVERTE.

J'ai fait récemment plusieurs observations sur la structure du vaisseau. Quoique bien armé, ce n'est pas, je crois, un vaisseau de guerre. Son gréement, sa structure, tout son équipement repoussent une supposition de cette nature. Ce qu'il n'est pas, je le perçois facilement ; mais ce qu'il est, je crains qu'il ne me soit impossible de le dire. Je ne sais comment cela se fait, mais en examinant son étrange modèle et la singulière forme de ses espars, ses proportions colossales, cette prodigieuse collection de voiles, son avant sévèrement simple et son arrière d'un style suranné, il me semble parfois que la sensation d'objets qui ne me sont pas inconnus traverse mon esprit comme un éclair, et toujours à ces ombres flottantes de la mémoire est mêlé un inexplicable souvenir de vieilles légendes étrangères et de siècles très anciens.

J'ai bien regardé la charpente du navire. Elle est faite de matériaux qui me sont inconnus. Il y a dans le bois un caractère qui me frappe, comme le rendant, ce me semble, impropre à l'usage auquel il a été destiné. Je veux parler de son extrême porosité, considérée indépendamment des dégâts faits par les vers, qui sont une conséquence de la navigation dans ces mers, et de la pourriture résultant de sa vieillesse. Peut-être trouvera-t-on mon observation quelque peu subtile, mais il me semble que ce bois aurait tout le caractère du chêne espagnol, si le chêne espagnol pouvait être dilaté par des moyens artificiels.

En relisant la phrase précédente, il me revient à l'esprit un curieux apophtegme d'un vieux loup de mer hollandais. – Cela est positif, – disait-il toujours quand on exprimait quelque doute, sur sa véracité, – comme il est positif qu'il y a une mer où le navire lui-même grossit comme le corps vivant d'un marin.

Il y a environ une heure, je me suis senti la hardiesse de me glisser dans un groupe d'hommes de l'équipage. Ils n'ont pas eu l'air de faire attention à moi, et, quoique je me tinsse juste au milieu d'eux, ils paraissaient n'avoir aucune conscience de ma présence. Comme celui que j'avais vu le premier dans la cale, ils portaient tous les signes d'une vieillesse chenue. Leurs genoux tremblaient de faiblesse ; leurs épaules étaient arquées par la décrépitude ; leur peau ratatinée frissonnait au vent ; leur voix était basse, chevrotante et cassée ; leurs yeux distillaient les larmes brillantes de la vieillesse, et leurs cheveux gris fuyaient terriblement dans la tempête. Autour d'eux, de chaque côté du pont, gisaient éparpillés des instruments mathématiques d'une structure très ancienne et tout à fait tombée en désuétude.

J'ai parlé un peu plus haut d'une bonnette qu'on avait installée. Depuis ce moment, le navire, chassé par le vent, n'a pas discontinué sa terrible course droit au sud, chargé de toute sa toile disponible, depuis ses pommes de mâts jusqu'à ses bouts-dehors inférieurs, et plongeant ses bouts de vergues de perroquets dans le plus effrayant enfer liquide que jamais cervelle humaine ait pu concevoir. Je viens de quitter le pont, ne trouvant plus la place tenable ; cependant, l'équipage ne semble pas souffrir beaucoup. C'est pour moi le miracle des miracles qu'une si énorme masse ne soit pas engloutie tout de suite et pour toujours. Nous sommes condamnés, sans doute, à côtoyer éternellement le bord de l'éternité, sans jamais faire notre plongeon définitif dans le gouffre. Nous glissons avec la prestesse de l'hirondelle de mer sur des vagues mille fois plus effrayantes qu'aucune de celles que j'ai jamais vues ; et des ondes colossales élèvent leurs têtes au-dessus de nous comme des démons de l'abîme, mais comme des démons restreints aux simples menaces et auxquels il est défendu de détruire. Je suis porté à attribuer cette bonne chance perpétuelle à la seule cause naturelle qui puisse légitimer un pareil effet. Je suppose que le navire est soutenu par quelque fort courant ou remous sous-marin.

J'ai vu le capitaine face à face, et dans sa propre cabine ; mais, comme je m'y attendais, il n'a fait aucune attention à moi. Bien qu'il n'y ait rien dans sa physionomie générale qui révèle, pour l'œil du premier venu, quelque chose de supérieur ou d'inférieur à l'homme, toutefois l'étonnement que j'éprouvai à son aspect se mêlait d'un sentiment de respect et de terreur irrésistibles. Il est à peu près de ma taille, c'est-à-dire de cinq pieds huit pouces environ. Il est bien proportionné, bien pris dans son ensemble ; mais cette constitution n'annonce ni vigueur particulière, ni quoi que ce soit de remarquable. Mais c'est la singularité de l'expression qui règne sur sa face, – c'est l'intense, terrible, saisissante évidence de la vieillesse, si entière, si absolue, qui crée dans mon esprit un sentiment, – une sensation ineffable. Son front, quoique peu ridé, semble porter le sceau d'une myriade d'années. Ses cheveux gris sont des archives du passé, et ses yeux, plus gris encore, sont des sibylles de l'avenir. Le plancher de sa cabine était encombré d'étranges in-folio à fermoirs de fer, d'instruments de sciences usés et d'anciennes cartes d'un style complètement oublié. Sa tête était appuyée sur ses mains, et d'un œil ardent et inquiet il dévorait un papier que je pris pour une commission, et qui, en tout cas, portait une signature royale. Il se parlait à lui-même, – comme le premier matelot que j'avais aperçu dans la cale, – et marmottait d'une voix basse et chagrine quelques syllabes d'une langue étrangère ; et, bien que je fusse tout à côté de lui, il me semblait que sa voix arrivait à mon oreille de la distance d'un mille.

Le navire avec tout ce qu'il contient est imprégné de l'esprit des anciens âges. Les hommes de l'équipage glissent çà et là comme les ombres des siècles enterrés ; dans leurs yeux vit une pensée ardente et inquiète ; et quand, sur mon chemin, leurs mains tombent dans la lumière effarée des fanaux, j'éprouve quelque chose que je n'ai jamais éprouvé jusqu'à présent, quoique toute ma vie j'aie eu la folie des antiquités, et que je me sois baigné dans l'ombre des colonnes ruinées de Balbek, de Tadmor et de Persépolis, tant qu'à la fin mon âme elle-même est devenue une ruine.

Quand je regarde autour de moi, je suis honteux de mes premières terreurs. Si la tempête qui nous a poursuivis jusqu'à présent me faisait trembler, ne devrais-je pas être frappé d'horreur devant cette bataille du vent et de l'Océan, dont les mots vulgaires : tourbillon et simoun, ne peuvent pas donner la moindre idée ? Le navire est littéralement enfermé dans les ténèbres d'une éternelle nuit et dans un chaos d'eau qui n'écume plus ; mais à une distance d'une lieue environ de chaque côté, nous pouvons apercevoir, indistinctement et par intervalles, de prodigieux remparts de glace qui montent vers le ciel désolé et ressemblent aux murailles de l'univers !

Comme je l'avais pensé, le navire est évidemment dans un courant, – si l'on peut proprement appeler ainsi une marée qui va mugissant et hurlant à travers les blancheurs de la glace, et fait entendre du côté du sud un tonnerre plus précipité que celui d'une cataracte tombant à pic.

Concevoir l'horreur de mes sensations est, je crois, chose absolument impossible ; cependant, la curiosité de pénétrer les mystères de ces effroyables régions surplombe encore mon désespoir et suffit à me réconcilier avec le plus hideux aspect de la mort. Il est évident que nous nous précipitons vers quelque entraînante découverte, – quelque incommunicable secret dont la connaissance implique la mort. Peut-être ce courant nous conduit-il au pôle Sud lui-même. Il faut avouer que cette supposition, si étrange en apparence, a toute probabilité pour elle.

L'équipage se promène sur le pont d'un pas tremblant et inquiet ; mais il y a dans toutes les physionomies une expression qui ressemble plutôt à l'ardeur de l'espérance qu'à l'apathie du désespoir.

Cependant nous avons toujours le vent arrière, et, comme nous portons une masse de toile, le navire s'enlève quelquefois en grand hors de la mer. Oh ! horreur sur horreur ! – la glace s'ouvre soudainement à droite et à gauche, et nous tournons vertigineusement dans d'immenses cercles concentriques, tout autour des bords d'un gigantesque amphithéâtre, dont les murs perdent leur sommet dans les ténèbres et l'espace. Mais il ne me reste que peu de temps pour rêver à ma destinée ! Les cercles se rétrécissent rapidement, – nous plongeons follement dans l'étreinte du tourbillon, – et, à travers le mugissement, le beuglement et le détonnement de l'Océan et de la tempête, le navire tremble, – oh ! Dieu ! – il se dérobe, – il sombre[1] !

1. Le *Manuscrit trouvé dans une bouteille* fut publié pour la première fois en 1831, et ce ne fut que bien des années plus tard que j'eus connaissance des cartes de Mercator, dans lesquelles on voit l'Océan se précipiter par quatre embouchures dans le gouffre polaire (au nord) et s'absorber dans les entrailles de la terre ; le pôle lui-même y est figuré par un rocher noir, s'élevant à une prodigieuse hauteur. – E.A.P.

Le rendez-vous

Traduit par Alain Jaubert

Attends-moi là-bas ! Je ne manquerai pas
De te rejoindre en ce val profond.

HENRY KING,
évêque de Chichester,
Oraison sur la mort de sa femme.

Homme infortuné et mystérieux ! Perdu dans l'éclat de ta propre imagination et tombé dans les flammes de ta propre jeunesse ! De nouveau je t'imagine. Une fois de plus ta forme s'est dressée devant moi ! Non – oh, non pas tel que tu es – dans la froide vallée et l'ombre – mais comme tu *devrais être* – prodiguant une vie de méditation magnifique en cette cité aux troubles visions, ta Venise à toi – cet Élysée de la mer aimé des étoiles, et dont les larges fenêtres des palais palladiens jettent un regard profond et amer sur les secrets de ses eaux silencieuses. Oui ! je le répète – comme tu *devrais être*. Il y a certainement d'autres mondes que celui-ci – d'autres pensées que les pensées de la multitude – d'autres spéculations que les spéculations du sophiste. Qui donc mettra ta conduite en question ? Qui te blâmera pour tes heures visionnaires, ou dénoncera comme gaspillage de la vie ces occupations qui n'étaient que le débordement de tes inépuisables énergies ?

Ce fut à Venise, sous l'arche couverte que l'on surnomme le *Ponte di Sospiri*, que je rencontrai pour la troisième ou quatrième fois la personne dont je parle. C'est avec un souvenir confus que je me remémore les circonstances de cette rencontre. Pourtant je me rappelle – ah ! comment pourrais-je l'oublier ? – le profond minuit, le Pont des Soupirs, la beauté de la femme, et le génie du Romanesque qui hantait l'étroit canal.

C'était une nuit de ténèbres exceptionnelles. La grande horloge de la Piazza avait sonné la cinquième heure du soir italien. La place du Campanile s'étendait silencieuse et déserte, et les lumières dans le vieux Palais des Doges déclinaient rapidement. Je revenais de la Piazzetta par le Grand Canal. Mais comme ma gondole arrivait en face de l'entrée du Canal San Marco, une voix féminine venant de ses profondeurs perça soudain la nuit d'un hurlement sauvage, hystérique et prolongé. Saisi par ce cri, je me levai d'un bond tandis que le gondolier, laissant glisser son unique rame, la perdait dans les ténèbres de poix sans espoir de la retrouver, si bien que nous fûmes laissés à la merci du courant qui, à cet endroit, coule du plus grand vers le plus petit canal. Comme quelque énorme condor au plumage noir, nous dérivions lentement vers le Pont des Soupirs, quand un millier de flambeaux, jaillissant aux fenêtres et le long des escaliers du Palais des Doges, changèrent d'un seul coup cette profonde ténèbre en un jour livide et surnaturel.

Un enfant, glissant des bras de sa mère, était tombé d'une des fenêtres supérieures du haut édifice dans le profond et sombre canal. Les eaux calmes s'étaient placidement refermées sur leur victime ; et, quoique ma gondole fût la seule en vue, maints vaillants nageurs, déjà dans le courant, cherchaient en vain à la surface le trésor qu'on ne devait découvrir, hélas ! que dans l'abîme. Sur les larges dalles de marbre noir, à l'entrée du Palais, et quelques marches au-dessus de l'eau, se tenait une personne qu'aucun de ceux qui la virent alors ne peut depuis avoir oubliée. C'était la Marchesa Aphrodite – l'adoration de tout Venise – la plus gaie parmi les gaies – la plus ravissante d'entre toutes les belles – mais aussi la jeune épouse du vieil intrigant Mentoni, et la mère de ce bel enfant, son premier et unique enfant, qui maintenant, au profond des eaux ténébreuses, songeait avec amertume à ses douces caresses et épuisait sa petite vie en efforts pour invoquer son nom.

Elle se tenait seule. Ses petits pieds nus et argentés brillaient sur le noir miroir du sol de marbre. Sa chevelure, seulement à demi débarrassée pour la nuit de sa parure de bal, cascadait en une pluie de diamants, entourant son visage classique de boucles semblables à celles de la jeune jacinthe. Une draperie d'un blanc de neige et pareille à de la gaze, semblait presque seule couvrir sa forme délicate ; mais l'air de cette nuit d'été était chaud, lourd et calme, et nul mouvement de la forme sculpturale ne remuait même les plis de ce vêtement de véritable vapeur qui tombait autour d'elle comme le lourd marbre tombe autour de la Niobé. Et cependant – c'est étrange à dire ! – ses grands yeux brillants n'étaient pas dirigés vers le bas, vers cette tombe où était enseveli son plus brillant espoir – mais rivés dans une tout autre direction ! La prison de l'Ancienne République est, je crois, le plus imposant édifice de tout Venise – mais comment cette femme pouvait-elle la contempler si fixement, quand au-dessous d'elle gisait, suffocant, son unique enfant ? Cette sombre et ténébreuse niche-là, qui bâille juste en face de la fenêtre de sa chambre – que *pouvait*-il donc y avoir dans ses ombres – dans son architecture – dans ses corniches festonnées de lierre et solennelles – que la Marchesa di Mentoni n'ait déjà scruté mille fois ? Absurde ! Qui ne se souvient qu'en un pareil moment, l'œil, tel un miroir brisé, multiplie les images de son chagrin, et voit au loin, en d'innombrables endroits, le malheur qui est tout proche ?

Plusieurs marches au-dessus de la Marchesa, et sous la voûte de l'entrée donnant sur l'eau, se dressait en grande tenue la silhouette de satyre de Mentoni lui-même. Par moments il grattait une guitare, et semblait mortellement *ennuyé*, tandis qu'il donnait de temps à autre des ordres pour le sauvetage de son enfant. Stupéfié, médusé, j'étais moi-même incapable de quitter la position verticale que j'avais prise dès que j'avais entendu le cri, et je devais présenter aux yeux du groupe agité une apparence spectrale et sinistre, alors que, le visage livide et les membres rigides, je glissais au milieu d'eux dans cette funèbre gondole.

Tous les efforts s'avérèrent vains. Beaucoup de chercheurs parmi les plus énergiques relâchaient leurs efforts, et cédaient à une sombre tristesse. Il semblait ne rester que peu d'espoir pour l'enfant (combien moins encore pour la mère !) ; mais alors, de l'intérieur de cette niche obscure dont on a déjà dit qu'elle faisait partie de la prison de l'Ancienne République et qu'elle faisait face à la croisée de la Marchesa, un personnage drapé dans une cape s'avança dans la lumière, et, s'arrêtant un moment au bord de la vertigineuse descente, plongea la tête la première dans le canal. Comme, un instant après, il se tenait avec l'enfant toujours vivant et respirant dans ses bras, sur les dalles de marbre, à côté de la Marchesa, sa cape, lourde de l'eau qui l'imbibait, se détacha et, tombant en plis à ses pieds, découvrit aux spectateurs frappés d'étonnement la gracieuse personne d'un très jeune homme, dont le nom faisait alors résonner de son écho la majeure partie de l'Europe.

Le sauveteur ne dit pas un mot. Mais la Marchesa ! Elle va recevoir son enfant – elle va le presser sur son cœur – elle va enlacer la petite forme et l'étouffer de ses caresses. Hélas ! les bras d'un *autre* l'ont pris à l'étranger – les bras d'un *autre* l'ont enlevé et emporté loin, subrepticement, à l'intérieur du palais ! Et la Marchesa ! sa lèvre – sa lèvre splendide tremble : les larmes emplissent ses yeux – ces yeux qui, comme l'acanthe de Pline, sont « doux et presque liquides ». Oui ! des larmes emplissent ses yeux – et voyez ! la femme tout entière frémit de toute son âme, et la statue a commencé à vivre ! La pâleur du visage de marbre, le gonflement du sein de marbre, la pureté même des pieds de marbre, nous les voyons soudain submergés par un flot d'irrépressible pourpre ; et un léger frisson fait trembler sa forme délicate, comme une brise légère à Naples fait trembler les riches lis d'argent dans les herbes.

Pourquoi cette dame *devrait*-elle rougir ! A cette question il n'est point de réponse, sinon qu'ayant quitté, dans la hâte ardente et la terreur d'un cœur de mère, l'intimité de son propre *boudoir*, elle a négligé de glisser ses pieds minuscules dans leurs mules, et tout à fait oublié de jeter sur ses épaules vénitiennes cette draperie qui leur est destinée. Quelle autre raison possible aurait-il pu y avoir à une telle rougeur ? – au regard de ses yeux farouches et implorants ? – à l'inhabituel tumulte de ce sein palpitant ? – à la pression convulsive de cette main tremblante ? – cette main qui, comme Mentoni rentrait dans le palais, s'était posée par hasard sur la main de l'étranger. Quelle raison aurait-il pu y avoir au ton bas – au ton singulièrement bas de ces mots inintelligibles que la dame prononça hâtivement en lui disant adieu ? « Tu as vaincu – » dit-elle, à moins que les murmures de l'eau ne m'aient trompée, « tu as vaincu – une heure après le lever du soleil – nous nous retrouverons – qu'il en soit ainsi ! »

Le tumulte s'était apaisé, les lumières s'étaient éteintes dans le palais, et l'étranger, que je reconnaissais maintenant, se tenait debout, seul sur les dalles. Il était secoué d'une inconcevable agitation et ses yeux exploraient les alentours à la recherche d'une gondole. Je ne pouvais faire moins que lui offrir de disposer de la mienne ; et il accepta la politesse. Ayant obtenu une rame à la porte donnant sur l'eau, nous nous dirigeâmes ensemble vers sa résidence, tandis qu'il recouvrait rapidement son sang-froid, et parlait de nos précédentes brèves relations en des termes d'une apparente grande cordialité.

Il est certains sujets sur lesquels je prends plaisir à être minutieux. La personne de l'étranger – qu'on me permette de lui donner ce qualificatif, lui qui pour tout le monde était encore un étranger – la personne de l'étranger est l'un de ces sujets. De taille, il pouvait être plutôt au-dessous qu'au-dessus de la moyenne : il y avait cependant des moments d'intense passion où sa stature *se dilatait* réellement et démentait cette assertion. Le profil svelte, presque gracile, de sa silhouette, annonçait cette promptitude d'action qu'il avait manifestée au Pont des Soupirs, plutôt que cette force herculéenne qu'il était réputé avoir déployée – sans le moindre effort – en des circonstances bien plus dangereuses. Avec la bouche et le menton d'un dieu, – des yeux singuliers, farouches, pleins, limpides, dont les ombres variaient du pur noisette au jais intense et brillant – et une profusion de cheveux noirs bouclés, entre lesquels un front d'une largeur inhabituelle projetait par moments son éclat, tout de lumière et d'ivoire – ses traits étaient tels que je n'en ai jamais vu de plus classiquement réguliers, sauf, peut-être, les traits de marbre de l'Empereur Commode. Et cependant son visage était de ceux que tous les hommes ont vus à quelque période de leur vie, et n'ont jamais revus par la suite. Il n'avait aucune expression particulière – il n'avait aucune expression prédominante qui se fixât dans la mémoire ; un visage vu et aussitôt oublié – mais oublié avec un vague et incessant désir de se le remémorer. Non que l'esprit de chaque brève passion ne manquât à tout moment de jeter sa propre et distincte image sur le miroir de ce visage, mais ce miroir, comme tout miroir, ne retenait nul vestige de la passion lorsque la passion s'était évanouie.

Comme je le quittais, la nuit de notre aventure, il me demanda, d'une façon que je jugeai pressante, de lui rendre visite *très* tôt le lendemain matin. Peu après le lever du soleil, je me retrouvai donc à son Palazzo, l'un de ces énormes bâtiments d'un faste morne quoique excentrique, qui s'élèvent au-dessus des eaux du Grand Canal dans le voisinage du Rialto. On me fit monter par un large escalier tournant de mosaïque jusqu'à une salle dont la splendeur incomparable flamboyait à travers la porte ouverte d'un véritable éclat qui m'aveuglait et m'étourdissait de somptuosité.

Je savais mon ami riche. La rumeur avait évoqué ses biens en des termes que je m'étais même risqué à qualifier de ridicules exagérations. Mais, tandis que je regardais autour de moi, je ne parvenais pas à croire qu'il y eût en Europe un personnage dont la richesse ait pu assurer la munificence princière qui brûlait et flamboyait à l'entour.

Quoique, comme je l'ai dit, le soleil fût levé, la pièce était encore brillamment illuminée. Je déduisis de ce fait, autant que de l'air fatigué du visage de mon ami, qu'il ne s'était pas couché de toute la nuit passée. Le dessein évident de l'architecture et des décorations de la chambre avait été d'éblouir et d'étonner. On avait porté peu d'attention aux *bienséances* de ce qu'on appelle techniquement l'*aménagement*, non plus qu'aux caractères de la nationalité. L'œil errait d'objet en objet, sans se poser sur aucun – ni sur les *grotesques* des peintres grecs ni sur les sculptures des meilleures époques italiennes, ni sur les énormes reliefs de la brutale Egypte. De riches tentures, partout dans la pièce, tremblaient à la vibration d'une musique sourde et mélancolique, dont on ne pouvait découvrir la source. Les sens étaient oppressés par des parfums mêlés et contradictoires qui s'exhalaient d'étranges encensoirs convolutés, en même temps que les multiples, flamboyantes et vacillantes langues d'un feu émeraude et violet. Les rayons du soleil juste levé se déversaient sur l'ensemble par des fenêtres formées chacune d'un seul panneau de verre cramoisi. Brillant çà et là, en un millier de reflets, depuis les rideaux qui tombaient de leurs corniches comme des cataractes d'argent fondu, les rayons de naturelle splendeur finissaient par se mêler irrégulièrement à la lumière artificielle, et étalaient en bouillonnant leurs masses tamisées sur un tapis somptueux et liquide de drap d'or du Chili.

« Ha ! Ha ! Ha ! – Ha ! Ha ! Ha ! » dit en riant le propriétaire qui, à mon entrée dans la pièce, m'indiqua un siège et se rejeta lui-même de tout son long sur une ottomane. « Je vois », dit-il, en s'apercevant que je ne pouvais me faire immédiatement à la *bienséance* d'un accueil si singulier – « je vois que vous êtes étonné par mon appartement – mes statues – mes tableaux – l'originalité de mes conceptions en architecture et en tapisserie – absolument saoulé, hein ? par ma magnificence ? Mais pardonnez-moi, mon cher Monsieur » (ici son ton de voix revint à la teneur même de la cordialité) « pardonnez-moi mon rire peu charitable. Vous m'avez semblé si *complètement* abasourdi. D'ailleurs certaines choses sont si totalement risibles qu'un homme *doit* en rire ou mourir. Mourir en riant doit être la plus glorieuse de toutes les morts glorieuses !

Sir Thomas More – c'était un homme très *remarquable* que Sir Thomas More – Sir Thomas More mourut en riant, souvenez-vous. Il y a aussi dans les *Absurdités* de Ravisius Textor une longue liste de personnages qui ont eu la même fin magnifique. Savez-vous cependant, continua-t-il pensivement, qu'à Sparte (qui est aujourd'hui Palaeochori) – à Sparte, dis-je, à l'ouest de la citadelle, parmi un chaos de ruines à peine discernables, il y a une espèce de *socle*, sur lequel on peut lire les lettres ΛΑΣΜ. C'est indubitablement une partie de ΓΕΛΑΣΜΑ. Or, il y avait à Sparte un millier de temples et de sanctuaires pour un millier de divinités différentes. N'est-il pas extrêmement étrange que l'autel du Rire ait survécu à tous les autres ! Mais dans le cas présent », reprit-il en changeant singulièrement de voix et d'attitude, « je n'ai pas le droit de m'égayer à vos dépens. Vous pouvez en effet avoir été surpris. L'Europe ne peut rien montrer d'aussi beau que ceci, mon petit cabinet royal. Mes autres appartements ne sont en aucune manière du même ordre ; seulement des *ultras* de l'insipidité à la mode. Ceci vaut mieux que la mode – n'est-ce pas ? Il suffirait pourtant qu'on le voie pour que cela devienne la fureur du moment – du moins pour ceux qui pourraient se l'offrir au prix de tout leur patrimoine. Je me suis cependant gardé d'une telle profanation. A une exception près, vous êtes le seul être humain, en dehors de moi-même et de mon *valet*, qui ait été admis dans le mystère de cette enceinte impériale depuis qu'elle a été aménagée comme vous la voyez ! »

Je m'inclinai pour toute réponse ; car la sensation accablante de la splendeur, et du parfum, et de la musique, liée à l'excentricité inattendue de son discours et de ses manières, m'empêchait de lui exprimer en mots ma gratitude pour ce que j'aurais pu interpréter comme un compliment.

« Voici », reprit-il en se levant et en s'appuyant sur mon bras pour flâner dans l'appartement, « voici les peintures des Grecs jusqu'à Cimabue, et de Cimabue jusqu'à l'époque actuelle. Beaucoup sont choisies, comme vous le voyez, avec peu de respect envers les principes du Goût. Elles conviennent toutes cependant pour tapisser une pièce comme celle-ci. Voici aussi quelques *chefs-d'œuvre* de grands inconnus – et voici des projets inachevés d'hommes célèbres en leur temps, et dont la perspicacité des académies a abandonné le vrai nom au silence et à moi-même. Que pensez-vous », dit-il se retournant brusquement tout en parlant, « que pensez-vous de cette Madonna della Pietà ? »

« C'est celle du Guide ! » dis-je avec tout l'enthousiasme de ma nature, car j'avais observé attentivement son incomparable beauté. « C'est celle du Guide ! – comment avez-vous *pu* l'obtenir ? – elle est sans aucun doute à la peinture ce que la Vénus est à la sculpture. »

« Ha ! » dit-il pensivement, « la Vénus – la belle Vénus ? – la Vénus des Médicis ? – celle qui a une petite tête et une chevelure dorée ? Une partie du bras gauche » (ici sa voix diminua au point qu'on ne l'entendait plus qu'avec difficulté) « et tout le bras droit sont des restaurations, et dans la coquetterie de ce bras droit réside, je pense, la quintessence de toute affectation. Parlez-*moi* de Canova ! L'Apollon, aussi ! – c'est une copie – il ne peut y avoir aucun doute là-dessus – quel sot aveugle suis-je, moi qui ne peux saisir l'inspiration tant vantée de l'Apollon ! Je ne peux m'empêcher – plaignez-moi ! – je ne peux m'empêcher de préférer l'Antinoüs. N'était-ce pas Socrate qui disait que le statuaire avait trouvé sa statue dans le bloc de marbre ? Ainsi Michel-Ange n'était en rien original dans son distique :

Non ha l'ottimo artista alcun concetto
Che un marmo solo in se non circonscriva[1].

On a remarqué, ou on aurait dû le faire, que dans les façons du vrai gentilhomme, nous percevons toujours une différence avec celles du vulgaire, sans être pour autant capables de déterminer avec précision en quoi consiste une telle différence. En admettant que la remarque s'appliquât dans toute sa force à l'apparence extérieure de mon ami, je la sentais, en cette matinée fertile en événements, bien plus largement applicable encore à son tempérament moral et à son caractère. Et je ne saurais mieux définir cette particularité d'esprit qui semblait le situer si essentiellement à l'écart de tous les autres êtres humains, qu'en nommant cela une *habitude* de pensée intense et continuelle, qui pénétrait même ses actes les plus ordinaires – qui s'infiltrait dans ses moments de badinage – et qui s'insinuait même dans ses accès de gaieté – comme ces vipères qui se déroulent hors des orbites des masques ricanants sur les corniches couronnant les temples de Persépolis.

Je ne pus cependant m'empêcher d'observer à plusieurs reprises, derrière le ton mêlé de légèreté et de solennité sur lequel il traitait rapidement de choses

1. « Le meilleur artiste ne peut rien concevoir que le marbre lui-même ne porte déjà inscrit. » N.d.T.

de peu d'importance, un certain air de trépidation – un degré d'*onction* nerveuse dans les gestes et les paroles – une excitation inquiète du comportement, qui me semblaient chaque fois inexplicables, et même à plusieurs occasions me remplirent d'alarme. Souvent aussi, s'arrêtant au milieu d'une phrase dont il avait apparemment oublié le commencement, il semblait guetter avec la plus profonde attention, comme s'il s'attendait à l'arrivée imminente d'un visiteur, ou comme s'il entendait des sons qui ne devaient avoir eu d'existence que dans sa seule imagination.

Ce fut durant l'une de ces rêveries ou de ces pauses d'apparente distraction qu'en tournant une page de la belle tragédie du poète et érudit Politien, *L'Orfeo* (la première tragédie véritablement italienne), qui était posée près de moi sur une ottomane, que je découvris un passage souligné au crayon. C'était un passage vers la fin du troisième acte – un passage d'une poignante émotion – un passage que, bien que teinté d'impureté, aucun homme ne lira sans un frisson d'émotion nouvelle – aucune femme sans un soupir. Toute la page était tachée de larmes récentes, et, sur le feuillet opposé, il y avait les vers anglais suivants, tracés d'une écriture tellement différente de la calligraphie originale de mon ami, que j'eus quelque difficulté à la reconnaître pour sienne.

Tu étais pour moi, amour,
Tout ce pour quoi languissait mon âme –
Une île verte dans la mer, amour,
Une fontaine et un autel,

Tout enguirlandés de fruits et de fleurs féeriques,
Et toutes les fleurs étaient miennes.

Ah, rêve trop brillant pour durer !
Ah, Espérance étoilée ! qui ne t'es levée
Que pour être voilée !
Une voix du fond du Futur crie,
« Avance ! Avance ! » – mais sur le Passé
(Sombre gouffre !) mon esprit flottant gît,
Muet, immobile, frappé d'effroi !

Car hélas ! hélas pour moi
La lumière de la vie est passée.
« Jamais plus – jamais plus – jamais plus »
(C'est le discours que tient la mer solennelle
Aux sables sur la plage)
Ne fleurira l'arbre foudroyé,
Ne s'élèvera l'aigle abattu !

Maintenant tous mes jours sont des transes,
Et tous mes rêves nocturnes
Sont là où brille ton œil gris,
Là où ton pas étincelle
En quelles danses éthérées,
Au bord de quelles eaux italiennes.

Hélas ! en ce temps maudit
Ils t'emportèrent sur les flots,
Loin de l'Amour, vers la vieillesse titrée et le crime,
Et vers un oreiller impie –
Loin de moi, et loin de notre brumeux climat
Où pleure le saule argenté !

Que ces vers fussent écrits en anglais, une langue dont je n'aurais pas cru leur auteur familier – ne m'apporta qu'un faible sujet de surprise. J'étais trop averti de l'étendue de ses connaissances, et du plaisir singulier qu'il prenait à les cacher à l'observateur, pour être surpris par une semblable découverte ; mais le lieu d'où ils étaient datés, je dois le confesser, me causa un certain étonnement. On avait d'abord écrit *Londres*, et ensuite on l'avait soigneusement raturé – pas assez cependant pour cacher le mot à un œil scrutateur. Je dis que ceci provoqua en moi de l'étonnement ; car je me souvenais bien que, lors d'une précédente conversation avec mon ami, je lui avais en particulier demandé s'il avait jamais rencontré à Londres la Marchesa di Mentoni (qui pendant quelques années avant son mariage avait résidé dans cette ville), et sa réponse, si je ne me trompe, m'avait laissé entendre qu'il n'avait jamais visité la métropole de la Grande-Bretagne. Je pourrais tout aussi bien mentionner ici que j'ai plus d'une fois entendu dire (sans bien sûr accorder crédit à une rumeur impliquant tant d'improbabilités) que la personne dont je parle était non seulement de naissance mais aussi d'éducation, un *Anglais*.

« Il y a un tableau », dit-il, sans s'apercevoir que j'avais remarqué la tragédie, « il y a encore un tableau que vous n'avez pas vu. » Et, en écartant une tenture, il découvrit un portrait en pied de la Marchesa Aphrodite.

L'art humain n'aurait pu faire mieux dans la peinture de sa beauté surhumaine. La même forme éthérée qui s'était trouvée devant moi la nuit précédente sur les marches du Palais des Doges se tenait de nouveau devant moi. Mais dans l'expression du visage, qui était tout rayonnant de sourire, se cachait encore (incompréhensible anomalie !) cette trace incertaine de mélancolie qui se trouvera toujours inséparable de la beauté parfaite. Son bras droit était replié sur son sein. De son bras gauche, elle désignait à terre un vase curieusement façonné. Un petit pied de fée, seul visible, touchait tout juste le sol – et, à peine discernable dans l'atmosphère brillante qui semblait entourer et enchâsser sa beauté, flottait une paire d'ailes des plus délicatement imaginées. Mon regard glissa du tableau vers la silhouette de mon ami, et les mots vigoureux du *Bussy d'Amboise* de Chapman frémirent spontanément sur mes lèvres :

Il se dresse là
Comme une statue romaine ! Il restera debout,
Jusqu'à ce que la Mort l'ait fait marbre !

« Venez ! » dit-il enfin, en se tournant vers une table d'argent massif richement émaillée sur laquelle il y avait quelques gobelets fantasquement colorés, avec deux grands vases étrusques ouvragés selon le même extraordinaire modèle que celui qu'on voyait au premier plan du tableau, et emplis de ce que je supposai être du johannisberg. « Venez ! dit-il brusquement, buvons ! Il est tôt mais buvons ! Il est *vraiment* tôt », poursuivit-il rêveusement, tandis qu'un chérubin armé d'un lourd marteau d'or faisait résonner la pièce de la première heure après le lever du soleil – « Il est *vraiment* tôt, mais qu'importe ? Buvons ! Versons une libation à ce soleil solennel que ces lampes et ces encensoirs éclatants sont si avides de dompter ! » Et, m'ayant invité à trinquer avec lui, il avala en une rapide succession plusieurs gobelets de vin.

« Rêver », continua-t-il, reprenant le ton de sa conversation décousue, tandis qu'il élevait vers la riche lumière d'un encensoir l'un des magnifiques vases – « rêver a été l'affaire de ma vie. Je me suis donc aménagé, comme vous voyez, une demeure de rêve. Au cœur de Venise, pouvais-je en ériger une meilleure ? Vous voyez autour de vous, il est vrai, un mélange de styles architecturaux. La simplicité de l'Ionie est contrariée par les formes antédiluviennes, et les sphinx de l'Egypte sont étalés sur des tapis d'or. Pourtant l'effet n'est incongru que pour les seuls timides. Les convenances de lieu et surtout d'époque sont les bêtes noires qui terrifient l'humanité et la privent de la contemplation du magnifique. J'ai été moi-même autrefois un partisan de la décoration : mais cette sublimation de la sottise a lassé mon âme. Tout ceci s'accorde mieux maintenant à mon dessein. Comme ces arabesques encensoirs, mon esprit se tord dans le feu et le délire de ce décor me prépare aux visions plus sauvages de ce pays des vrais rêves vers lequel je suis en train de partir rapidement. » Ici, il s'arrêta brusquement, pencha la tête vers sa poitrine, et parut écouter un bruit que je ne pouvais entendre. Enfin, se dressant de toute sa taille, il leva les yeux et lança les vers de l'évêque de Chichester :

Attends-moi là-bas ! Je ne manquerai pas
De te rejoindre en ce val profond.

L'instant d'après, cédant au pouvoir du vin, il se jeta de tout son long sur une ottomane.

Un pas précipité se fit alors entendre dans l'escalier, et aussitôt lui succéda un coup violent à la porte. Je me hâtai pour devancer une seconde perturbation lorsqu'un page de la maison des Mentoni se rua dans la pièce et balbutia d'une voix tremblante d'émotion les paroles incohérentes : « Ma maîtresse ! – ma maîtresse ! – empoisonnée ! – empoisonnée ! oh belle – oh belle Aphrodite ! »

Affolé, je m'élançai vers l'ottomane, et tentai d'éveiller le dormeur à la conscience de cette effrayante nouvelle. Mais ses membres étaient rigides – ses lèvres étaient livides – ses yeux à l'instant encore brillants étaient rivés dans la *mort*. Je reculai en chancelant vers la table – ma main tomba sur un gobelet craquelé et noirci – et la conscience de l'entière et terrible vérité illumina soudain mon âme.

Morella

Traduit par Charles Baudelaire

Lui-même, par lui-même, avec lui-même, homogène, éternel.

PLATON.

Ce que j'éprouvais relativement à mon amie Morella était une profonde mais très singulière affection. Ayant fait sa connaissance par hasard, il y a nombre d'années, mon âme, dès notre première rencontre, brûla de feux qu'elle n'avait jamais connus ; – mais ces feux n'étaient point ceux d'Éros, et ce fut pour mon esprit un amer tourment que la conviction croissante que je ne pourrais jamais définir leur caractère insolite, ni régulariser leur intensité errante. Cependant nous nous convînmes, et la destinée nous fit nous unir à l'autel. Jamais je ne parlai de passion, jamais je ne songeai à l'amour. Néanmoins elle fuyait la société, et, s'attachant à moi seul, elle me rendit heureux. Être étonné, c'est un bonheur ; – et rêver, n'est-ce pas un bonheur aussi ?

L'érudition de Morella était profonde. Comme j'espère le montrer, ses talents n'étaient pas d'un ordre secondaire ; la puissance de son esprit était gigantesque. Je le sentis, et dans mainte occasion je devins son écolier. Toutefois, je m'aperçus bientôt que Morella, en raison de son éducation faite à Presbourg, étalait devant moi bon nombre de ces écrits mystiques qui sont généralement considérés comme l'écume de la première littérature allemande. Ces livres, pour des raisons que je ne pouvais concevoir, faisaient son étude constante et favorite ; – et, si avec le temps ils devinrent aussi la mienne, il ne faut attribuer cela qu'à la simple mais très efficace influence de l'habitude et de l'exemple.

En toutes ces choses, si je ne me trompe, ma raison n'avait presque rien à faire. Mes convictions, ou je ne me connais plus moi-même, n'étaient en aucune façon basées sur l'idéal, et on n'aurait pu découvrir, à moins que je ne m'abuse grandement, aucune teinture du mysticisme de mes lectures, soit dans mes actions, soit dans mes pensées. Persuadé de cela, je m'abandonnai aveuglément à la direction de ma femme, et j'entrai avec un cœur imperturbé dans le labyrinthe de ses études. Et alors, – quand, me plongeant dans des pages maudites, je sentais un esprit maudit qui s'allumait en moi, – Morella venait, plaçant sa main froide sur la mienne et ramassant dans les cendres d'une philosophie morte quelques graves et singulières paroles qui, par leur sens bizarre, s'incrustaient dans ma mémoire. Et alors, pendant des heures, je m'étendais rêveur à son côté, et je me plongeais dans la musique de sa voix, – jusqu'à ce que cette mélodie à la longue s'infectât de terreur ; – et une ombre tombait sur mon âme, – et je devenais pâle, et je frissonnais intérieurement à ces sons trop extraterrestres. Et ainsi, la jouissance s'évanouissait soudainement dans l'horreur, et l'idéal du beau devenait l'idéal de la hideur, comme la vallée de Hinnom est devenue la Géhenne.

Il est inutile d'établir le caractère exact des problèmes, qui, jaillissant des volumes dont j'ai parlé, furent pendant longtemps presque le seul objet de conversation entre Morella et moi. Les gens instruits dans ce que l'on peut appeler la morale théologique les concevront facilement, et ceux qui sont illettrés n'y comprendraient que peu de chose en tout cas. L'étrange panthéisme de Fichte, la Palingénésie modifiée des Pythagoriciens, et, par-dessus tout, la doctrine de l'*Identité* telle qu'elle est présentée par Schelling, étaient généralement les points de discussion qui offraient le plus de charmes à l'imaginative Morella. Cette identité, dite personnelle, M. Locke, je crois, la fait judicieusement consister dans la permanence de l'être rationnel. En tant que par personne nous entendons une essence pensante douée de raison, et en tant qu'il existe une conscience qui accompagne toujours la pensée, c'est elle, – cette conscience, – qui nous fait tous être ce que nous appelons *nous-mêmes*, nous distinguant ainsi des autres êtres pensants, et nous donnant notre identité personnelle. Mais le *principium individuationis*, – la notion de cette identité *qui, à la mort, est ou n'est pas perdue à jamais*, fut pour moi, en tout temps, un problème du plus intense intérêt, non seulement à cause de la nature inquiétante et embarrassante de ses conséquences, mais aussi à cause de la façon singulière et agitée dont en parlait Morella.

Mais, en vérité, le temps était maintenant arrivé où le mystère de la nature de ma femme m'oppressait comme un charme. Je ne pouvais plus supporter l'attouchement de ses doigts pâles, ni le timbre profond de sa parole musicale, ni l'éclat de ses yeux mélancoliques. Et elle savait tout cela, mais ne m'en faisait aucun reproche ; elle semblait avoir conscience de ma faiblesse ou de ma folie, et, tout en souriant, elle appelait cela la Destinée. Elle semblait aussi avoir conscience de la cause, à moi inconnue, de l'altération graduelle de mon amitié ; mais elle ne me donnait aucune explication et ne faisait aucune allusion à la nature de cette cause. Morella toutefois n'était qu'une femme, et elle dépérissait journellement. A la longue, une tache pourpre se fixa immuablement sur sa joue, et les veines bleues de son front pâle devinrent proéminentes. Et ma nature se fondait parfois en pitié ; mais un moment après, je rencontrais l'éclair de ses yeux chargés de pensée, et alors mon âme se trouvait mal et éprouvait le vertige de celui dont le regard a plongé dans quelque lugubre et insondable abîme.

Dirai-je que j'aspirais, avec un désir intense et dévorant, au moment de la mort de Morella ? Cela fut ainsi ; mais le fragile esprit se cramponna à son habitacle d'argile pendant bien des jours, bien des semaines et bien des mois fastidieux, si bien qu'à la fin mes nerfs torturés remportèrent la victoire sur ma raison ; et je devins furieux de tous ces retards, et avec un cœur de démon je maudis les jours, et les heures, et les minutes amères qui semblaient s'allonger et s'allonger sans cesse, à mesure que sa noble vie déclinait, comme les ombres dans l'agonie du jour.

Mais un soir d'automne, comme l'air dormait immobile dans le ciel, Morella m'appela à son chevet.

Il y avait un voile de brume sur toute la terre, et un chaud embrasement sur les eaux, et à voir les splendeurs d'octobre dans le feuillage de la forêt, on eût dit qu'un bel arc-en-ciel s'était laissé choir du firmament.

– Voici le jour des jours, – dit-elle, quand j'approchai, – le plus beau des jours pour vivre ou pour mourir. C'est un beau jour pour les fils de la terre et de la vie, – ah ! plus beau encore pour les filles du ciel et de la mort !

Je baisai son front, et elle continua :

– Je vais mourir, cependant je vivrai.

– Morella !

– Ils n'ont jamais été, ces jours où il t'aurait été permis de m'aimer ; – mais celle que dans la vie tu abhorras, dans la mort tu l'adoreras.

– Morella !

– Je répète que je vais mourir. Mais en moi est un gage de cette affection – ah ! quelle mince affection ! – que tu as éprouvée pour moi, Morella. Et quand mon esprit partira, l'enfant vivra, – ton enfant, mon enfant à moi, Morella. Mais tes jours seront des jours pleins de chagrin, – de ce chagrin qui est la plus durable des impressions, comme le cyprès est le plus vivace des arbres. Car les heures de ton bonheur sont passées, et la joie ne se cueille pas deux fois dans une vie, comme les roses de Paestum deux fois dans une année. Tu ne joueras plus avec le temps le jeu de l'homme de Téos ; le myrte et la vigne te seront choses inconnues, et partout sur la terre tu porteras avec toi ton suaire, comme le Musulman de la Mecque.

– Morella ! – m'écriai-je, – Morella ! comment sais-tu cela ?

Mais elle retourna son visage sur l'oreiller ; un léger tremblement courut sur ses membres, elle mourut, et je n'entendis plus sa voix.

Cependant, comme elle l'avait prédit, son enfant, – auquel en mourant elle avait donné naissance, et qui ne respira qu'après que la mère eut cessé de respirer, – son enfant, une fille, vécut. Et elle grandit étrangement en taille et en intelligence, et devint la parfaite ressemblance de celle qui était partie, et je l'aimai d'un plus fervent amour que je ne me serais cru capable d'en éprouver pour aucune habitante de la terre.

Mais, avant qu'il fût longtemps, le ciel de cette pure affection s'assombrit, et la mélancolie et l'horreur et l'angoisse y défilèrent en nuages. J'ai dit que l'enfant grandit étrangement en taille et en intelligence. Étrange, en vérité, fut le rapide accroissement de sa nature corporelle, – mais terribles, oh ! terribles furent les tumultueuses pensées qui s'amoncelèrent sur moi, pendant que je surveillais le développement de son être intellectuel. Pouvait-il en être autrement, quand je découvrais chaque jour dans les conceptions de l'enfant la puissance adulte et les facultés de la femme ? – quand les leçons de l'expérience tombaient des lèvres de l'enfance ? – quand je voyais à chaque instant la sagesse et les passions de la maturité jaillir de cet œil large et méditatif ? Quand, dis-je, tout cela frappa mes sens épouvantés, – quand il fut impossible à mon âme de se le dissimuler plus longtemps, – à mes facultés frissonnantes de repousser cette certitude, – y a-t-il lieu de s'étonner que des soupçons d'une nature terrible et inquiétante se soient glissés dans mon esprit, ou que mes pensées se soient reportées avec horreur vers les contes étranges et les pénétrantes théories de la défunte Morella ? J'arrachai à la curiosité du monde un être que la destinée me commandait d'adorer, et dans la rigoureuse retraite de mon intérieur je veillai avec une anxiété mortelle sur tout ce qui concernait la créature aimée.

Et comme les années se déroulaient, et comme chaque jour je contemplais son saint, son doux, son éloquent visage, et comme j'étudiais ses formes mûrissantes, chaque jour aussi je découvrais de nouveaux points de ressemblance entre l'enfant et sa mère, la mélancolique et la morte. Et d'instant en l'instant, ces ombres de ressemblance s'épaississaient, toujours plus pleines, plus définies, plus inquiétantes et plus affreusement terribles dans leur aspect. Car, que son sourire ressemblât au sourire de sa mère, je pouvais l'admettre ; mais cette ressemblance était une *identité* qui me donnait le frisson ; – que ses yeux ressemblassent à ceux de Morella, je devais le supporter ; mais aussi ils pénétraient trop souvent dans les profondeurs de mon âme avec l'étrange et intense pensée de Morella elle-même. Et dans le contour de son front élevé, et dans les boucles de sa chevelure soyeuse, et dans ses doigts pâles qui s'y plongeaient d'habitude, et dans le timbre grave et musical de sa parole, et par-dessus tout, – oh ! par-dessus tout, – dans les phrases et les expressions de la morte sur les lèvres de l'aimée et de la vivante, je trouvais un aliment pour une horrible pensée dévorante, – pour un ver qui ne voulait pas mourir.

Ainsi passèrent deux lustres de sa vie, et toujours ma fille restait sans nom sur la terre. *Mon enfant* et *mon amour* étaient les appellations habituellement dictées par l'affection paternelle, et la sévère réclusion de son existence s'opposait à toute autre relation. Le nom de Morella était mort avec elle. De la mère je n'avais jamais parlé à la fille ; – il m'était impossible d'en parler. En réalité, durant la brève période de son existence, cette dernière n'avait reçu aucune impression du monde extérieur, excepté celles qui avaient pu lui être fournies dans les étroites limites de sa retraite.

A la longue, cependant, la cérémonie du baptême s'offrit à mon esprit, dans cet état d'énervation et d'agitation, comme l'heureuse délivrance des terreurs de ma destinée. Et, aux fonts baptismaux, j'hésitai sur le choix d'un nom. Et une foule d'épithètes de sagesse et de beauté, de noms tirés des temps anciens et modernes, de mon pays et des pays étrangers, vint se presser sur mes lèvres, et une multitude d'appellations charmantes de noblesse, de bonheur et de bonté.

Qui m'inspira donc alors d'agiter le souvenir de la morte enterrée ? Quel démon me poussa à soupirer un son dont le simple souvenir faisait toujours refluer mon sang par torrents des tempes au cœur ? Quel méchant esprit parla du fond des abîmes de mon âme, quand, sous ces voûtes obscures et dans le silence de la nuit, je chuchotai dans l'oreille du saint homme les syllabes : Morella ? Quel être, plus que démon, convulsa les traits de mon enfant et les couvrit des teintes de la mort, quand, tressaillant à ce son à peine perceptible, elle tourna ses yeux limpides du sol vers le ciel, et, tombant prosternée sur les dalles noires de notre caveau de famille, répondit : *Me voilà !*

Ces simples mots tombèrent distincts, froidement, tranquillement distincts, dans mon oreille, et de là, comme du plomb fondu, roulèrent en sifflant dans ma cervelle. Les années, les années peuvent passer, mais le souvenir de cet instant, – jamais ! Ah ! les fleurs et la vigne n'étaient pas choses inconnues pour moi ; – mais l'aconit et le cyprès m'ombragèrent nuit et jour. Et je perdis tout sentiment du temps et des lieux, et les étoiles de ma destinée disparurent du ciel, et dès lors la terre devint ténébreuse, et toutes figures terrestres passèrent près de moi comme des ombres voltigeantes, et parmi elles je n'en voyais qu'une, – Morella ! Les vents du firmament ne soupiraient qu'un son à mes oreilles, et le clapotement de la mer murmurait incessamment : – Morella ! – Mais elle mourut, et de mes propres mains je la portai à sa tombe, et je ris d'un amer et long rire, quand, dans le caveau où je déposai la seconde, je ne découvris aucune trace de la première – Morella.

Silence

Traduit par Charles Baudelaire

La crête des montagnes sommeille ; la vallée, le rocher et la caverne sont muets.

ALCMAN.

Écoute-moi, – dit le Démon, en plaçant sa main sur ma tête. – La contrée dont je parle est une contrée lugubre en Libye, sur les bords de la rivière Zaïre. Et là, il n'y a ni repos ni silence.

Les eaux de la rivière sont d'une couleur safranée et malsaine ; et elles ne coulent pas vers la mer, mais palpitent éternellement, sous l'œil rouge du soleil, avec un mouvement tumultueux et convulsif. De chaque côté de cette rivière au lit vaseux s'étend, à une distance de plusieurs milles, un pâle désert de gigantesques nénuphars. Ils soupirent l'un vers l'autre dans cette solitude, et tendent vers le ciel leurs longs cous de spectres, et hochent de côté et d'autre leurs têtes sempiternelles. Et il sort d'eux un murmure confus qui ressemble à celui d'un torrent souterrain. Et ils soupirent l'un vers l'autre.

Mais il y a une frontière à leur empire, et cette frontière est une haute forêt, sombre, horrible. Là, comme les vagues autour des Hébrides, les petits arbres sont dans une perpétuelle agitation. Et cependant il n'y a pas de vent dans le ciel. Et les vastes arbres primitifs vacillent éternellement de côté et d'autre avec un fracas puissant. Et de leurs hauts sommets filtre, goutte à goutte, une éternelle rosée. Et à leurs pieds d'étranges fleurs vénéneuses se tordent dans un sommeil agité. Et sur leurs têtes, avec un froufrou retentissant, les nuages gris se précipitent, toujours vers l'ouest, jusqu'à ce qu'ils roulent en cataracte derrière la muraille enflammée de l'horizon. Cependant il n'y a pas de vent dans le ciel. Et sur les bords de la rivière Zaïre il n'y a ni calme ni silence.

C'était la nuit, et la pluie tombait ; et quand elle tombait, c'était de la pluie, mais quand elle était tombée, c'était du sang. Et je me tenais dans le marécage parmi les grands nénuphars, et la pluie tombait sur ma tête, – et les nénuphars soupiraient l'un vers l'autre dans la solennité de leur désolation.

Et tout d'un coup, la lune se leva à travers la trame légère du brouillard funèbre, et elle était d'une couleur cramoisie. Et mes yeux tombèrent sur un énorme rocher grisâtre qui se dressait au bord de la rivière, et qu'éclairait la lueur de la lune. Et le rocher était grisâtre, et sinistre, et très haut, – et le rocher était grisâtre. Sur son front de pierre étaient gravés des caractères ; et je m'avançai à travers le marécage de nénuphars, jusqu'à ce que je fusse tout près du rivage, afin de lire les caractères gravés dans la pierre. Mais je ne pus pas les déchiffrer. Et j'allais retourner vers le marécage, quand la lune brilla d'un rouge plus vif ; et je me retournai, et je regardai de nouveau vers le rocher et les caractères ; – et ces caractères étaient : DÉSOLATION.

Et je regardai en haut, et sur le faîte du rocher se tenait un homme ; et je me cachai parmi les nénuphars afin d'épier les actions de l'homme. Et l'homme était d'une forme grande et majestueuse, et, des épaules jusqu'aux pieds, enveloppé dans la toge de l'ancienne Rome. Et le contour de sa personne était indistinct, – mais ses traits étaient les traits d'une divinité ; car malgré le manteau de la nuit, et du brouillard, et de la lune, et de la rosée, rayonnaient les traits de sa face. Et son front était haut et pensif, et son œil était effaré par le souci ; et dans les sillons de sa joue je lus les légendes du chagrin, de la fatigue, du dégoût de l'humanité, et une grande aspiration vers la solitude.

Et l'homme s'assit sur le rocher, et appuya sa tête sur sa main, et promena son regard sur la désolation. Il regarda les arbrisseaux toujours inquiets et les grands arbres primitifs ; il regarda, plus haut, le ciel plein de frôlements, et la lune cramoisie. Et j'étais blotti à l'abri des nénuphars, et j'observais les actions de l'homme. Et l'homme tremblait dans la solitude ; – cependant la nuit avançait, et il restait assis sur le rocher.

Et l'homme détourna son regard du ciel, et le dirigea sur la lugubre rivière Zaïre, et sur les eaux jaunes et lugubres, et sur les pâles légions de nénuphars. Et l'homme écoutait les soupirs des nénuphars et le murmure qui sortait d'eux. Et j'étais blotti dans ma cachette, et j'épiais les actions de l'homme. Et l'homme tremblait dans la solitude ; – cependant la nuit avançait, et il restait assis sur le rocher.

Alors je m'enfonçai dans les profondeurs lointaines du marécage, et je marchai sur la forêt pliante de nénuphars, et j'appelai les hippopotames qui habitaient les profondeurs du marécage. Et les hippopotames entendirent mon appel et vinrent avec les béhémoths jusqu'au pied du rocher, et rugirent hautement et effroyablement sous la lune. J'étais toujours blotti dans ma cachette, et je surveillais les actions de l'homme. Et l'homme tremblait dans la solitude ; – cependant la nuit avançait, et il restait assis sur le rocher.

Alors je maudis les éléments de la malédiction du tumulte ; et une effrayante tempête s'amassa dans le ciel, où naguère il n'y avait pas un souffle. Et le ciel devint livide de la violence de la tempête, – et la pluie battait la tête de l'homme, – et les flots de la rivière débordaient, – et la rivière torturée jaillissait en écume, – et les nénuphars criaient dans leurs lits, – et la forêt s'émiettait au vent, – et le tonnerre roulait, – et l'éclair tombait, – et le roc vacillait sur ses fondements. Et j'étais toujours blotti dans ma cachette pour épier les actions de l'homme. Et l'homme tremblait dans la solitude ; – cependant la nuit avançait, et il restait assis sur le rocher.

Alors je fus irrité, et je maudis de la malédiction du *silence* la rivière et les nénuphars, et le vent, et la forêt, et le ciel, et le tonnerre, et les soupirs des nénuphars. Et ils furent frappés de la malédiction, et ils devinrent muets. Et la lune cessa de faire péniblement sa route dans le ciel, – et le tonnerre expira, – et l'éclair ne jaillit plus, – et les nuages pendirent immobiles, – et les eaux redescendirent dans leur lit et y restèrent, – et les arbres cessèrent de se balancer, – et les nénuphars ne soupirèrent plus, – et il ne s'éleva plus de leur foule le moindre murmure, ni l'ombre d'un son dans tout le vaste désert sans limites. Et je regardai les caractères du rocher, et ils étaient changés ; – et maintenant ils formaient le mot : SILENCE.

Et mes yeux tombèrent sur la figure de l'homme, et sa figure était pâle de terreur. Et précipitamment il leva sa tête de sa main, il se dressa sur le rocher, et tendit l'oreille. Mais il n'y avait pas de voix dans tout le vaste désert sans limites, et les caractères gravés sur le rocher étaient : SILENCE. Et l'homme frissonna, et il fit volte-face, et il s'enfuit loin, loin, précipitamment, si bien que je ne le vis pas.

– Or, il y a de bien beaux contes dans les livres des Mages, – dans les mélancoliques livres des Mages, qui sont reliés en fer. Il y a là, dis-je, de splendides histoires du Ciel, et de la Terre, et de la puissante Mer, – et des Génies qui ont régné sur la mer, sur la terre et sur le ciel sublime. Il y avait aussi beaucoup de science dans les paroles qui ont été dites par les Sibylles ; et de saintes, saintes choses ont été entendues jadis par les sombres feuilles qui tremblaient autour de Dodone ; – mais, comme il est vrai qu'Allah est vivant, je tiens cette fable que m'a contée le Démon, quand il s'assit à côté de moi dans l'ombre de la tombe, pour la plus étonnante de toutes ! Et quand le Démon eut fini son histoire, il se renversa dans la profondeur de la tombe, et se mit à rire. Et je ne pus pas rire avec le Démon, et il me maudit parce que je ne pouvais pas rire. Et le lynx, qui demeure dans la tombe pour l'éternité, en sortit, et il se coucha aux pieds du Démon, et il le regarda fixement dans les yeux.

Ligeia

Traduit par Charles Baudelaire

Et il y a là-dedans la volonté, qui ne meurt pas. Qui donc connaît les mystères de la volonté, ainsi que sa vigueur ? Car Dieu n'est qu'une grande volonté pénétrant toutes choses par l'intensité qui lui est propre. L'homme ne cède pas aux anges et ne se rend entièrement à la mort que par l'infirmité de sa pauvre volonté.

JOSEPH GLANVILL.

Je ne puis pas me rappeler, sur mon âme, comment, quand, ni même où je fis pour la première fois connaissance avec lady Ligeia. De longues années se sont écoulées depuis lors, et une grande souffrance a affaibli ma mémoire. Ou, peut-être, ne puis-je plus *maintenant* me rappeler ces points, parce qu'en vérité le caractère de ma bien-aimée, sa rare instruction, son genre de beauté, si singulier et si placide, et la pénétrante et subjugante éloquence de sa profonde parole musicale, ont fait leur chemin dans mon cœur d'une manière si patiente, si constante, si furtive, que je n'y ai pas pris garde et n'en ai pas eu conscience.

Cependant je crois que je la rencontrai pour la première fois, et plusieurs fois depuis lors, dans une vaste et antique ville délabrée sur les bords du Rhin. Quant à sa famille, – très certainement elle m'en a parlé. Qu'elle fût d'une date excessivement ancienne, je n'en fais aucun doute. – Ligeia ! Ligeia ! – Plongé dans des études qui par leur nature sont plus propres que toute autre à amortir les impressions du monde extérieur, – il me suffit de ce mot si doux, – Ligeia ! – pour ramener devant les yeux de ma pensée l'image de celle qui n'est plus. Et maintenant, pendant que j'écris, il me revient, comme une lueur, que je n'ai *jamais su* le nom de famille de celle qui fut mon amie et ma fiancée, qui devint mon compagnon d'études, et enfin l'épouse de mon cœur. Était-ce par suite de quelque injonction folâtre de ma Ligeia, – était-ce une preuve de la force de mon affection, que je ne pris aucun renseignement sur ce point ? Ou plutôt était-ce un caprice à moi, – une offrande bizarre et romantique sur l'autel du culte le plus passionné ? Je ne me rappelle le fait que confusément ; – faut-il donc s'étonner si j'ai entièrement oublié les circonstances qui lui donnèrent naissance ou qui l'accompagnèrent ? Et, en vérité, si jamais l'esprit de roman, – si jamais la pâle *Ashtophet* de l'idolâtre Égypte, aux ailes ténébreuses, ont présidé, comme on dit, aux mariages de sinistre augure, – très sûrement ils ont présidé au mien.

Il est néanmoins un sujet très cher sur lequel ma mémoire n'est pas en défaut. C'est la *personne* de Ligeia. Elle était d'une grande taille, un peu mince, et même, dans les derniers jours, très amaigrie. J'essayerais en vain de dépeindre la majesté, l'aisance tranquille de sa démarche, et l'incompréhensible légèreté, l'élasticité de son pas. Elle venait et s'en allait comme une ombre. Je ne m'apercevais jamais de son entrée dans mon cabinet de travail que par la chère musique de sa voix douce et profonde, quand elle posait sa main de marbre sur mon épaule. Quant à la beauté de la figure, aucune femme ne l'a jamais égalée. C'était l'éclat d'un rêve d'opium, – une vision aérienne et ravissante, plus étrangement céleste que les rêveries qui voltigent dans les âmes assoupies des filles de Délos. Cependant ses traits n'étaient pas jetés dans ce moule régulier qu'on nous a faussement enseigné à révérer dans les ouvrages classiques du paganisme. « Il n'y a pas de beauté exquise, – dit lord Verulam, parlant avec justesse de toutes les formes et de tous les genres de beauté, – sans une certaine *étrangeté* dans les proportions. » Toutefois, bien que je visse que les traits de Ligeia n'étaient pas d'une régularité classique, – quoique je sentisse que sa beauté était véritablement *exquise*, et fortement pénétrée de cette *étrangeté*, – je me suis efforcé en vain de découvrir cette irrégularité et de poursuivre jusqu'en son gîte ma perception de l'*étrange*. J'examinais le contour du front haut et pâle, – un front irréprochable, – combien ce mot est froid appliqué à une majesté aussi divine ! – la peau rivalisant avec le plus pur ivoire, la largeur imposante, le calme, la gracieuse proéminence des régions au-dessus des tempes, et puis cette chevelure d'un noir de corbeau, lustrée, luxuriante, naturellement bouclée, et démontrant toute la force de l'expression homérique : *chevelure d'hyacinthe*. Je considérais les lignes délicates du nez, – et nulle autre part que dans les gracieux médaillons hébraïques je n'avais contemplé une semblable perfection. C'était ce même jet, cette même surface unie et superbe, cette même tendance presque imperceptible à l'aquilin, ces mêmes narines harmonieusement arrondies et révélant un esprit libre. Je regardais la charmante bouche. C'était là qu'était le triomphe de toutes les choses célestes : le tour glorieux de la lèvre supérieure, un peu courte, l'air doucement, voluptueusement reposé de l'inférieure, – les fossettes qui se jouaient et la couleur qui parlait, – les dents, réfléchissant comme une espèce d'éclair chaque rayon de la lumière bénie qui tombait sur elles dans ses sourires sereins et placides, mais toujours radieux et triomphants. J'analysais la forme du menton, et là aussi je trouvais la grâce dans la largeur, la douceur et la majesté, la plénitude et la spiritualité grecques, – ce contour que le dieu Apollon ne révéla qu'en rêve à Cléomènes, fils de Cléomènes d'Athènes. Et puis je regardais dans les grands yeux de Ligeia.

Pour les yeux, je ne trouve pas de modèles dans la plus lointaine antiquité. Peut-être bien était-ce dans les yeux de ma bien-aimée que se cachait le mystère dont parle lord Verulam. Ils étaient, je crois, plus grands que les yeux ordinaires de l'humanité ; mieux fendus que les plus beaux yeux de gazelle de la tribu de la vallée de Nourjahad. Mais ce n'était que par intervalles, – dans des moments d'excessive animation, – que cette particularité devenait singulièrement frappante. Dans ces moments-là, – sa beauté était – du moins elle apparaissait telle à ma pensée enflammée, – la beauté de la fabuleuse houri des Turcs. Les prunelles étaient du noir le plus brillant, et surplombées par des cils de jais très longs. Ses sourcils, d'un dessin légèrement irrégulier, avaient la même couleur. Toutefois, l'*étrangeté* que je trouvais dans les yeux était indépendante de leur forme, de leur couleur et de leur éclat, et devait décidément être attribuée à l'*expression*. Ah ! mot qui n'a pas de sens ! un pur son ! vaste latitude où se retranche toute notre ignorance du spirituel ! L'expression des yeux de Ligeia ! Combien de longues heures ai-je médité dessus ! Combien de fois, durant toute une nuit d'été, me suis-je efforcé de les sonder ! Qu'était donc ce je-ne-sais-quoi, – ce quelque chose plus profond que le puits de Démocrite, – qui gisait au fond des pupilles de ma bien-aimée ? Qu'était cela ? J'étais possédé de la passion de le découvrir. Ces yeux ! ces larges, ces brillantes, ces divines prunelles ! elles étaient devenues pour moi les étoiles jumelles de Léda, et moi j'étais pour elles le plus fervent des astrologues.

Il n'y a pas de cas, parmi les nombreuses et incompréhensibles anomalies de la science psychologique, qui soit plus saisissant, plus excitant, que celui, – négligé, je crois, dans les écoles, – où, dans nos efforts pour ramener dans notre mémoire une chose oubliée depuis longtemps, nous nous trouvons souvent *sur le bord même* du souvenir, sans pouvoir toutefois nous souvenir. Et ainsi, que de fois, dans mon ardente analyse des yeux de Ligeia, ai-je senti s'approcher la complète connaissance de leur expression ! – Je l'ai sentie s'approcher, – mais elle n'est pas devenue tout à fait mienne, – et à la longue elle a disparu entièrement ! Et – étrange, oh ! le plus étrange des mystères ! – j'ai trouvé dans les objets les plus communs du monde une série d'analogies pour cette expression. Je veux dire qu'après l'époque où la beauté de Ligeia passa dans mon esprit et s'y installa comme dans un reliquaire, je puisai dans plusieurs êtres du monde matériel une sensation analogue à celle qui se répandait sur moi, en moi, sous l'influence de ses larges et lumineuses prunelles. Cependant, je n'en suis pas moins incapable de définir ce sentiment, de l'analyser, ou même d'en avoir une perception nette. Je l'ai reconnu quelquefois, je le répète, à l'aspect d'une vigne rapidement grandie, – dans la contemplation d'une phalène, d'un papillon, d'une chrysalide, d'un courant d'eau précipité. – Je l'ai trouvé dans l'Océan, dans la chute d'un météore. Je l'ai senti dans les regards de quelques personnes extraordinairement âgées. Il y a dans le ciel une ou deux étoiles, – plus particulièrement une étoile de sixième grandeur, double et changeante, qu'on trouvera près de la grande étoile de la Lyre, – qui, vues au télescope, m'ont donné un sentiment analogue. Je m'en suis senti rempli par certains sons d'instruments à cordes, et quelquefois aussi par des passages de mes lectures. Parmi d'innombrables exemples, je me rappelle fort bien quelque chose dans un volume de Joseph Glanvill, qui, – peut-être simplement à cause de sa bizarrerie, – qui sait ? – m'a toujours inspiré le même sentiment : « Et il y a là-dedans la volonté qui ne meurt pas. Qui donc connaît les mystères de la volonté, ainsi que sa vigueur ? Car Dieu n'est qu'une grande volonté pénétrant toutes choses par l'intensité qui lui est propre. L'homme ne cède aux anges et ne se rend entièrement à la mort que par l'infirmité de sa pauvre volonté. »

Par la suite des temps, et par des réflexions subséquentes, je suis parvenu à déterminer un certain rapport éloigné entre ce passage du philosophe anglais et une partie du caractère de Ligeia. Une *intensité* singulière dans la pensée, dans l'action, dans la parole, était peut-être en elle le résultat ou au moins l'indice de cette gigantesque puissance de volition qui, durant nos longues relations, eût pu donner d'autres et plus positives preuves de son existence. De toutes les femmes que j'ai connues, elle, la toujours placide Ligeia, à l'extérieur si calme, était la proie la plus déchirée par les tumultueux vautours de la cruelle passion. Et je ne pouvais évaluer cette passion que par la miraculeuse expansion de ces yeux qui me ravissaient et m'effrayaient en même temps, par la mélodie presque magique, la modulation, la netteté et la placidité de sa voix profonde, – et par la sauvage énergie des étranges paroles qu'elle prononçait habituellement, et dont l'effet était doublé par le contraste de son débit.

J'ai parlé de l'instruction de Ligeia ; elle était immense, telle que jamais je n'en vis de pareille dans une femme. Elle connaissait à fond les langues classiques, et, aussi loin que s'étendaient mes propres connaissances dans les langues modernes de l'Europe, je ne l'ai jamais prise en faute. Véritablement, sur n'importe quel thème de l'érudition académique, si vantée, si admirée, uniquement à cause qu'elle est plus abstruse, – ai-je jamais trouvé Ligeia en faute ? Combien ce trait unique de la nature de ma femme, seulement dans cette dernière période, avait frappé, subjugué mon attention ! J'ai dit que son instruction dépassait celle d'aucune femme que j'eusse connue, – mais où est l'homme qui a traversé, avec succès, tout le vaste champ des sciences morales, physiques et mathématiques ? Je ne vis pas alors ce que maintenant je perçois clairement, que les connaissances de Ligeia étaient gigantesques, étourdissantes ; cependant j'avais une conscience suffisante de son infinie supériorité pour me résigner, avec la confiance d'un écolier, à me laisser guider par elle à travers le monde chaotique des investigations métaphysiques dont je m'occupais avec ardeur dans les premières années de notre mariage. Avec quel vaste triomphe, – avec quelles vives délices, – avec quelle espérance éthéréenne sentais-je, – ma Ligeia penchée sur moi au milieu d'études si peu frayées, si peu connues, – s'élargir par degrés cette admirable perspective, cette longue avenue, splendide et vierge, par laquelle je devais enfin arriver au terme d'une sagesse trop précieuse et trop divine pour n'être pas interdite !

Aussi, avec quelle poignante douleur ne vis-je pas, au bout de quelques années, mes espérances si bien fondées prendre leur vol et s'enfuir ! Sans Ligeia, je n'étais qu'un enfant tâtonnant dans la nuit. Sa présence, ses leçons pouvaient seules éclairer d'une lumière vivante les mystères du transcendantalisme dans lesquels nous nous étions plongés. Privée du lustre rayonnant de ses yeux, toute cette littérature, ailée et dorée naguère, devenait maussade, saturnienne et lourde comme le plomb. Et maintenant, ces beaux yeux éclairaient de plus en plus rarement les pages que je déchiffrais. Ligeia tomba malade. Les étranges yeux flamboyèrent avec un éclat trop splendide ; les pâles doigts prirent la couleur de la mort, la couleur de la cire transparente ; les veines bleues de son grand front palpitèrent impétueusement au courant de la plus douce émotion. Je vis qu'il lui fallait mourir, – et je luttai désespérément en esprit avec l'affreux Azraël.

Et les efforts de cette femme passionnée furent, à mon grand étonnement, encore plus énergiques que les miens. Il y avait certes dans sa sérieuse nature de quoi me faire croire que pour elle la mort viendrait sans son monde de terreurs ; mais il n'en fut pas ainsi. Les mots sont impuissants pour donner une idée de la férocité de résistance qu'elle déploya dans sa lutte avec l'Ombre. Je gémissais d'angoisse à ce lamentable spectacle. J'aurais voulu la calmer, j'aurais voulu la raisonner ; mais dans l'intensité de son sauvage désir de vivre, – de vivre, – de *rien* que vivre, – toute consolation et toutes raisons eussent été le comble de la folie. Cependant, jusqu'au dernier moment, au milieu des tortures et des convulsions de son sauvage esprit, l'apparente placidité de sa conduite ne se démentit pas. Sa voix devenait plus douce, – devenait plus profonde, – mais je ne voulais pas m'appesantir sur le sens bizarre de ces mots prononcés avec tant de calme. Ma cervelle tournait, quand je prêtais l'oreille en extase à cette mélodie surhumaine, – à ces ambitions et à ces aspirations que l'humanité n'avait jamais connues jusqu'alors.

Qu'elle m'aimât, je n'en pouvais douter, et il m'était aisé de deviner que, dans une poitrine telle que la sienne, l'amour ne devait pas régner comme une passion ordinaire. Mais, dans la mort seulement, je compris toute la force et toute l'étendue de son affection. Pendant de longues heures, ma main dans la sienne, elle épanchait devant moi le trop-plein d'un cœur dont le dévouement plus que passionné montait jusqu'à l'idolâtrie. Comment avais-je mérité la béatitude d'entendre de pareils aveux ? Comment avais-je mérité d'être damné à ce point que ma bien-aimée me fût enlevée à l'heure où elle m'en octroyait la jouissance ? Mais il ne m'est pas permis de m'étendre sur ce sujet. Je dirai seulement que dans l'abandonnement plus que féminin de Ligeia à un amour, hélas ! non mérité, accordé tout à fait gratuitement, je reconnus enfin le principe de son ardent, de son sauvage regret de cette vie qui fuyait maintenant si rapidement. C'est cette ardeur désordonnée, – cette véhémence dans son désir de la vie, – et de *rien* que la vie, – que je n'ai pas la puissance de décrire ; les mots me manqueraient pour l'exprimer.

Juste au milieu de la nuit pendant laquelle elle mourut, elle m'appela avec autorité auprès d'elle, et me fit répéter certains vers composés par elle peu de jours auparavant. Je lui obéis. Ces vers, les voici :

Voyez ! c'est nuit de gala
Depuis ces dernières années désolées !
Une multitude d'anges, ailés, ornés
De voiles, et noyés dans les larmes,
Est assise dans un théâtre, pour voir
Un drame d'espérances et de craintes,
Pendant que l'orchestre soupire par intervalles
La musique des sphères.

Des mimes, faits à l'image du Dieu très haut,
Marmottent et marmonnent tout bas
Et voltigent de côté et d'autre ;
Pauvres poupées qui vont et viennent

Au commandement de vastes êtres sans forme
Qui transportent la scène çà et là,
Secouant de leurs ailes de condor
L'invisible Malheur !

Ce drame bigarré ! – oh ! à coup sûr,
Il ne sera pas oublié,
Avec son Fantôme éternellement pourchassé
Par une foule qui ne peut pas le saisir,
A travers un cercle qui toujours retourne
Sur lui-même, exactement au même point !
Et beaucoup de Folie, et encore plus de Péché
Et d'Horreur font l'âme de l'intrigue !

Mais voyez, à travers la cohue des mimes,
Une forme rampante fait son entrée !
Une chose rouge de sang qui vient en se tordant
De la partie solitaire de la scène !
Elle se tord ! Elle se tord ! – Avec des angoisses mortelles
Les mimes deviennent sa pâture,
Et les séraphins sanglotent en voyant les dents du ver
Mâcher des caillots de sang humain.

Toutes les lumières s'éteignent, – toutes, – toutes !
Et sur chaque forme frissonnante,
Le rideau, vaste drap mortuaire,
Descend avec la violence d'une tempête,
– Et les anges, tous pâles et blêmes,
Se levant et se dévoilant, affirment
Que ce drame est une tragédie qui s'appelle l'Homme,
Et dont le héros est le Ver conquérant.

– O Dieu ! – cria presque Ligeia, se dressant sur ses pieds et étendant ses bras vers le ciel dans un mouvement spasmodique, comme je finissais de réciter ces vers, – ô Dieu ! ô Père céleste ! – ces choses s'accompliront-elles irrémissiblement ? – Ce conquérant ne sera-t-il jamais vaincu ? – Ne sommes-nous pas une partie et une parcelle de Toi ! Qui donc connaît les mystères de la volonté ainsi que sa vigueur ? L'homme ne cède aux anges et ne se rend *entièrement à la mort* que par l'infirmité de sa pauvre volonté.

Et alors, comme épuisée par l'émotion, elle laissa retomber ses bras blancs, et retourna solennellement à son lit de mort. Et comme elle soupirait ses derniers soupirs, il s'y mêla sur ses lèvres comme un murmure indistinct. Je tendis l'oreille, et je reconnus de nouveau la conclusion du passage de Glanvill : « *L'homme ne cède aux anges et ne se rend entièrement à la mort que par l'infirmité de sa pauvre volonté.* »

Elle mourut ; et moi, anéanti, pulvérisé par la douleur, je ne pus pas supporter plus longtemps l'affreuse désolation de ma demeure dans cette sombre cité délabrée aux bords du Rhin. Je ne manquais pas de ce que le monde appelle la fortune. Ligeia m'en avait apporté plus, beaucoup plus que n'en comporte la destinée ordinaire des mortels. Aussi, après quelques mois perdus dans un vagabondage fastidieux et sans but, je me jetai dans une espèce de retraite dont je fis l'acquisition, – une abbaye dont je ne veux pas dire le nom, – dans une des parties les plus incultes et les moins fréquentées de la belle Angleterre. La sombre et triste grandeur du bâtiment, l'aspect presque sauvage du domaine, les mélancoliques et vénérables souvenirs qui s'y rattachaient, étaient à l'unisson du sentiment de complet abandon qui m'avait exilé dans cette lointaine et solitaire région. Cependant, tout en laissant à l'extérieur de l'abbaye son caractère primitif presque intact et le verdoyant délabrement qui tapissait ses murs, je me mis avec une perversité enfantine, et peut-être avec une faible espérance de distraire mes chagrins, à déployer au-dedans des magnificences plus que royales. Je m'étais, depuis l'enfance, pénétré d'un grand goût pour ces folies, et maintenant elles me revenaient comme un radotage de la douleur. Hélas ! je sens qu'on aurait pu découvrir un commencement de folie dans ces splendides et fantastiques draperies, dans ces solennelles sculptures égyptiennes, dans ces corniches et ces ameublements bizarres, dans les extravagantes arabesques de ces tapis tout fleuris d'or ! J'étais devenu un esclave de l'opium, il me tenait dans ses liens, – et tous mes travaux et mes plans avaient pris la couleur de mes rêves. Mais je ne m'arrêterai pas au détail de ces absurdités. Je parlerai seulement de cette chambre, maudite à jamais, où dans un moment d'aliénation mentale je conduisis à l'autel et pris pour épouse, – après l'inoubliable Ligeia ! – lady Rowena Trevanion de Tremaine, à la blonde chevelure et aux yeux bleus.

Il n'est pas un détail de l'architecture ou de la décoration de cette chambre nuptiale qui ne soit maintenant présent à mes yeux. Où donc la hautaine famille de la fiancée avait-elle l'esprit, quand, mue par la soif de l'or, elle permit à une fille si tendrement chérie de passer le seuil d'un appartement décoré de cette étrange façon ? J'ai dit que je me rappelais minutieusement les détails de cette chambre, bien que ma triste mémoire perde souvent des choses d'une rare importance ; et pourtant il n'y avait pas dans ce luxe fantastique de système ou d'harmonie qui pût s'imposer au souvenir.

La chambre faisait partie d'une haute tour de cette abbaye, fortifiée comme un château ; elle était d'une forme pentagone et d'une grande dimension. Tout le côté sud du pentagone était occupé par une fenêtre unique, faite d'une immense glace de Venise, d'un seul morceau et d'une couleur sombre, de sorte que les rayons du soleil ou de la lune qui la traversaient jetaient sur les objets intérieurs une lumière sinistre. Au-dessus de cette énorme fenêtre se prolongeait le treillis d'une vieille vigne qui grimpait sur les murs massifs de la tour. Le plafond, de chêne presque noir, était excessivement élevé, façonné en voûte et curieusement sillonné d'ornements des plus bizarres et des plus fantastiques, d'un style semi-gothique, semi-druidique. Au fond de cette voûte mélancolique, au centre même, était suspendue, par une seule chaîne d'or faite de longs anneaux, une vaste lampe de même métal en forme d'encensoir, conçue dans le goût sarrasin et brodée de perforations capricieuses, à travers lesquelles on voyait courir et se tortiller avec la vitalité d'un serpent les lueurs continues d'un feu versicolore.

Quelques rares ottomanes et des candélabres d'une forme orientale occupaient différents endroits, et le lit aussi, – le lit nuptial, – était dans le style indien, – bas, sculpté en bois d'ébène massif, et surmonté d'un baldaquin qui avait l'air d'un drap mortuaire. A chacun des angles de la chambre se dressait un gigantesque sarcophage de granit noir, tiré des tombes des rois en face de Louqsor, avec son antique couvercle chargé de sculptures immémoriales. Mais c'était dans la tenture de l'appartement, hélas ! qu'éclatait la fantaisie capitale. Les murs prodigieusement hauts, – au-delà même de toute proportion, – étaient tendus du haut jusqu'en bas d'une tapisserie lourde et d'apparence massive qui tombait par vastes nappes, – tapisserie faite avec la même matière qui avait été employée pour le tapis du parquet, les ottomanes, le lit d'ébène, le baldaquin du lit et les somptueux rideaux qui cachaient en partie la fenêtre. Cette matière était un tissu d'or des plus riches, tacheté, par intervalles irréguliers, de figures arabesques, d'un pied de diamètre environ, qui enlevaient sur le fond leurs dessins d'un noir de jais. Mais ces figures ne participaient du caractère arabesque que quand on les examinait à un seul point de vue. Par un procédé aujourd'hui fort commun, et dont on retrouve la trace dans la plus lointaine antiquité, elles étaient faites de manière à changer d'aspect. Pour une personne qui entrait dans la chambre, elles avaient l'air de simples monstruosités ; mais à mesure qu'on avançait, ce caractère disparaissait graduellement, et, pas à pas, le visiteur changeant de place se voyait entouré d'une procession continue de formes affreuses, comme celles qui sont nées de la superstition du Nord, ou celles qui se dressent dans les sommeils coupables des moines. L'effet fantasmagorique était grandement accru par l'introduction artificielle d'un fort courant d'air continu derrière la tenture, – qui donnait au tout une hideuse et inquiétante animation.

Telle était la demeure, telle était la chambre nuptiale où je passai avec la dame de Tremaine les heures impies du premier mois de notre mariage, – et je les passai sans trop d'inquiétude.

Que ma femme redoutât mon humeur farouche, qu'elle m'évitât, qu'elle ne m'aimât que très médiocrement, – je ne pouvais pas me le dissimuler ; mais cela me faisait presque plaisir. Je la haïssais d'une haine qui appartient moins à l'homme qu'au démon. Ma mémoire se retournait – oh ! avec quelle intensité de regret ! – vers Ligeia, l'aimée, l'auguste, la belle, la morte. Je faisais des orgies de souvenirs ; je me délectais dans sa pureté, dans sa sagesse, dans sa haute nature éthéréenne, dans son amour passionné, idolâtrique. Maintenant mon esprit brûlait pleinement et largement d'une flamme plus ardente que n'avait été la sienne. Dans l'enthousiasme de mes rêves opiacés, – car j'étais habituellement sous l'empire du poison, – je criais son nom à haute voix durant le silence de la nuit, et, le jour, dans les retraites ombreuses des vallées, comme si, par l'énergie sauvage, la passion solennelle, l'ardeur dévorante de ma passion pour la défunte, je pouvais la ressusciter dans les sentiers de cette vie qu'elle avait abandonnés ; – pour *toujours* ? était-ce vraiment *possible* ?

Au commencement du second mois de notre mariage, lady Rowena fut attaquée d'un mal soudain dont elle ne se releva que lentement. La fièvre qui la consumait rendait ses nuits pénibles, et, dans l'inquiétude d'un demi-sommeil, elle parlait de sons et de mouvements qui se produisaient çà et là dans la chambre de la tour, et que je ne pouvais vraiment attribuer qu'au dérangement de ses idées ou peut-être aux influences fantasmagoriques de la chambre.

A la longue, elle entra en convalescence, et finalement elle se rétablit.

Toutefois, il ne s'était écoulé qu'un laps de temps fort court quand une nouvelle attaque plus violente la rejeta sur son lit de douleur, et, depuis cet accès, sa constitution, qui avait toujours été faible, ne put jamais se relever complètement. Sa maladie montra, dès cette époque, un caractère alarmant et des rechutes plus alarmantes encore, qui défiaient toute la science et tous les efforts de ses médecins. A mesure qu'augmentait ce mal chronique qui, dès lors sans doute, s'était trop bien emparé de sa constitution pour en être arraché par des mains humaines, je ne pouvais m'empêcher de remarquer une irritation nerveuse croissante dans son tempérament et une excitabilité telle que les causes les plus vulgaires lui étaient des sujets de peur. Elle parla encore, et plus souvent alors, avec plus d'opiniâtreté, des bruits, – des légers bruits, – et des mouvements insolites dans les rideaux, dont elle avait, disait-elle, déjà souffert.

Une nuit, – vers la fin de septembre, – elle attira mon attention sur ce sujet désolant avec une énergie plus vive que de coutume. Elle venait justement de se réveiller d'un sommeil agité, et j'avais épié, avec un sentiment moitié d'anxiété, moitié de vague terreur, le jeu de sa physionomie amaigrie. J'étais assis au chevet du lit d'ébène, sur un des divans indiens. Elle se dressa à moitié, et me parla à voix basse, dans un chuchotement anxieux, de sons qu'elle venait d'entendre, mais que je ne pouvais pas entendre, – de mouvements qu'elle venait d'apercevoir, mais que je ne pouvais apercevoir. Le vent courait activement derrière les tapisseries, et je m'appliquai à lui démontrer, – ce que, je le confesse, je ne pouvais pas croire entièrement, – que ces soupirs à peine articulés et ces changements presque insensibles dans les figures du mur n'étaient que les effets naturels du courant d'air habituel. Mais une pâleur mortelle qui inonda sa face me prouva que mes efforts pour la rassurer seraient inutiles. Elle semblait s'évanouir, et je n'avais pas de domestiques à ma portée. Je me souvins de l'endroit où avait été déposé un flacon de vin léger ordonné par les médecins, et je traversai vivement la chambre pour me le procurer. Mais comme je passais sous la lumière de la lampe, deux circonstances d'une nature saisissante attirèrent mon attention. J'avais senti que quelque chose de palpable, quoique invisible, avait frôlé légèrement ma personne, et je vis sur le tapis d'or, au centre même du riche rayonnement projeté par l'encensoir, une ombre, – une ombre faible, indéfinie, d'un aspect angélique, – telle qu'on peut se figurer l'ombre d'une Ombre. Mais, comme j'étais en proie à une dose exagérée d'opium, je ne fis que peu d'attention à ces choses, et je n'en parlai point à Rowena.

Je trouvai le vin, je traversai de nouveau la chambre, et je remplis un verre que je portai aux lèvres de ma femme défaillante. Cependant elle était un peu remise, et elle prit le verre elle-même, pendant que je me laissais tomber sur l'ottomane, les yeux fixés sur sa personne.

Ce fut alors que j'entendis distinctement un léger bruit de pas sur le tapis et près du lit ; et une seconde après, comme Rowena allait porter le vin à ses lèvres, je vis, – je puis l'avoir rêvé, – je vis tomber dans le verre, comme de quelque source invisible suspendue dans l'atmosphère de la chambre, trois ou quatre grosses gouttes d'un fluide brillant et couleur de rubis. Si je le vis, – Rowena ne le vit pas. Elle avala le vin sans hésitation, et je me gardai bien de lui parler d'une circonstance que je devais, après tout, regarder comme la suggestion d'une imagination surexcitée, et dont tout, – les terreurs de ma femme, l'opium et l'heure, – augmentait l'activité morbide.

Cependant je ne puis pas me dissimuler qu'immédiatement après la chute des gouttes rouges, un rapide changement – en mal – s'opéra dans la maladie de ma femme ; si bien que, la troisième nuit, les mains de ses serviteurs la préparaient pour la tombe, et que j'étais assis seul, son corps enveloppé dans le suaire, dans cette chambre fantastique qui avait reçu la jeune épouse. – D'étranges visions, engendrées par l'opium, voltigeaient autour de moi comme des ombres. Je promenais un œil inquiet sur les sarcophages, dans les coins de la chambre, sur les figures mobiles de la tenture et sur les lueurs vermiculaires et changeantes de la lampe du plafond. Mes yeux tombèrent alors, – comme je cherchais à me rappeler les circonstances d'une nuit précédente, – sur le même point du cercle lumineux, là où j'avais vu les traces légères d'une ombre. Mais elle n'y était plus ; et, respirant avec plus de liberté, je tournai mes regards vers la pâle et rigide figure allongée sur le lit. Alors je sentis fondre sur moi mille souvenirs de Ligeia, – je sentis refluer vers mon cœur, avec la tumultueuse violence d'une marée, toute cette ineffable douleur que j'avais sentie quand je l'avais vue, *elle* aussi, dans son suaire. La nuit avançait, et toujours – le cœur plein des pensées les plus amères dont *elle* était l'objet, *elle*, mon unique, mon suprême amour, – je restais les yeux fixés sur le corps de Rowena.

Il pouvait bien être minuit, peut-être plus tôt, peut-être plus tard, car je n'avais pas pris garde au temps, quand un sanglot, très bas, très léger, mais très distinct, me tira en sursaut de ma rêverie. Je *sentis* qu'il venait du lit d'ébène, – du lit de mort. Je tendis l'oreille, dans une angoisse de terreur superstitieuse, – mais le bruit ne se répéta pas. Je forçai mes yeux à découvrir un mouvement quelconque dans le corps, mais je n'en aperçus pas le moindre. Cependant il était impossible que je me fusse trompé. J'avais entendu le bruit, faible à la vérité, et mon esprit était bien éveillé en moi. Je maintins résolument et opiniâtrement mon attention clouée au cadavre. Quelques minutes s'écoulèrent sans aucun incident qui pût jeter un peu de jour sur ce mystère. A la longue, il devint évident qu'une coloration légère, très faible, à peine sensible, était montée aux joues et avait filtré le long des petites veines déprimées des paupières. Sous la pression d'une horreur et d'une terreur inexprimables, pour lesquelles le langage de l'humanité n'a pas d'expression suffisamment énergique, je sentis les pulsations de mon cœur s'arrêter et mes membres se roidir sur place.

Cependant le sentiment du devoir me rendit finalement mon sang-froid. Je ne pouvais pas douter plus longtemps que nous n'eussions fait prématurément nos apprêts funèbres ; – Rowena vivait encore. Il était nécessaire de pratiquer immédiatement quelques tentatives ; mais la tour était tout à fait séparée de la partie de l'abbaye habitée par les domestiques, – il n'y en avait aucun à portée de la voix, – je n'avais aucun moyen de les appeler à mon aide, à moins de quitter la chambre pendant quelques minutes, – et quant à cela, je ne pouvais m'y hasarder. Je m'efforçai donc de rappeler à moi seul et de fixer l'âme encore voltigeante. Mais, au bout d'un laps de temps très court, il y eut une rechute évidente ; la couleur disparut de la joue et de la paupière, laissant une pâleur plus que marmoréenne ; les lèvres se serrèrent doublement et se recroquevillèrent dans l'expression spectrale de la mort ; une froideur et une viscosité répulsives se répandirent rapidement sur toute la surface du corps, et la complète rigidité cadavérique survint immédiatement. Je retombai en frissonnant sur le lit de repos d'où j'avais été arraché si soudainement, et je m'abandonnai de nouveau à mes rêves, à mes contemplations passionnées de Ligeia.

Une heure s'écoula ainsi, quand – était-ce, grand Dieu ! possible ? – j'eus de nouveau la perception d'un bruit vague qui partait de la région du lit. J'écoutai, – au comble de l'horreur. Le son se fit entendre de nouveau, – c'était un soupir. Je me précipitai vers le corps, je vis, – je vis distinctement un tremblement sur les lèvres. Une minute après, elles se relâchaient, découvrant une ligne brillante de dents de nacre. La stupéfaction lutta alors dans mon esprit avec la profonde terreur qui jusque-là l'avait dominé. Je sentis que ma vue s'obscurcissait, que ma raison s'enfuyait ; et ce ne fut que par un violent effort que je trouvai à la longue le courage de me roidir à la tâche que le devoir m'imposait de nouveau. Il y avait maintenant une carnation imparfaite sur le front, la joue et la gorge ; une chaleur sensible pénétrait tout le corps ;

et même une légère pulsation remuait imperceptiblement la région du cœur.

Ma femme *vivait* ; et avec un redoublement d'ardeur, je me mis en devoir de la ressusciter. Je frictionnai et je bassinai les tempes et les mains, et j'usai de tous les procédés que l'expérience et de nombreuses lectures médicales pouvaient me suggérer. Mais ce fut en vain. Soudainement, la couleur disparut, la pulsation cessa, l'expression de mort revint aux lèvres, et, un instant après, tout le corps reprenait sa froideur de glace, son ton livide, sa rigidité complète, son contour amorti, et toute la hideuse caractéristique de ce qui a habité la tombe pendant plusieurs jours.

Et puis, je retombai dans mes rêves de Ligeia, – et de nouveau, – s'étonnera-t-on que je frissonne en écrivant ces lignes ? – *de nouveau* un sanglot étouffé vint à mon oreille de la région du lit d'ébène. Mais à quoi bon détailler minutieusement les ineffables horreurs de cette nuit ? Raconterai-je combien de fois, coup sur coup, presque jusqu'au petit jour, se répéta ce hideux drame de ressuscitation ; que chaque effrayante rechute se changeait en une mort plus rigide et plus irrémédiable ; que chaque nouvelle agonie ressemblait à une lutte contre quelque invisible adversaire, et que chaque lutte était suivie de je ne sais quelle étrange altération dans la physionomie du corps ? Je me hâte d'en finir.

La plus grande partie de la terrible nuit était passée, et celle qui était morte remua de nouveau, – et cette fois-ci plus énergiquement que jamais, quoique se réveillant d'une mort plus effrayante et plus irréparable. J'avais depuis longtemps cessé tout effort et tout mouvement, et je restais cloué sur l'ottomane, désespérément englouti dans un tourbillon d'émotions violentes, dont la moins terrible peut-être, la moins dévorante, était un suprême effroi. Le corps, je le répète, remuait, et maintenant plus activement qu'il n'avait fait jusque-là. Les couleurs de la vie montaient à la face avec une énergie singulière, – les membres se relâchaient, – et, sauf que les paupières restaient toujours lourdement fermées, et que les bandeaux et les draperies funèbres communiquaient encore à la figure leur caractère sépulcral, j'aurais rêvé que Rowena avait entièrement secoué les chaînes de la Mort. Mais si, dès lors, je n'acceptai pas entièrement cette idée, je ne pus pas douter plus longtemps, quand, – se levant du lit, – et vacillant, – d'un pas faible, – les yeux fermés, – à la manière d'une personne égarée dans un rêve, – l'être qui était enveloppé du suaire s'avança audacieusement et palpablement dans le milieu de la chambre.

Je ne tremblai pas, – je ne bougeai pas, – car une foule de pensées inexprimables, causées par l'air, la stature, l'allure du fantôme, se ruèrent à l'improviste dans mon cerveau, et me paralysèrent, – me pétrifièrent. Je ne bougeais pas, je contemplais l'apparition. C'était dans mes pensées un désordre fou, un tumulte inapaisable. Était-ce bien la *vivante* Rowena que j'avais en face de moi ? *cela* pouvait-il être vraiment Rowena, – lady Rowena Trevanion de Tremaine, à la chevelure blonde, aux yeux bleus ? Pourquoi, oui, *pourquoi* en doutais-je ? Le lourd bandeau oppressait la bouche ; – pourquoi donc cela n'eût-il pas été la bouche respirante de la dame de Tremaine ? – Et les joues ? – oui, c'étaient bien là les roses du midi de sa vie ; – oui, ce pouvaient être les belles joues de la vivante lady de Tremaine. – Et le menton, avec les fossettes de la santé, ne pouvait-il pas être le sien ? – Mais *avait-elle donc grandi depuis sa maladie ?* Quel inexprimable délire s'empara de moi à cette idée ! D'un bond j'étais à ses pieds ! Elle se retira à mon contact, et elle dégagea sa tête de l'horrible suaire qui l'enveloppait ; et alors déborda dans l'atmosphère fouettée de la chambre une masse énorme de longs cheveux désordonnés ; *ils étaient plus noirs que les ailes de minuit, l'heure au plumage de corbeau !* Et alors je vis la figure qui se tenait devant moi ouvrir lentement, lentement *les yeux.*

– Enfin, les voilà donc ! – criai-je d'une voix retentissante ; pourrais-je jamais m'y tromper ? – Voilà bien les yeux adorablement fendus, les yeux noirs, les yeux étranges – de mon amour perdu, – de lady – de LADY LIGEIA !

Bérénice

Traduit par Charles Baudelaire

Dicebant mihi sodales, si sepulchrum amicœ visitarem, curas meas aliquantulum fore levatas.

EBN ZAIAT.

Le malheur est divers. La misère sur terre est multiforme. Dominant le vaste horizon comme l'arc-en-ciel, ses couleurs sont aussi variées, – aussi distinctes, et toutefois aussi intimement fondues. Dominant le vaste horizon comme l'arc-en-ciel ! Comment d'un exemple de beauté ai-je pu tirer un type de laideur ? du signe d'alliance et de paix une similitude de la douleur ? Mais comme, en éthique, le mal est la conséquence du bien, de même, dans la réalité, c'est de la joie qu'est né le chagrin ; soit que le souvenir du bonheur passé fasse l'angoisse d'aujourd'hui, soit que les agonies qui *sont* tirent leur origine des extases qui *peuvent avoir été*.

J'ai à raconter une histoire dont l'essence est pleine d'horreur. Je la supprimerais volontiers, si elle n'était pas une chronique de sensations plutôt que de faits.

Mon nom de baptême est Egæus ; mon nom de famille, je le tairai. Il n'y a pas de château dans le pays plus chargé de gloire et d'années que mon mélancolique et vieux manoir héréditaire. Dès longtemps on appelait notre famille une race de visionnaires ; et le fait est que dans plusieurs détails frappants, – dans le caractère de notre maison seigneuriale, – dans les fresques du grand salon, – dans les tapisseries des chambres à coucher, – dans les ciselures des piliers de la salle d'armes, – mais plus spécialement dans la galerie des vieux tableaux, – dans la physionomie de la bibliothèque, – et enfin dans la nature toute particulière du contenu de cette bibliothèque, – il y a surabondamment de quoi justifier cette croyance.

Le souvenir de mes premières années est lié intimement à cette salle et à ses volumes, – dont je ne dirai plus rien. C'est là que mourut ma mère. C'est là que je suis né. Mais il serait bien oiseux de dire que je n'ai pas vécu auparavant, – que l'âme n'a pas une existence antérieure. Vous le niez ? – ne disputons pas sur cette matière. Je suis convaincu et ne cherche point à convaincre. Il y a d'ailleurs une ressouvenance de formes aériennes, – d'yeux intellectuels et parlants, – de sons mélodieux mais mélancoliques ; une ressouvenance qui ne veut pas s'en aller ; une sorte de mémoire semblable à une ombre, – vague, variable, indéfinie, vacillante ; et de cette ombre essentielle il me sera impossible de me défaire, tant que luira le soleil de ma raison.

C'est dans cette chambre que je suis né. Émergeant ainsi au milieu de la longue nuit qui semblait être, mais qui n'était pas la non-existence, pour tomber tout d'un coup dans un pays féerique, – dans un palais de fantaisie, – dans les étranges domaines de la pensée et de l'érudition monastiques, – il n'est pas singulier que j'aie contemplé autour de moi avec un œil effrayé et ardent, – que j'aie dépensé mon enfance dans les livres et prodigué ma jeunesse en rêveries ; mais ce qui est singulier, – les années ayant marché, et le midi de ma virilité m'ayant trouvé vivant encore dans le manoir de mes ancêtres, – ce qui est étrange, c'est cette stagnation qui tomba sur les sources de ma vie, – c'est cette complète interversion qui s'opéra dans le caractère de mes pensées les plus ordinaires. Les réalités du monde m'affectaient comme des visions, et seulement comme des visions, pendant que les idées folles du pays des songes devenaient en revanche, non la pâture de mon existence de tous les jours, mais positivement mon unique et entière existence elle-même.

Bérénice et moi, nous étions cousins, et nous grandîmes ensemble dans le manoir paternel. Mais nous grandîmes différemment, – moi, maladif et enseveli dans ma mélancolie, – elle, agile, gracieuse et débordante d'énergie ; à elle, le vagabondage sur la colline, – à moi, les études du cloître ; moi, vivant dans mon propre cœur, et me dévouant, corps et âme, à la plus intense et à la plus pénible méditation, – elle, errant insoucieuse à travers la vie, sans penser aux ombres de son chemin, ou à la fuite silencieuse des heures au noir plumage. Bérénice ! – J'invoque son nom, – Bérénice ! – et des ruines grises de ma mémoire se dressent à ce son mille souvenirs tumultueux ! Ah ! son image est là vivante devant moi, comme dans les premiers jours de son allégresse et de sa joie ! Oh, magnifique et pourtant fantastique beauté ! Oh !

sylphe parmi les bocages d'Arnheim ! Oh ! naïade parmi ses fontaines ! Et puis, – et puis tout est mystère et terreur, une histoire qui ne veut pas être racontée. Un mal, – un mal fatal s'abattit sur sa constitution comme le simoun ; et même pendant que je la contemplais, l'esprit de métamorphose passait sur elle et l'enlevait, pénétrant son esprit, ses habitudes, son caractère, et, de la manière la plus subtile et la plus terrible, perturbant même son identité ! Hélas ! le destructeur venait et s'en allait ; – mais la victime, – la vraie Bérénice, – qu'est-elle devenue ? Je ne connaissais pas celle-ci, ou du moins je ne la reconnaissais plus comme Bérénice.

Parmi la nombreuse série de maladies amenées par cette fatale et principale attaque, qui opéra une si horrible révolution dans l'être physique et moral de ma cousine, il faut mentionner, comme la plus affligeante et la plus opiniâtre, une espèce d'épilepsie qui souvent se terminait en catalepsie, – catalepsie ressemblant parfaitement à la mort, et dont elle se réveillait, dans quelques cas, d'une manière tout à fait brusque et soudaine. En même temps, mon propre mal, – car on m'a dit que je ne pouvais pas l'appeler d'un autre nom, – mon propre mal grandissait rapidement, et, ses symptômes s'aggravant par un usage immodéré de l'opium, il prit finalement le caractère d'une monomanie d'une forme nouvelle et extraordinaire. D'heure en heure, de minute en minute, il gagnait de l'énergie, et à la longue il usurpa sur moi la plus singulière et la plus incompréhensible domination. Cette monomanie, s'il faut que je me serve de ce terme, consistait dans une irritabilité morbide des facultés de l'esprit que la langue philosophique comprend dans le mot : facultés d'attention. Il est plus que probable que je ne suis pas compris ; mais je crains, en vérité, qu'il ne me soit absolument impossible de donner au commun des lecteurs une idée exacte de cette nerveuse *intensité d'intérêt* avec laquelle, dans mon cas, la faculté méditative, – pour éviter la langue technique, – s'appliquait et se plongeait dans la contemplation des objets les plus vulgaires du monde.

Réfléchir infatigablement de longues heures, l'attention rivée à quelque citation puérile sur la marge ou dans le texte d'un livre, – rester absorbé, la plus grande partie d'une journée d'été, dans une ombre bizarre s'allongeant obliquement sur la tapisserie ou sur le plancher, – m'oublier une nuit entière à surveiller la flamme droite d'une lampe ou les braises du foyer, – rêver des jours entiers sur le parfum d'une fleur, – répéter, d'une manière monotone, quelque mot vulgaire, jusqu'à ce que le son, à force d'être répété, cessât de présenter à l'esprit une idée quelconque, – perdre tout sentiment de mouvement ou d'existence physique dans un repos absolu obstinément prolongé, – telles étaient quelques-unes des plus communes et des moins pernicieuses aberrations de mes facultés mentales, aberrations qui sans doute ne sont pas absolument sans exemple, mais qui défient certainement toute explication et toute analyse.

Encore, je veux être bien compris. L'anormale, intense et morbide attention ainsi excitée par des objets frivoles en eux-mêmes est d'une nature qui ne doit pas être confondue avec ce penchant à la rêverie commun à toute l'humanité, et auquel se livrent surtout les personnes d'une imagination ardente. Non seulement elle n'était pas, comme on pourrait le supposer d'abord, un terme excessif et une exagération de ce penchant, mais encore elle en était originairement et essentiellement distincte. Dans l'un de ces cas, le rêveur, l'homme imaginatif, étant intéressé par un objet généralement non frivole, perd peu à peu son objet de vue à travers une immensité de déductions et de suggestions qui en jaillit, si bien qu'à la fin d'une de ces songeries *souvent remplies de volupté* il trouve l'*incitamentum*, ou cause première de ses réflexions, entièrement évanoui et oublié. Dans mon cas, le point de départ était *invariablement frivole*, quoique revêtant, à travers le milieu de ma vision maladive, une importance imaginaire et de réfraction. Je faisais peu de déductions, – si toutefois j'en faisais ; et dans ce cas elles retournaient opiniâtrement à l'objet principe comme à un centre. Les méditations n'étaient *jamais* agréables ; et, à la fin de la rêverie, la cause première, bien loin d'être hors de vue, avait atteint cet intérêt surnaturellement exagéré qui était le trait dominant de mon mal. En un mot, la faculté de l'esprit plus particulièrement excitée en moi était, comme je l'ai dit, la faculté de l'attention, tandis que, chez le rêveur ordinaire, c'est celle de la méditation.

Mes livres, à cette époque, s'ils ne servaient pas positivement à irriter le mal, participaient largement, on doit le comprendre, par leur nature imaginative et irrationnelle, des qualités caractéristiques du mal lui-même. Je me rappelle fort bien, entre autres, le traité du noble italien Cœlius Secundus Curio, *De Amplitudine Beati Regni Dei* ; le grand ouvrage de saint Augustin, *la Cité de Dieu*, et le *De Carne Christi*, de Tertullien, de qui l'inintelligible pensée : – *Mortuus est Dei Filius ; credibile est quia ineptum est ; et sepultus resurrexit ; certum est quia impossibile est,* – absorba exclusivement tout mon temps, pendant plusieurs semaines d'une laborieuse et infructueuse investigation.

On jugera sans doute que, dérangée de son équilibre par des choses insignifiantes, ma raison avait quelque ressemblance avec cette roche marine dont parle Ptolémée Héphestion, qui résistait immuablement à toutes les attaques des hommes et à la fureur plus terrible des eaux et des vents, et qui tremblait seulement au toucher de la fleur nommée asphodèle. A un penseur inattentif il paraîtra tout simple et hors de doute que la terrible altération produite dans la condition *morale* de Bérénice par sa déplorable maladie dut me fournir maint sujet d'exercer cette intense et anormale méditation dont j'ai eu quelque peine à expliquer la nature. Eh bien ! il n'en était absolument rien. Dans les intervalles lucides de mon infirmité, son malheur me causait, il est vrai, du chagrin ; cette ruine totale de sa belle et douce vie me touchait profondément le cœur ; je méditais fréquemment et amèrement sur les voies mystérieuses et étonnantes par lesquelles une si étrange et si soudaine révolution avait pu se produire. Mais ces réflexions ne participaient pas de l'idiosyncrasie de mon mal, et étaient telles qu'elles se seraient offertes dans des circonstances analogues à la masse ordinaire des hommes. Quant à ma maladie, fidèle à son caractère propre, elle se faisait une pâture des changements moins importants, mais plus saisissants, qui se manifestaient dans le système *physique* de Bérénice, – dans la singulière et effrayante distorsion de son identité personnelle.

Dans les jours les plus brillants de son incomparable beauté, très sûrement je ne l'avais jamais aimée. Dans l'étrange anomalie de mon existence, les sentiments ne me sont *jamais* venus du cœur, et mes passions sont *toujours* venues de l'esprit. A travers les blancheurs du crépuscule, – à midi, parmi les ombres treillissées de la forêt, – et la nuit dans le silence de ma bibliothèque, – elle avait traversé mes yeux, et je l'avais vue, – non comme la Bérénice vivante et respirante, mais comme la Bérénice d'un songe ; non comme un être de la terre, un être charnel, mais comme l'abstraction d'un tel être ; non comme une chose à admirer, mais à analyser ; non comme un objet d'amour, mais comme le thème d'une méditation aussi abstruse qu'irrégulière. Et *maintenant*, – maintenant je frissonnais en sa présence, je pâlissais à son approche ; cependant, tout en me lamentant amèrement sur sa déplorable condition de déchéance, je me rappelai qu'elle m'avait longtemps aimé, et dans un mauvais moment je lui parlai de mariage.

Enfin l'époque fixée pour nos noces approchait, quand, dans une après-midi d'hiver, – dans une de ces journées intempestivement chaudes, calmes et brumeuses, qui sont les nourrices de la belle Halcyone, – je m'assis, me croyant seul, dans le cabinet de la bibliothèque. Mais en levant les yeux, je vis Bérénice debout devant moi.

Fut-ce mon imagination surexcitée, – ou l'influence brumeuse de l'atmosphère, – ou le crépuscule incertain de la chambre, – ou le vêtement obscur qui enveloppait sa taille, – qui lui prêta ce contour si tremblant et si indéfini ? Je ne pourrais le dire. Peut-être avait-elle grandi depuis sa maladie. Elle ne dit pas un mot ; et moi, pour rien au monde, je n'aurais prononcé une syllabe. Un frisson de glace parcourut mon corps ; une sensation d'insupportable angoisse m'oppressait ; une dévorante curiosité pénétrait mon âme ; et, me renversant dans le fauteuil, je restai quelque temps sans souffle et sans mouvement, les yeux cloués sur sa personne. Hélas ! son amaigrissement était excessif, et pas un vestige de l'être primitif n'avait survécu et ne s'était réfugié dans un seul contour. A la fin, mes regards tombèrent ardemment sur sa figure.

Le front était haut, très pâle, et singulièrement placide ; et les cheveux, autrefois d'un noir de jais, le recouvraient en partie, et ombrageaient les tempes creuses d'innombrables boucles, actuellement d'un blond ardent, dont le caractère fantastique jurait cruellement avec la mélancolie dominante de sa physionomie. Les yeux étaient sans vie et sans éclat, en apparence sans pupilles, et involontairement je détournai ma vue de leur fixité vitreuse pour contempler les lèvres amincies et recroquevillées. Elles s'ouvrirent, et dans un sourire singulièrement significatif *les dents* de la nouvelle Bérénice se révélèrent lentement à ma vue. Plût à Dieu que je ne les eusse jamais regardées, ou que, les ayant regardées, je fusse mort !

Une porte en se fermant me troubla, et, levant les yeux, je vis que ma cousine avait quitté la chambre. Mais la chambre dérangée de mon cerveau, le *spectre* blanc et terrible de ses dents ne l'avait pas quittée et n'en voulait pas sortir. Pas une piqûre sur leur surface, – pas une nuance dans leur émail, – pas une pointe sur leurs arêtes que ce passager sourire n'ait suffi à imprimer dans ma mémoire ! Je les vis *même alors* plus distinctement que je ne les avais vues *tout à l'heure*. – Les dents ! – les dents ! – Elles étaient là, – et puis là, – et partout, – visibles, palpables devant moi ; longues, étroites et excessivement blanches, avec les lèvres pâles se tordant autour, affreusement distendues comme elles étaient naguère. Alors arriva la pleine furie de ma monomanie, et je luttai en vain contre son irrésistible et étrange influence. Dans le nombre infini des objets du monde extérieur, je n'avais de pensées que pour les dents. J'éprouvais à leur endroit un désir frénétique. Tous les autres sujets, tous les intérêts divers furent absorbés dans cette unique contemplation. Elles – elles seules, – étaient présentes à l'œil de mon esprit, et leur individualité exclusive devint l'essence de ma vie intellectuelle. Je les regardais tous les jours. Je les tournais dans tous les sens. J'étudiais leur caractère. J'observais leurs marques particulières. Je méditais sur leur conformation. Je réfléchissais à l'altération de leur nature. Je frissonnais en leur attribuant dans mon imagination une faculté de sensation et de sentiment, et même, sans le secours des lèvres, une puissance d'expression morale. On a fort bien dit de mademoiselle Sallé que *tous ses pas étaient des sentiments*, et de Bérénice je croyais plus sérieusement que *toutes les dents étaient des idées. Des idées !* – ah ! voilà la pensée absurde qui m'a perdu ! *Des idées !* – ah ! *voilà donc pourquoi* je les convoitais si follement ! Je sentais que leur possession pouvait seule me rendre la paix et rétablir ma raison.

Et le soir descendit ainsi sur moi, – et les ténèbres vinrent, s'installèrent, et puis s'en allèrent, – et un jour nouveau parut, – et les brumes d'une seconde nuit s'amoncelèrent autour de moi, – et toujours je restais immobile dans cette chambre solitaire, – toujours assis, toujours enseveli dans ma méditation, – et toujours le *fantôme* des dents maintenait son influence terrible, au point qu'avec la plus vivante et la plus hideuse netteté il flottait çà et là à travers la lumière et les ombres changeantes de la chambre. Enfin, au milieu de mes rêves, éclata un grand cri d'horreur et d'épouvante, auquel succéda, après une pause, un bruit de voix désolées, entrecoupées par de sourds gémissements de douleur ou de deuil. Je me levai, et, ouvrant une des portes de la bibliothèque, je trouvai dans l'antichambre une domestique tout en larmes, qui me dit que Bérénice n'existait plus ! Elle avait été prise d'épilepsie dans la matinée ; et maintenant, à la tombée de la nuit, la fosse attendait sa future habitante, et tous les préparatifs de l'ensevelissement étaient terminés.

Le cœur plein d'angoisse, et oppressé par la crainte, je me dirigeai avec répugnance vers la chambre à coucher de la défunte. La chambre était vaste et très sombre, et à chaque pas je me heurtais contre les préparatifs de la sépulture. Les rideaux du lit, me dit un domestique, étaient fermés sur la bière, et dans cette bière, ajouta-t-il à voix basse, gisait tout ce qui restait de Bérénice.

Qui donc me demanda si je ne voulais pas voir le

corps ? – Je ne vis remuer les lèvres de personne ; cependant la question avait été bien faite, et l'écho des dernières syllabes traînait encore dans la chambre. Il était impossible de refuser, et, avec un sentiment d'oppression, je mc traînai à côté du lit. Je soulevai doucement les sombres draperies des courtines ; mais, en les laissant retomber, elles descendirent sur mes épaules, et, me séparant du monde vivant, elles m'enfermèrent dans la plus étroite communion avec la défunte.

Toute l'atmosphère de la chambre sentait la mort ; mais l'air particulier de la bière me faisait mal, et je m'imaginais qu'une odeur délétère s'exhalait déjà du cadavre. J'aurais donné des mondes pour échapper, pour fuir la pernicieuse influence de la mortalité, pour respirer une fois encore l'air pur des cieux éternels. Mais je n'avais plus la puissance de bouger, mes genoux vacillaient sous moi, et j'avais pris racine dans le sol, regardant fixement le cadavre rigide étendu tout de son long dans la bière ouverte.

Dieu du ciel ! est-ce possible ? Mon cerveau s'est-il égaré ? ou le doigt de la défunte a-t-il remué dans la toile blanche qui l'enfermait ? Frissonnant d'une inexprimable crainte, je levai lentement les yeux pour voir la physionomie du cadavre. On avait mis un bandeau autour des mâchoires ; mais, je ne sais comment, il s'était dénoué. Les lèvres livides se tordaient en une espèce de sourire, et à travers leur cadre mélancolique les dents de Bérénice, blanches, luisantes, terribles, me *regardaient* encore avec une trop vivante réalité. Je m'arrachai convulsivement du lit, et, sans prononcer un mot, je m'élançai comme un maniaque hors de cette chambre de mystère, d'horreur et de mort.

Je me retrouvai dans la bibliothèque ; j'étais assis, j'étais seul. Il me semblait que je sortais d'un rêve confus et agité. Je m'aperçus qu'il était minuit, et j'avais bien pris mes précautions pour que Bérénice fût enterrée après le coucher du soleil ; mais je n'ai pas gardé une intelligence bien positive ni bien définie de ce qui s'est passé durant ce lugubre intervalle. Cependant ma mémoire était pleine d'horreur, – horreur d'autant plus horrible qu'elle était plus vague, – d'une terreur que son ambiguïté rendait plus terrible. C'était comme une page effrayante du registre de mon existence, écrite tout entière avec des souvenirs obscurs, hideux et inintelligibles. Je m'efforçai de les déchiffrer, mais en vain. De temps à autre, cependant, semblable à l'âme d'un son envolé, un cri grêle et perçant, – une voix de femme, – semblait tinter dans mes oreilles. J'avais accompli quelque chose ; – mais qu'était-ce donc ? Je m'adressais à moi-même la question à haute voix, et les échos de la chambre me chuchotaient en manière de réponse : – *Qu'était-ce donc ?*

Sur la table, à côté de moi, brûlait une lampe, et auprès était une petite boîte d'ébène. Ce n'était pas une boîte d'un style remarquable, et je l'avais déjà vue fréquemment, car elle appartenait au médecin de la famille ; mais comment était-elle venue *là*, sur ma table, et pourquoi frissonnai-je en la regardant ? C'étaient là des choses qui ne valaient pas la peine d'y prendre garde ; mais mes yeux tombèrent à la fin sur les pages ouvertes d'un livre, et sur une phrase soulignée. C'étaient les mots singuliers, mais fort simples, du poète Ebn Zaiat : *Dicebant mihi sodales, si sepulchrum amicæ visitarem, curas meas aliquantulum fore levatas.* – D'où vient donc qu'en les lisant mes cheveux se dressèrent sur ma tête et que mon sang se glaça dans mes veines ?

On frappa un léger coup à la porte de la bibliothèque, et, pâle comme un habitant de la tombe, un domestique entra sur la pointe du pied. Ses regards étaient égarés par la terreur, et il me parla d'une voix très basse, tremblante, étranglée. Que me dit-il ? – J'entendis quelques phrases par-ci par-là. Il me raconta, ce me semble, qu'un cri effroyable avait troublé le silence de la nuit, – que tous les domestiques s'étaient réunis, – qu'on avait cherché dans la direction du son, – et enfin sa voix basse devint distincte à faire frémir quand il me parla d'une violation de sépulture, – d'un corps défiguré, dépouillé de son linceul, mais respirant encore, – palpitant encore, – *encore vivant !*

Il regarda mes vêtements ; ils étaient grumeleux de boue et de sang. Sans dire un mot, il me prit doucement par la main ; elle portait des stigmates d'ongles humains. Il dirigea mon attention vers un objet placé contre le mur. Je le regardai quelques minutes : c'était une bêche. Avec un cri je me jetai sur la table et me saisis de la boîte d'ébène. Mais je n'eus pas la force de l'ouvrir ; et, dans mon tremblement, elle m'échappa des mains, tomba lourdement et se brisa en morceaux ; et il s'en échappa, roulant avec un vacarme de ferraille, quelques instruments de chirurgie dentaire, et avec eux trente-deux petites choses blanches, semblables à de l'ivoire, qui s'éparpillèrent çà et là sur le plancher.

La chute de la Maison Usher

Traduit par Charles Baudelaire

Son cœur est un luth suspendu ;
Sitôt qu'on le touche, il résonne.

DE BÉRANGER.

Pendant toute une journée d'automne, journée fuligineuse, sombre et muette, où les nuages pesaient lourds et bas dans le ciel, j'avais traversé seul et à cheval une étendue de pays singulièrement lugubre, et enfin, comme les ombres du soir approchaient, je me trouvai en vue de la mélancolique Maison Usher. Je ne sais comment cela se fit, – mais, au premier coup d'œil que je jetai sur le bâtiment, un sentiment d'insupportable tristesse pénétra mon âme. Je dis insupportable, car cette tristesse n'était nullement tempérée par une parcelle de ce sentiment dont l'essence poétique fait presque une volupté, et dont l'âme est généralement saisie en face des images naturelles les plus sombres de la désolation et de la terreur. Je regardais le tableau placé devant moi, et, rien qu'à voir la maison et la perspective caractéristique de ce domaine, – les murs qui avaient froid – les fenêtres semblables à des yeux distraits, – quelques bouquets de joncs vigoureux, – quelques troncs d'arbres blancs et dépéris, – j'éprouvais cet entier affaissement d'âme, qui, parmi les sensations terrestres, ne peut se mieux comparer qu'à l'arrière-rêverie du mangeur d'opium, – à son navrant retour à la vie journalière, – à l'horrible et lente retraite du voile. C'était une glace au cœur, un abattement, un malaise, – une irrémédiable tristesse de pensée qu'aucun aiguillon de l'imagination ne pouvait raviver ni pousser au grand. Qu'était donc – je m'arrêtai pour y penser, – qu'était donc ce je-ne-sais-quoi qui m'énervait ainsi en contemplant la Maison Usher ? C'était un mystère tout à fait insoluble, et je ne pouvais pas lutter contre les pensées ténébreuses qui s'amoncelaient sur moi pendant que j'y réfléchissais. Je fus forcé de me rejeter dans cette conclusion peu satisfaisante, qu'il existe des combinaisons d'objets naturels très simples qui ont la puissance de nous affecter de cette sorte, et que l'analyse de cette puissance gît dans des considérations où nous perdrions pied. Il était possible, pensais-je, qu'une simple différence dans l'arrangement des matériaux de la décoration, des détails du tableau, suffît pour modifier, pour annihiler peut-être cette puissance d'impression douloureuse ; et, agissant d'après cette idée, je conduisis mon cheval vers le bord escarpé d'un noir et lugubre étang, qui, miroir immobile, s'étalait devant le bâtiment ; et je regardai, – mais avec un frisson plus pénétrant encore que la première fois, – les images répercutées et renversées des joncs grisâtres, des troncs d'arbres sinistres, et des fenêtres semblables à des yeux sans pensée.

C'était néanmoins dans cet habitacle de mélancolie que je me proposais de séjourner pendant quelques semaines. Son propriétaire, Roderick Usher, avait été l'un de mes bons camarades d'enfance ; mais plusieurs années s'étaient écoulées depuis notre dernière entrevue. Une lettre cependant m'était parvenue récemment dans une partie lointaine du pays, – une lettre de lui, – dont la tournure follement pressante n'admettait pas d'autre réponse que ma présence même. L'écriture portait la trace d'une agitation nerveuse. L'auteur de cette lettre me parlait d'une maladie physique aiguë, – d'une affection mentale qui l'oppressait, – et d'un ardent désir de me voir, comme étant son meilleur et véritablement son seul ami, – espérant trouver dans la joie de ma société quelque soulagement à son mal. C'était le ton dans lequel toutes ces choses et bien d'autres encore étaient dites, – c'était cette ouverture d'un cœur suppliant, qui ne me permettait pas l'hésitation ; en conséquence, j'obéis immédiatement à ce que je considérais toutefois comme une invitation des plus singulières.

Quoique dans notre enfance nous eussions été camarades intimes, en réalité, je ne savais pourtant que fort peu de chose de mon ami. Une réserve excessive avait toujours été dans ses habitudes. Je savais toutefois qu'il appartenait à une famille très ancienne, qui s'était distinguée depuis un temps immémorial par une sensibilité particulière de tempérament. Cette sensibilité s'était déployée, à travers les âges, dans de nombreux ouvrages d'un art supérieur, et s'était manifestée, de vieille date, par les actes répétés d'une charité aussi large que discrète, ainsi que par un amour passionné pour les difficultés, plutôt peut-être que pour les beautés orthodoxes, toujours si facilement reconnaissables, de la science musicale. J'avais appris aussi ce fait très remarquable que la souche de la race d'Usher, si glorieusement ancienne qu'elle fût, n'avait jamais, à aucune époque, poussé de branche durable ; en d'autres termes, que la famille entière ne s'était perpétuée qu'en ligne directe, à quelques exceptions près, très insignifiantes et très passagères. C'était cette absence, – pensais-je, tout en rêvant au parfait accord entre le caractère des lieux et le caractère proverbial de la race, et en réfléchissant à l'influence que dans une longue suite de siècles l'un pouvait avoir exercée sur l'autre, – c'était peut-être cette absence de branche collatérale et la transmission constante de père en fils du patrimoine et du nom, qui avaient à la longue si bien identifié les deux, que le nom primitif du domaine s'était fondu dans la bizarre et équivoque appellation de *Maison Usher*, – appellation usitée parmi les paysans, et qui semblait, dans leur esprit, enfermer la famille et l'habitation de famille.

J'ai dit que le seul effet de mon expérience quelque peu puérile, – c'est-à-dire d'avoir regardé dans l'étang, – avait été de rendre plus profonde ma première et si singulière impression. Je ne dois pas douter que la conscience de ma superstition croissante, – pourquoi ne la définirais-je pas ainsi ? – n'ait principalement contribué à accélérer cet accroissement. Telle est, je le savais de vieille date, la loi paradoxale de tous les sentiments qui ont la terreur pour base. Et ce fut peut-être l'unique raison qui fit que, quand mes yeux, laissant l'image dans l'étang, se relevèrent vers la maison elle-même, une étrange idée me poussa dans l'esprit, – une idée si ridicule, en vérité, que, si j'en fais mention, c'est seulement pour montrer la force vive des sensations qui m'oppressaient. Mon imagination avait si bien travaillé que je croyais réellement qu'autour de l'habitation et du domaine planait une atmosphère qui lui était particulière, ainsi qu'aux environs les plus proches, – une atmosphère qui n'avait pas d'affinité avec l'air du ciel, mais qui s'exhalait des arbres dépéris, des murailles grisâtres et de l'étang silencieux, – une vapeur mystérieuse et pestilentielle, à peine visible, lourde, paresseuse et d'une couleur plombée.

Je secouai de mon esprit ce qui ne pouvait être qu'un rêve, et j'examinai avec plus d'attention l'aspect réel du bâtiment. Son caractère dominant semblait être celui d'une excessive antiquité. La décoloration produite par les siècles était grande. De menues fongosités recouvraient toute la face extérieure et la tapissaient, à partir du toit, comme une fine étoffe curieusement brodée. Mais tout cela n'impliquait aucune détérioration extraordinaire. Aucune partie de la maçonnerie n'était tombée, et il semblait qu'il y eût une contradiction étrange entre la consistance générale intacte de toutes ses parties et l'état particulier des pierres émiettées, qui me rappelaient complètement la spécieuse intégrité de ces vieilles boiseries qu'on a laissées longtemps pourrir dans quelque cave oubliée, loin du souffle de l'air extérieur. A part cet indice d'un vaste délabrement, l'édifice ne donnait aucun symptôme de fragilité. Peut-être l'œil d'un observateur minutieux aurait-il découvert une fissure à peine visible, qui, partant du toit de la façade, se frayait une route en zigzag à travers le mur et allait se perdre dans les eaux funestes de l'étang.

Tout en remarquant ces détails, je suivis à cheval une courte chaussée qui me menait à la maison. Un valet de chambre prit mon cheval, et j'entrai sous la voûte gothique du vestibule. Un domestique, au pas furtif, me conduisit en silence à travers maint passage obscur et compliqué vers le cabinet de son maître. Bien des choses que je rencontrai dans cette promenade contribuèrent, je ne sais comment, à renforcer les sensations vagues dont j'ai déjà parlé. Les objets qui m'entouraient, – les sculptures des plafonds, les sombres tapisseries des murs, la noirceur d'ébène des parquets et les fantasmagoriques trophées armoriaux qui bruissaient, ébranlés par ma marche précipitée, étaient choses bien connues de moi. Mon enfance avait été accoutumée à des spectacles analogues, – et, quoique je les reconnusse sans hésitation pour des choses qui m'étaient familières, j'admirais quelles pensées insolites ces images ordinaires évoquaient en moi. Sur l'un des escaliers, je rencontrai le médecin de la famille. Sa physionomie, à ce qu'il me sembla, portait une expression mêlée de malignité basse et de perplexité. Il me croisa précipitamment et passa. Le domestique ouvrit alors une porte et m'introduisit en présence de son maître.

La chambre dans laquelle je me trouvai était très grande et très haute ; les fenêtres, longues, étroites, et à une telle distance du noir plancher de chêne qu'il était absolument impossible d'y atteindre. De faibles rayons d'une lumière cramoisie se frayaient un chemin à travers les carreaux treillissés, et rendaient suffisamment distincts les principaux objets environnants ; l'œil néanmoins s'efforçait en vain d'atteindre les angles lointains de la chambre ou les enfoncements du plafond arrondi en voûte et sculpté. De sombres draperies tapissaient les murs. L'ameublement général était extravagant, incommode, antique et délabré. Une masse de livres et d'instruments de musique gisait éparpillée çà et là, mais ne suffisait pas à donner une vitalité quelconque au tableau. Je sentais que je respirais une atmosphère de chagrin. Un air de mélancolie âpre, profonde, incurable, planait sur tout et pénétrait tout.

A mon entrée, Usher se leva d'un canapé sur lequel il était couché tout de son long et m'accueillit avec une chaleureuse vivacité, qui ressemblait fort, – telle fut, du moins, ma première pensée, – à une cordialité emphatique, – à l'effort d'un homme du monde ennuyé, qui obéit à une circonstance. Néanmoins, un coup d'œil jeté sur sa physionomie me convainquit de sa parfaite sincérité. Nous nous assîmes, et pendant quelques moments, comme il restait muet, je le contemplai avec un sentiment moitié de pitié et moitié d'effroi. A coup sûr, jamais homme n'avait aussi terriblement changé, et en aussi peu de temps, que Roderick Usher ! Ce n'était qu'avec peine que je pouvais consentir à admettre l'identité de l'homme placé en face de moi avec le compagnon de mes premières années. Le caractère de sa physionomie avait toujours été remarquable. Un teint cadavéreux, – un œil large, liquide et lumineux au-delà de toute comparaison, – des lèvres un peu minces et très pâles, mais d'une courbe merveilleusement belle, – un nez d'un moule hébraïque, très délicat, mais d'une ampleur de narines qui s'accorde rarement avec une pareille forme, – un menton d'un modèle charmant, mais qui, par un manque de saillie, trahissait un manque d'énergie morale, – des cheveux d'une douceur et d'une ténuité plus qu'arachnéennes, – tous ces traits, auxquels il faut ajouter un développement frontal excessif, lui faisaient une physionomie qu'il n'était pas facile d'oublier. Mais actuellement, dans la simple exagération du caractère de cette figure et de l'expression qu'elle présentait habituellement, il y avait un tel changement, que je doutais de l'homme à qui je parlais. La pâleur maintenant spectrale de la peau et l'éclat maintenant miraculeux de l'œil me saisissaient particulièrement et même m'épouvantaient. Puis il avait laissé croître indéfiniment ses cheveux sans s'en apercevoir, et, comme cet étrange tourbillon aranéeux flottait plutôt qu'il ne tombait autour de sa face, je ne pouvais, même avec de la bonne volonté, trouver dans leur étonnant style arabesque rien qui rappelât la simple humanité.

Je fus tout d'abord frappé d'une certaine incohérence, – d'une inconsistance dans les manières de mon ami, et je découvris bientôt que cela provenait d'un effort incessant, aussi faible que puéril, pour maîtriser une trépidation habituelle, – une excessive agitation nerveuse. Je m'attendais bien à quelque chose dans ce genre, et j'y avais été préparé non seulement par sa lettre, mais aussi par le souvenir de certains traits de son enfance, et par des conclusions déduites de sa singulière conformation physique et de son tempérament. Son action était alternativement vive et indolente. Sa voix passait rapidement d'une indécision tremblante, – quand les esprits vitaux semblaient entièrement absents, – à cette espèce de brièveté énergique, – à cette énonciation abrupte, solide, pausée et sonnant le creux, – à ce parler guttural et rude, parfaitement balancé et modulé, qu'on peut observer chez le parfait ivrogne ou l'incorrigible mangeur d'opium pendant les périodes de leur plus intense excitation.

Ce fut dans ce ton qu'il parla de l'objet de ma visite, de son ardent désir de me voir, et de la consolation qu'il attendait de moi. Il s'étendit assez longuement et s'expliqua à sa manière sur le caractère de sa maladie. C'était, disait-il, un mal de famille, un mal constitutionnel, un mal pour lequel il désespérait de trouver un remède, – une simple affection nerveuse, – ajouta-t-il immédiatement, – dont, sans doute, il serait bientôt délivré. Elle se manifestait par une foule de sensations extranaturelles. Quelques-unes, pendant qu'il me les décrivait, m'intéressèrent et me confondirent ; il se peut cependant que les termes et le ton de son débit y aient été pour beaucoup. Il souffrait vivement d'une acuité morbide des sens ; les aliments les plus simples étaient pour lui les seuls tolérables ; il ne pouvait porter, en fait de vêtements, que certains tissus ; toutes les odeurs de fleurs le suffoquaient ; une lumière, même faible, lui torturait les yeux ; et il n'y avait que quelques sons particuliers, c'est-à-dire ceux des instruments à corde, qui ne lui inspirassent pas d'horreur.

Je vis qu'il était l'esclave subjugué d'une espèce de terreur tout à fait anormale. – Je mourrai, – dit-il, – il *faut* que je meure de cette déplorable folie. C'est ainsi, ainsi et non pas autrement, que je périrai. Je redoute les événements à venir, non en eux-mêmes, mais dans leurs résultats. Je frissonne à la pensée d'un incident quelconque, du genre le plus vulgaire, qui peut opérer sur cette intolérable agitation de mon âme. Je n'ai vraiment pas horreur du danger, excepté dans son effet positif, – la terreur. Dans cet état d'énervation, – état pitoyable, – je sens que tôt ou tard le moment viendra où la vie et la raison m'abandonneront à la fois, dans quelque lutte inégale avec le sinistre fantôme, – LA PEUR !

J'appris ainsi, par intervalles, et par des confidences hachées, des demi-mots et des sous-entendus, une autre particularité de sa situation morale. Il était dominé par certaines impressions superstitieuses relatives au manoir qu'il habitait, et d'où il n'avait pas osé sortir depuis plusieurs années, – relatives à une influence dont il traduisait la force supposée en des termes trop ténébreux pour être rapportés ici, – une influence que quelques particularités dans la forme même et dans la matière du manoir héréditaire avaient, par l'usage de la souffrance, disait-il, imprimée sur son esprit, – un effet que le *physique* des murs gris, des tourelles et de l'étang noirâtre où se mirait tout le bâtiment, avait à la longue créé sur le *moral* de son existence.

Il admettait toutefois, mais non sans hésitation, qu'une bonne part de la mélancolie singulière dont il était affligé pouvait être attribuée à une origine plus naturelle et beaucoup plus positive, – à la maladie cruelle et déjà ancienne, – enfin, à la mort évidemment prochaine d'une sœur tendrement aimée, – sa seule société depuis de longues années, – sa dernière et sa seule parente sur la terre. – Sa mort, – dit-il, avec une amertume que je n'oublierai jamais, – me laissera, – moi, le frêle et le désespéré, – dernier de l'antique race des Usher. – Pendant qu'il parlait, lady Madeline, – c'est ainsi qu'elle se nommait, –

passa lentement dans une partie reculée de la chambre, et disparut sans avoir pris garde à ma présence. Je la regardai avec un immense étonnement, où se mêlait quelque terreur ; mais il me sembla impossible de me rendre compte de mes sentiments. Une sensation de stupeur m'oppressait, pendant que mes yeux suivaient ses pas qui s'éloignaient. Lorsque enfin une porte se fut fermée sur elle, mon regard chercha instinctivement et curieusement la physionomie de son frère ; – mais il avait plongé sa face dans ses mains, et je pus voir seulement qu'une pâleur plus qu'ordinaire s'était répandue sur les doigts amaigris, à travers lesquels filtrait une pluie de larmes passionnées.

La maladie de lady Madeline avait longuement bafoué la science de ses médecins. Une apathie fixe, un épuisement graduel de sa personne, et des crises fréquentes, quoique passagères, d'un caractère presque cataleptique, en étaient les diagnostics très singuliers. Jusque-là, elle avait bravement porté le poids de la maladie et ne s'était pas encore résignée à se mettre au lit ; mais, sur la fin du soir de mon arrivée au château, elle cédait, – comme son frère me le dit dans la nuit avec une inexprimable agitation, – à la puissance écrasante du fléau, et j'appris que le coup d'œil que j'avais jeté sur elle serait probablement le dernier, – que je ne verrais plus la dame, vivante du moins.

Pendant les quelques jours qui suivirent, son nom ne fut prononcé ni par Usher ni par moi ; et durant cette période je m'épuisai en efforts pour alléger la mélancolie de mon ami. Nous peignîmes et nous lûmes ensemble ; ou bien j'écoutais, comme dans un rêve, ses étranges improvisations sur son éloquente guitare. Et ainsi, à mesure qu'une intimité de plus en plus étroite m'ouvrait plus familièrement les profondeurs de son âme, je reconnaissais plus amèrement la vanité de tous mes efforts pour ranimer un esprit, d'où la nuit, comme une propriété qui lui aurait été inhérente, déversait sur tous les objets de l'univers physique et moral une irradiation incessante de ténèbres.

Je garderai toujours le souvenir de maintes heures solennelles que j'ai passées seul avec le maître de la Maison Usher. Mais j'essaierais vainement de définir le caractère exact des études ou des occupations dans lesquelles il m'entraînait ou me montrait le chemin. Une idéalité ardente, excessive, morbide, projetait sur toutes choses sa lumière sulfureuse. Ses longues et funèbres improvisations résonneront éternellement dans mes oreilles. Entre autres choses, je me rappelle douloureusement une certaine paraphrase singulière, – une perversion de l'air, déjà fort étrange, de la dernière valse de von Weber. Quant aux peintures que couvait sa laborieuse fantaisie, et qui arrivaient, touche par touche, à un vague qui me donnait le frisson, un frisson d'autant plus pénétrant que je frissonnais sans savoir pourquoi, – quant à ces peintures, si vivantes pour moi que j'ai encore leurs images dans mes yeux, – j'essaierais vainement d'en extraire un échantillon suffisant, qui pût tenir dans le compas de la parole écrite. Par l'absolue simplicité, par la nudité de ses dessins, il arrêtait, il subjuguait l'attention. Si jamais mortel peignit une idée, ce mortel fut Roderick Usher. Pour moi, du moins, – dans les circonstances qui m'entouraient, – il s'élevait, des pures abstractions que l'hypocondriaque s'ingéniait à jeter sur sa toile, une terreur intense, irrésistible, dont je n'ai jamais senti l'ombre dans la contemplation des rêveries de Fuseli lui-même, éclatantes sans doute, mais encore trop concrètes.

Il est une des conceptions fantasmagoriques de mon ami où l'esprit d'abstraction n'avait pas une part aussi exclusive, et qui peut être esquissée, quoique faiblement, par la parole. C'était un petit tableau représentant l'intérieur d'une cave ou d'un souterrain immensément long, rectangulaire, avec des murs bas, polis, blancs, sans aucun ornement, sans aucune interruption. Certains détails accessoires de la composition servaient à faire comprendre que cette galerie se trouvait à une profondeur excessive au-dessous de la surface de la terre. On n'apercevait aucune issue dans son immense parcours ; on ne distinguait aucune torche, aucune source artificielle de lumière ; et cependant une effusion de rayons intenses roulait de l'un à l'autre bout, et baignait le tout d'une splendeur fantastique et incompréhensible.

J'ai dit un mot de l'état morbide du nerf acoustique, qui rendait pour le malheureux toute musique intolérable, excepté certains effets des instruments à cordes. C'étaient peut-être les étroites limites dans lesquelles il avait confiné son talent sur la guitare qui avaient, en grande partie, imposé à ses compositions leur caractère fantastique. Mais quant à la brûlante facilité de ses improvisations, on ne pouvait s'en rendre compte de la même manière. Il fallait évidemment qu'elles fussent et elles étaient, en effet, dans les notes aussi bien que dans les paroles de ses étranges fantaisies, – car il accompagnait souvent sa musique de paroles improvisées et rimées, – le résultat de cet intense recueillement et de cette concentration des forces mentales, qui ne se manifestent, comme je l'ai déjà dit, que dans les cas particuliers de la plus haute excitation artificielle. D'une de ces rapsodies je me suis rappelé facilement les paroles. Peut-être m'impressionna-t-elle plus fortement, quand il me la montra, parce que dans le sens intérieur et mystérieux de l'œuvre je crus découvrir pour la première fois qu'Usher avait pleine conscience de son état, – qu'il sentait que sa sublime raison chancelait sur son trône. Ces vers, qui avaient pour titre *Le Palais Hanté*, étaient, à très peu de chose près, tels que je les cite :

I

Dans la plus verte de nos vallées,
Par les bons anges habitée,
Autrefois un beau et majestueux palais,
– Un rayonnant palais, – dressait son front.
C'était dans le domaine du monarque Pensée,
C'était là qu'il s'élevait !
Jamais séraphin ne déploya son aile
Sur un édifice à moitié aussi beau.

II

Des bannières blondes, superbes, dorées,
A son dôme flottaient et ondulaient ;
(C'était, – tout cela, c'était dans le vieux,
Dans le très vieux temps,)
Et, à chaque douce brise qui se jouait
Dans ces suaves journées,

Le long des remparts chevelus et pâles,
S'échappait un parfum ailé.

III

Les voyageurs, dans cette heureuse vallée,
A travers deux fenêtres lumineuses, voyaient
Des esprits qui se mouvaient harmonieusement
Au commandement d'un luth bien accordé,
Tout autour d'un trône, où, siégeant
– Un vrai Porphyrogénète, celui-là ! –
Dans un apparat digne de sa gloire,
Apparaissait le maître du royaume.

IV

Et tout étincelante de nacre et de rubis
Était la porte du beau palais,
Par laquelle coulait à flots, à flots, à flots,
Et pétillait incessamment
Une troupe d'Échos dont l'agréable fonction
Était simplement de chanter,
Avec des accents d'une exquise beauté,
L'esprit et la sagesse de leur roi.

V

Mais des êtres de malheur, en robes de deuil,
Ont assailli la haute autorité du monarque.
– Ah ! pleurons ! car jamais l'aube d'un lendemain
Ne brillera sur lui, le désolé ! –
Et, tout autour de sa demeure, la gloire
Qui s'empourprait et florissait

N'est plus qu'une histoire, souvenir ténébreux
Des vieux âges défunts.

VI

Et maintenant les voyageurs, dans cette vallée,
A travers les fenêtres rougeâtres, voient
De vastes formes qui se meuvent fantastiquement
Aux sons d'une musique discordante ;
Pendant que, comme une rivière rapide et lugubre,
A travers la porte pâle,
Une hideuse multitude se rue éternellement,
Qui va éclatant de rire, – ne pouvant plus sourire.

Je me rappelle fort bien que les inspirations naissant de cette ballade nous jetèrent dans un courant d'idées, au milieu duquel se manifesta une opinion d'Usher que je cite, non pas tant en raison de sa nouveauté, – car d'autres hommes [1] ont pensé de même, – qu'à cause de l'opiniâtreté avec laquelle il la soutenait. Cette opinion, dans sa forme générale, n'était autre que la croyance à la sensitivité de tous les êtres végétaux. Mais dans son imagination déréglée l'idée avait pris un caractère encore plus audacieux, et empiétait, dans de certaines conditions, jusque sur le règne inorganique. Les mots me manquent pour exprimer toute l'étendue, tout le sérieux, tout l'*abandon* de sa foi. Cette croyance toutefois se rattachait, – comme je l'ai déjà donné à entendre, – aux pierres grises du manoir de ses ancêtres. Ici, les

1. Watson, Percival, Spallanzani, et particulièrement l'évêque de Landaff. – Voir les *Chemical Essays*, vol. V. – E. A. P.

conditions de sensitivité étaient remplies, à ce qu'il imaginait, par la méthode qui avait présidé à la construction, – par la disposition respective des pierres, aussi bien que de toutes les fongosités dont elles étaient revêtues, et des arbres ruinés qui s'élevaient à l'entour, – mais surtout par l'immutabilité de cet arrangement et par sa répercussion dans les eaux dormantes de l'étang. La preuve, – la preuve de cette sensitivité se faisait voir, – disait-il, et je l'écoutais alors avec inquiétude, – dans la condensation graduelle mais positive, au-dessus des eaux, autour des murs, d'une atmosphère qui leur était propre. Le résultat, – ajoutait-il, – se déclarait dans cette influence muette, mais importune et terrible, qui depuis des siècles avait pour ainsi dire moulé les destinées de sa famille, et qui le faisait, *lui*, tel que je le voyais maintenant, – tel qu'il était. De pareilles opinions n'ont pas besoin de commentaires, et je n'en ferai pas.

Nos livres, – les livres qui depuis des années constituaient une grande partie de l'existence spirituelle du malade, – étaient, comme on le suppose bien, en accord parfait avec ce caractère de visionnaire. Nous analysions ensemble des ouvrages tels que le *Vert-Vert* et *la Chartreuse*, de Gresset ; le *Belphégor*, de Machiavel ; *les Merveilles du Ciel et de l'Enfer*, de Swedenborg ; *le Voyage souterrain de Nicholas Klimm*, par Holberg ; *la Chiromancie*, de Robert Flud, de Jean d'Indaginé et de De la Chambre ; *le Voyage dans le Bleu*, de Tieck, et *la Cité du Soleil*, de Campanella. Un de ses volumes favoris était une petite édition in-octavo du *Directorium inquisitorium*, par le dominicain Eymeric De Gironne ; et il y avait des passages dans Pomponius Méla, à propos des anciens Satyres africains et des Œgipans, sur lesquels Usher rêvassait pendant des heures. Il faisait néanmoins ses principales délices de la lecture d'un in-quarto gothique excessivement rare et curieux, – le manuel d'une église oubliée, – les *Vigiliae Mortuorum secundum Chorum Ecclesiae Maguntinae.*

Je songeais malgré moi à l'étrange rituel contenu dans ce livre et à son influence probable sur l'hypocondriaque, quand, un soir, m'ayant informé brusquement que lady Madeline n'existait plus, il annonça l'intention de conserver le corps pendant une quinzaine, – en attendant l'enterrement définitif, – dans un des nombreux caveaux situés sous les gros murs du château. La raison humaine qu'il donnait de cette singulière manière d'agir était une de ces raisons que je ne me sentais pas le droit de contredire. Comme frère, – me disait-il, – il avait pris cette résolution en considération du caractère insolite de la maladie de la défunte, d'une certaine curiosité importune et indiscrète de la part des hommes de science, et de la situation éloignée et fort exposée du caveau de famille. J'avouerai que, quand je me rappelai la physionomie sinistre de l'individu que j'avais rencontré sur l'escalier, le soir de mon arrivée au château, je n'eus pas envie de m'opposer à ce que je regardais comme une précaution bien innocente, sans doute, mais certainement fort naturelle.

A la prière d'Usher, je l'aidai personnellement dans les préparatifs de cette sépulture temporaire. Nous mîmes le corps dans la bière, et, à nous deux, nous le portâmes à son lieu de repos. Le caveau dans lequel nous le déposâmes, – et qui était resté fermé depuis si longtemps que nos torches, à moitié étouffées dans cette atmosphère suffocante, ne nous permettaient guère d'examiner les lieux, – était petit, humide, et n'offrait aucune voie à la lumière du jour ; il était situé, à une grande profondeur, juste au-dessous de cette partie du bâtiment où se trouvait ma chambre à coucher. Il avait rempli probablement, dans les vieux temps féodaux, l'horrible office d'oubliettes, et, dans les temps postérieurs, de cave à serrer la poudre ou toute autre matière facilement inflammable ; car une partie du sol et toutes les parois d'un long vestibule que nous traversâmes pour y arriver étaient soigneusement revêtues de cuivre. La porte, de fer massif, avait été l'objet des mêmes précautions. Quand ce poids immense roulait sur ses gonds, il rendait un son singulièrement aigu et discordant.

Nous déposâmes donc notre fardeau funèbre sur des tréteaux dans cette région d'horreur ; nous tournâmes un peu de côté le couvercle de la bière qui n'était pas encore vissé, et nous regardâmes la face du cadavre. Une ressemblance frappante entre le frère et la sœur fixa tout d'abord mon attention ; et Usher, devinant peut-être mes pensées, murmura quelques paroles qui m'apprirent que la défunte et lui étaient jumeaux, et que des sympathies d'une nature presque inexplicable avaient toujours existé entre eux. Nos regards, néanmoins, ne restèrent pas longtemps fixés sur la morte, – car nous ne pouvions pas la contempler sans effroi. Le mal qui avait mis au tombeau lady Madeline dans la plénitude de sa jeunesse avait laissé, comme cela arrive ordinairement dans toutes les maladies d'un caractère strictement cataleptique, l'ironie d'une faible coloration sur le sein et sur la face, et sur la lèvre ce sourire équivoque et languissant qui est si terrible dans la mort. Nous replaçâmes et nous vissâmes le couvercle, et, après avoir assujetti la porte de fer, nous reprîmes avec lassitude notre chemin vers les appartements supérieurs, qui n'étaient guère moins mélancoliques.

Et alors, après un laps de quelques jours pleins du chagrin le plus amer, il s'opéra un changement visible dans les symptômes de la maladie morale de mon ami. Ses manières ordinaires avaient disparu. Ses occupations habituelles étaient négligées, oubliées. Il errait de chambre en chambre d'un pas précipité, inégal, et sans but. La pâleur de sa physionomie avait revêtu une couleur peut-être encore plus spectrale ; – mais la propriété lumineuse de son œil avait entièrement disparu. Je n'entendais plus ce ton de voix âpre qu'il prenait autrefois à l'occasion ; et un tremblement qu'on eût dit causé par une extrême terreur caractérisait habituellement sa prononciation. Il m'arrivait quelquefois, en vérité, de me figurer que son esprit, incessamment agité, était travaillé par quelque suffocant secret, et qu'il ne pouvait trouver le courage nécessaire pour le révéler. D'autres fois, j'étais obligé de conclure simplement aux bizarreries inexplicables de la folie ; car je le voyais regardant dans le vide pendant de longues heures, dans l'attitude de la plus profonde attention, comme s'il écoutait un bruit imaginaire. Il ne faut pas s'étonner que son état m'effrayât, – qu'il m'infectât même. Je sentais se glisser en moi, par une gradation lente mais sûre, l'étrange influence de ses superstitions fantastiques et contagieuses.

Ce fut particulièrement une nuit, – la septième ou la huitième depuis que nous avions déposé lady Madeline dans le caveau, – fort tard, avant de me mettre au lit, que j'éprouvai toute la puissance de ces sensations. Le sommeil ne voulait pas approcher de ma couche ; – les heures, une à une, tombaient, tombaient toujours. Je m'efforçai de raisonner l'agitation nerveuse qui me dominait. J'essayai de me persuader que je devais ce que j'éprouvais, en partie sinon absolument, à l'influence prestigieuse du mélancolique ameublement de la chambre, – des sombres draperies déchirées, qui, tourmentées par le souffle d'un orage naissant, vacillaient çà et là sur les murs, comme par accès, et bruissaient douloureusement autour des ornements du lit.

Mais mes efforts furent vains. Une insurmontable terreur pénétra graduellement tout mon être ; et à la longue une angoisse sans motif, un vrai cauchemar, vint s'asseoir sur mon cœur. Je respirai violemment, je fis un effort, je parvins à le secouer ; et, me soulevant sur les oreillers, et plongeant ardemment mon regard dans l'épaisse obscurité de la chambre, je prêtai l'oreille – je ne saurais dire pourquoi, si ce n'est que j'y fus poussé par une force instinctive – à certains sons bas et vagues qui partaient je ne sais d'où, et qui m'arrivaient à de longs intervalles, à travers les accalmies de la tempête. Dominé par une sensation intense d'horreur, inexplicable et intolérable, je mis mes habits à la hâte, – car je sentais que je ne pourrais pas dormir de la nuit, – et je m'efforçai, en marchant çà et là à grands pas dans la chambre, de sortir de l'état déplorable dans lequel j'étais tombé.

J'avais à peine fait ainsi quelques tours, quand un

pas léger sur un escalier voisin arrêta mon attention. Je reconnus bientôt que c'était le pas d'Usher. Une seconde après, il frappa doucement à ma porte, et entra, une lampe à la main. Sa physionomie était, comme d'habitude, d'une pâleur cadavéreuse, – mais il y avait en outre dans ses yeux je ne sais quelle hilarité insensée, – et dans toutes ses manières une espèce d'hystérie évidemment contenue. Son air m'épouvanta ; – mais tout était préférable à la solitude que j'avais endurée si longtemps, et j'accueillis sa présence comme un soulagement.

– Et vous n'avez pas vu cela ? – dit-il brusquement, après quelques minutes de silence et après avoir promené autour de lui un regard fixe, – vous n'avez donc pas vu cela ? – Mais attendez ! vous le verrez ! – Tout en parlant ainsi, et ayant soigneusement abrité sa lampe, il se précipita vers une des fenêtres, et l'ouvrit toute grande à la tempête.

L'impétueuse furie de la rafale nous enleva presque du sol. C'était vraiment une nuit d'orage affreusement belle, une nuit unique et étrange dans son horreur et sa beauté. Un tourbillon s'était probablement concentré dans notre voisinage ; car il y avait des changements fréquents et violents dans la direction du vent, et l'excessive densité des nuages, maintenant descendus si bas qu'ils pesaient presque sur les tourelles du château, ne nous empêchait pas d'apprécier la vélocité vivante avec laquelle ils accouraient l'un contre l'autre de tous les points de l'horizon, au lieu de se perdre dans l'espace. Leur excessive densité ne nous empêchait pas de voir ce phénomène ; pourtant nous n'apercevions pas un brin de lune ni d'étoiles, et aucun éclair ne projetait sa lueur.

Mais les surfaces inférieures de ces vastes masses de vapeurs cahotées, aussi bien que tous les objets terrestres situés dans notre étroit horizon, réfléchissaient la clarté surnaturelle d'une exhalaison gazeuse qui pesait sur la maison et l'enveloppait dans un linceul presque lumineux et distinctement visible.

– Vous ne devez pas voir cela ! – Vous ne contemplerez pas cela ! – dis-je en frissonnant à Usher ; et je le ramenai avec une douce violence de la fenêtre vers un fauteuil. – Ces spectacles qui vous mettent hors de vous sont des phénomènes purement électriques et fort ordinaires, – ou peut-être tirent-ils leur funeste origine des miasmes fétides de l'étang. Fermons cette fenêtre ; – l'air est glacé et dangereux pour votre constitution. Voici un de vos romans favoris. Je lirai, et vous écouterez ; – et nous passerons ainsi cette terrible nuit ensemble.

L'antique bouquin sur lequel j'avais mis la main était le *Mad Trist*, de sir Launcelot Canning ; mais je l'avais décoré du titre de livre favori d'Usher par plaisanterie ; – triste plaisanterie, car, en vérité, dans sa niaise et baroque prolixité, il n'y avait pas grande pâture pour la haute spiritualité de mon ami. Mais c'était le seul livre que j'eusse immédiatement sous la main ; et je me berçais du vague espoir que l'agitation qui tourmentait l'hypocondriaque trouverait du soulagement (car l'histoire des maladies mentales est pleine d'anomalies de ce genre) dans l'exagération même des folies que j'allais lui lire. A en juger par l'air d'intérêt étrangement tendu avec lequel il écoutait ou feignait d'écouter les phrases du récit, j'aurais pu me féliciter du succès de ma ruse.

J'étais arrivé à cette partie si connue de l'histoire

où Ethelred, le héros du livre, ayant en vain cherché à entrer à l'amiable dans la demeure d'un ermite, se met en devoir de s'introduire par la force. Ici, on s'en souvient, le narrateur s'exprime ainsi :

« Et Ethelred, qui était par nature un cœur vaillant, et qui maintenant était aussi très fort, en raison de l'efficacité du vin qu'il avait bu, n'attendit pas plus longtemps pour parlementer avec l'ermite, qui avait, en vérité, l'esprit tourné à l'obstination et à la malice, mais, sentant la pluie sur ses épaules, et craignant l'explosion de la tempête, il leva bel et bien sa massue, et avec quelques coups fraya bien vite un chemin, à travers les planches de la porte, à sa main gantée de fer ; et, tirant avec sa main vigoureusement à lui, il fit craquer, et se fendre, et sauter le tout en morceaux, si bien que le bruit du bois sec et sonnant le creux porta l'alarme et fut répercuté d'un bout à l'autre de la forêt. »

A la fin de cette phrase je tressaillis et je fis une pause ; car il m'avait semblé, – mais je conclus bien vite à une illusion de mon imagination, – il m'avait semblé que d'une partie très reculée du manoir était venu confusément à mon oreille un bruit, qu'on eût dit, à cause de son exacte analogie, l'écho étouffé, amorti, de ce bruit de craquement et d'arrachement si précieusement décrit par sir Launcelot. Évidemment, c'était la coïncidence seule qui avait arrêté mon attention ; car, parmi le claquement des châssis des fenêtres et tous les bruits confus de la tempête toujours croissante, le son en lui-même n'avait rien vraiment qui pût m'intriguer ou me troubler. Je continuai le récit :

« Mais Ethelred, le solide champion, passant alors la porte, fut grandement furieux et émerveillé de n'apercevoir aucune trace du malicieux ermite, mais en son lieu et place un dragon d'une apparence monstrueuse et écailleuse, avec une langue de feu, qui se tenait en sentinelle devant un palais d'or, dont le plancher était d'argent ; et sur le mur était suspendu un bouclier d'airain brillant, avec cette légende gravée dessus :

« Celui-là qui entre ici a été le vainqueur ;
Celui-là qui tue le dragon, il aura gagné le bouclier.

« Et Ethelred leva sa massue et frappa sur la tête du dragon, qui tomba devant lui et rendit son souffle empesté avec un rugissement si épouvantable, si âpre et si perçant à la fois, qu'Ethelred fut obligé de se boucher les oreilles avec ses mains, pour se garantir de ce bruit terrible, tel qu'il n'en avait jamais entendu de semblable. »

Ici je fis brusquement une nouvelle pause, et cette fois avec un sentiment de violent étonnement, – car il n'y avait pas lieu à douter que je n'eusse réellement entendu (dans quelle direction, il m'était impossible de le deviner) un son affaibli et comme lointain, mais âpre, prolongé, singulièrement perçant et grimaçant, – l'exacte contrepartie du cri surnaturel du dragon décrit par le romancier, et tel que mon imagination se l'était déjà figuré.

Oppressé, comme je l'étais évidemment lors de cette seconde et très extraordinaire coïncidence, par mille sensations contradictoires, parmi lesquelles dominaient un étonnement et une frayeur extrêmes, je gardai néanmoins assez de présence d'esprit pour éviter d'exciter par une observation quelconque la sensibilité nerveuse de mon camarade. Je n'étais pas du tout sûr qu'il eût remarqué les bruits en question, quoique bien certainement une étrange altération se fût depuis ces dernières minutes manifestée dans son maintien. De sa position primitive, juste vis-à-vis de moi, il avait peu à peu tourné son fauteuil de manière à se trouver assis la face tournée vers la porte de la chambre ; en sorte que je ne pouvais pas voir ses traits d'ensemble, quoique je m'aperçusse bien que ses lèvres tremblaient comme si elles murmuraient quelque chose d'insaisissable. Sa tête était tombée sur sa poitrine ; – cependant, je savais qu'il n'était pas endormi ; – l'œil que j'entrevoyais de profil était béant et fixe. D'ailleurs, le mouvement de son corps contredisait aussi cette idée, – car il se balançait d'un côté à l'autre avec un mouvement très doux mais constant et uniforme. Je remarquai rapidement tout cela, et je repris le récit de sir Launcelot, qui continuait ainsi :

« Et maintenant le brave champion ayant échappé à la terrible furie du dragon, se souvenant du bouclier d'airain, et que l'enchantement qui était dessus était rompu, écarta le cadavre de devant son chemin et s'avança courageusement, sur le pavé d'argent du château, vers l'endroit du mur où pendait le bouclier, lequel, en vérité, n'attendit pas qu'il fût arrivé tout auprès, mais tomba à ses pieds sur le pavé d'argent avec un puissant et terrible retentissement. »

A peine ces dernières syllabes avaient-elles fui mes lèvres, que – comme si un bouclier d'airain était pesamment tombé, en ce moment même, sur un plancher d'argent, – j'en entendis l'écho distinct, profond, métallique, retentissant, mais comme assourdi. J'étais complètement énervé ; je sautai sur mes pieds ; mais Usher n'avait pas interrompu son balancement régulier. Je me précipitai vers le fauteuil où il était toujours assis. Ses yeux étaient braqués droit devant lui, et toute sa physionomie était tendue par une rigidité de pierre. Mais, quand je posai la main sur son épaule, un violent frisson parcourut tout son être, un sourire malsain trembla sur ses lèvres, et je vis qu'il parlait bas, très bas, – un murmure précipité et inarticulé, – comme s'il n'avait pas conscience de ma présence. Je me penchai tout à fait contre lui, et enfin je dévorai l'horrible signification de ses paroles :

– Vous n'entendez pas ? – Moi, j'entends, et *j'ai* entendu pendant longtemps, – longtemps, bien longtemps, bien des minutes, bien des heures, bien des jours, j'ai entendu, – mais je n'osais pas, – oh ! pitié pour moi, misérable infortuné que je suis ! – je n'osais pas, – je *n'osais pas* parler ! *Nous l'avons mise vivante dans la tombe !* Ne vous ai-je pas dit que mes sens étaient très fins ? Je vous dis *maintenant* que j'ai entendu ses premiers faibles mouvements dans le fond de la bière. Je les ai entendus, – il y a déjà bien des jours, bien des jours, – mais je n'osais pas, – *je n'osais pas parler !* Et maintenant, – cette nuit, – Ethelred, – ha ! ha ! – la porte de l'ermite enfoncée, et le râle du dragon, et le retentissement du bouclier ! – Dites plutôt le bris de sa bière, et le grincement des gonds de fer de sa prison, et son affreuse lutte dans le vestibule de cuivre ! Oh ! où fuir ? Ne sera-t-elle pas ici tout à l'heure ? N'arrive-t-elle pas pour me reprocher ma précipitation ? N'ai-je pas entendu son pas sur l'escalier ? Est-ce que je ne distingue pas l'horrible et lourd battement de son cœur ? Insensé !

Ici il se dressa furieusement sur ses pieds, et hurla ces syllabes, comme si dans cet effort suprême il rendait son âme : – *Insensé ! je vous dis qu'elle est maintenant derrière la porte !*

A l'instant même, comme si l'énergie surhumaine de sa parole eût acquis la toute-puissance d'un charme, les vastes et antiques panneaux que désignait Usher entrouvrirent lentement leurs lourdes mâchoires d'ébène. C'était l'œuvre d'un furieux coup de vent ; – mais derrière cette porte se tenait alors la haute figure de lady Madeline Usher, enveloppée de son suaire. Il y avait du sang sur ses vêtements blancs, et toute sa personne amaigrie portait les traces évidentes de quelque horrible lutte. Pendant un moment elle resta tremblante et vacillante sur le seuil ; – puis, avec un cri plaintif et profond, elle tomba lourdement en avant sur son frère, et dans sa violente et définitive agonie elle l'entraîna à terre, – cadavre maintenant et victime de ses terreurs anticipées.

Je m'enfuis de cette chambre et de ce manoir, frappé d'horreur. La tempête était encore dans toute sa rage quand je franchissais la vieille avenue. Tout d'un coup, une lumière étrange se projeta sur la route, et je me retournai pour voir d'où pouvait jaillir une lueur si singulière, car je n'avais derrière moi que le vaste château avec toutes ses ombres. Le rayonnement provenait de la pleine lune qui se couchait, rouge de sang, et maintenant brillait vivement à travers cette fissure à peine visible naguère, qui, comme je l'ai dit, parcourait en zigzag le bâtiment depuis le toit jusqu'à la base. Pendant que je regardais, cette fissure s'élargit rapidement ; – il survint une reprise de vent, un tourbillon furieux ; – le disque entier de la planète éclata tout à coup à ma vue. La tête me tourna quand je vis les puissantes murailles s'écrouler en deux. – Il se fit un bruit prolongé, un fracas tumultueux comme la voix de mille cataractes, – et l'étang profond et croupi placé à mes pieds se referma tristement et silencieusement sur les ruines de la *Maison Usher*.

William Wilson

Traduit par Charles Baudelaire

Qu'en dira-t-elle ? Que dira cette CONSCIENCE
affreuse,
Ce spectre qui marche dans mon chemin ?

CHAMBERLAYNE. – *Pharronida.*

Qu'il me soit permis, pour le moment, de m'appeler William Wilson. La page vierge étalée devant moi ne doit pas être souillée par mon véritable nom. Ce nom n'a été que trop souvent un objet de mépris et d'horreur, – une abomination pour ma famille. Est-ce que les vents indignés n'ont pas ébruité jusque dans les plus lointaines régions du globe son incomparable infamie ? Oh ! de tous les proscrits, le proscrit le plus abandonné ! – n'es-tu pas mort à ce monde à jamais ? à ses honneurs, à ses fleurs, à ses aspirations dorées ? – et un nuage épais, lugubre, illimité, n'est-il pas éternellement suspendu entre tes espérances et le ciel ?

Je ne voudrais pas, quand même je le pourrais, enfermer aujourd'hui dans ces pages le souvenir de mes dernières années d'ineffable misère et d'irrémissible crime. Cette période récente de ma vie a soudainement comporté une hauteur de turpitude dont je veux simplement déterminer l'origine. C'est là pour le moment mon seul but. Les hommes, en général, deviennent vils par degrés. Mais moi, toute vertu s'est détachée de moi, en une minute, d'un seul coup, comme un manteau. D'une perversité relativement ordinaire, j'ai passé, par une enjambée de géant, à des énormités plus qu'héliogabaliques. Permettez-moi de raconter tout au long quel hasard, quel unique accident a amené cette malédiction. La Mort approche, et l'ombre qui la devance a jeté une influence adoucissante sur mon cœur. Je soupire, en passant à travers la sombre vallée, après la sympathie – j'allais dire la pitié – de mes semblables. Je voudrais leur persuader que j'ai été en quelque sorte l'esclave de circonstances qui défiaient tout contrôle humain. Je désirerais qu'ils découvrissent pour moi, dans les détails que je vais leur donner, quelque petite oasis de *fatalité* dans un Saharah d'erreur. Je voudrais qu'ils accordassent, – ce qu'ils ne peuvent pas se refuser à accorder, – que, bien que ce monde ait connu de grandes tentations, jamais l'homme n'a été jusqu'ici tenté de cette façon, – et certainement n'a jamais succombé de cette façon. Est-ce donc pour cela qu'il n'a jamais connu les mêmes souffrances ? En vérité, n'ai-je pas vécu dans un rêve ? Est-ce que je ne meurs pas victime de l'horreur et du mystère des plus étranges de toutes les visions sublunaires ?

Je suis le descendant d'une race qui s'est distinguée en tout temps par un tempérament imaginatif et facilement excitable ; et ma première enfance prouva que j'avais pleinement hérité du caractère de famille. Quand j'avançai en âge, ce caractère se dessina plus fortement ; il devint, pour mille raisons, une cause d'inquiétude sérieuse pour mes amis, et de préjudice positif pour moi-même. Je devins volontaire, adonné aux plus sauvages caprices ; je fus la proie des plus indomptables passions. Mes parents, qui étaient d'un esprit faible, et que tourmentaient des défauts constitutionnels de même nature, ne pouvaient pas faire grand-chose pour arrêter les tendances mauvaises qui me distinguaient. Il y eut de leur côté quelques tentatives, faibles, mal dirigées, qui échouèrent complètement, et qui tournèrent pour moi en triomphe complet. A partir de ce moment, ma voix fut une loi domestique ; et, à un âge où peu d'enfants ont quitté leurs lisières, je fus abandonné à mon libre arbitre, et devins le maître de toutes mes actions, – excepté de nom.

Mes premières impressions de la vie d'écolier sont liées à une vaste et extravagante maison du style d'Elisabeth, dans un sombre village d'Angleterre, décoré de nombreux arbres gigantesques et noueux, et dont toutes les maisons étaient excessivement anciennes. En vérité, c'était un lieu semblable à un rêve et bien fait pour charmer l'esprit que cette vénérable vieille ville. En ce moment même je sens en imagination le frisson rafraîchissant de ses avenues profondément ombreuses, je respire l'émanation de ses mille taillis, et je tressaille encore, avec une indéfinissable volupté, à la note profonde et sourde de la cloche, déchirant à chaque heure, de son rugissement soudain et morose, la quiétude de l'atmosphère brune dans laquelle s'enfonçait et s'endormait le clocher gothique tout dentelé.

Je trouve peut-être autant de plaisir qu'il m'est donné d'en éprouver maintenant à m'appesantir sur ces minutieux souvenirs de l'école et de ses rêveries. Plongé dans le malheur comme je le suis, – malheur, hélas ! qui n'est que trop réel, – on me pardonnera de chercher un soulagement, bien léger et bien court, dans ces puérils et divagants détails. D'ailleurs, quoique absolument vulgaires et risibles en eux-mêmes, ils prennent dans mon imagination une importance circonstancielle, à cause de leur intime connexion avec les lieux et l'époque où je distingue maintenant les premiers avertissements ambigus de la destinée, qui depuis lors m'a si profondément enveloppé de son ombre. Laissez-moi donc me souvenir.

La maison, je l'ai dit, était vieille et irrégulière. Les terrains étaient vastes, et un haut et solide mur de briques, couronné d'une couche de mortier et de verre cassé, en faisait le circuit. Ce rempart digne d'une prison formait la limite de notre domaine ; nos regards n'allaient au-delà que trois fois par semaine, – une fois chaque samedi, dans l'après-midi, quand, accompagnés de deux maîtres d'étude, on nous permettait de faire de courtes promenades en commun à travers la campagne voisine, et deux fois le dimanche, quand nous allions, avec la régularité des troupes à la parade, assister aux offices du soir et du matin dans l'unique église du village. Le principal de notre école était pasteur de cette église. Avec quel profond sentiment d'admiration et de perplexité avais-je coutume de le contempler, de notre banc relégué dans la tribune, quand il montait en chaire d'un pas solennel et lent ! Ce personnage vénérable, avec ce visage si modeste et si bénin, avec une robe si bien lustrée et si cléricalement ondoyante, avec une perruque si minutieusement poudrée, si roide et si vaste, pouvait-il être le même homme qui, tout à l'heure, avec un visage aigre et dans des vêtements souillés de tabac, faisait exécuter, férule en main, les lois draconiennes de l'école ? Oh ! gigantesque paradoxe, dont la monstruosité exclut toute solution !

Dans un angle du mur massif rechignait une porte plus massive encore, solidement fermée, garnie de verrous et surmontée d'un buisson de ferrailles denticulées. Quels sentiments profonds de crainte elle inspirait ! Elle ne s'ouvrait jamais que pour les trois sorties et rentrées périodiques dont j'ai déjà parlé ; alors, dans chaque craquement de ses gonds puissants nous trouvions une plénitude de mystère, – tout un monde d'observations solennelles, ou de méditations plus solennelles encore.

Le vaste enclos était d'une forme irrégulière et divisé en plusieurs parties, dont trois ou quatre des plus grandes constituaient la cour de récréation. Elle était aplanie et recouverte d'un sable menu et rude. Je me rappelle bien qu'elle ne contenait ni arbres ni bancs, ni quoi que ce soit d'analogue. Naturellement elle était située derrière la maison. Devant la façade s'étendait un petit parterre, planté de buis et d'autres arbustes, mais nous ne traversions cette oasis sacrée que dans de bien rares occasions, telles que la première arrivée à l'école ou le départ définitif, ou peut-être quand un ami, un parent nous ayant fait appeler, nous prenions joyeusement notre course vers le logis paternel, aux vacances de Noël ou de la Saint-Jean.

Mais la maison ! – quelle curieuse vieille bâtisse cela faisait ! – Pour moi, quel véritable palais d'enchantements ! Il n'y avait réellement pas de fin à ses détours, – à ses incompréhensibles subdivisions. Il était difficile, à n'importe quel moment donné, de dire avec certitude si l'on se trouvait au premier ou au second étage. D'une pièce à l'autre on était toujours sûr de trouver trois ou quatre marches à monter ou à descendre. Puis les subdivisions latérales étaient innombrables, inconcevables, tournaient et retournaient si bien sur elles-mêmes, que nos idées les plus exactes relativement à l'ensemble du bâtiment n'étaient pas très différentes de celles à travers lesquelles nous envisageons l'infini. Durant les cinq ans de ma résidence, je n'ai jamais été capable de déterminer avec précision dans quelle localité lointaine était situé le petit dortoir qui m'était assigné en commun avec dix-huit ou vingt autres écoliers.

La salle d'études était la plus vaste de toute la maison – et même du monde entier ; du moins je ne pouvais m'empêcher de la voir ainsi. Elle était très longue, très étroite et lugubrement basse, avec des fenêtres en ogive et un plafond en chêne. Dans un angle éloigné, d'où émanait la terreur, était une enceinte carrée de huit ou dix pieds, représentant le *sanctum* de notre principal, le révérend docteur Bransby, durant les heures d'étude. C'était une solide construction, avec une porte massive ; plutôt que de l'ouvrir en l'absence du *Dominie*, nous aurions tous préféré mourir de *la peine forte et dure*. A deux autres angles étaient deux autres loges analogues, objets d'une vénération beaucoup moins grande, il est vrai, mais toutefois d'une terreur assez considérable ; l'une, la chaire du maître d'humanités, – l'autre, du maître d'anglais et de mathématiques. Éparpillés à travers la salle, d'innombrables bancs et des pupitres, effroyablement chargés de livres maculés par les doigts, se croisaient dans une irrégularité sans fin, – noirs, anciens, ravagés par le temps, et si bien cicatrisés de lettres initiales, de noms entiers, de figures grotesques et d'autres nombreux chefs-d'œuvre du couteau, qu'ils avaient entièrement perdu le peu de forme originelle qui leur avait été réparti dans les jours très anciens. A une extrémité de la salle, se trouvait un énorme seau plein d'eau, et à l'autre, une horloge d'une dimension prodigieuse.

Enfermé dans les murs massifs de cette vénérable école, je passai toutefois sans ennui et sans dégoût les années du troisième lustre de ma vie. Le cerveau fécond de l'enfance n'exige pas un monde extérieur d'incidents pour s'occuper ou s'amuser, et la monotonie en apparence lugubre de l'école abondait en excitations plus intenses que toutes celles que ma jeunesse plus mûre a demandées à la volupté, ou ma virilité au crime. Toutefois, je dois croire que mon premier développement intellectuel fut, en grande partie, peu ordinaire et même déréglé. En général, les événements de l'existence enfantine ne laissent pas sur l'humanité, arrivée à l'âge mûr, une impression bien définie. Tout est ombre grise, débile et irrégulier souvenir, fouillis confus de faibles plaisirs et de peines fantasmagoriques. Pour moi il n'en est pas ainsi. Il faut que j'aie senti dans mon enfance, avec l'énergie d'un homme fait, tout ce que je trouve encore aujourd'hui frappé sur ma mémoire en lignes aussi vivantes, aussi profondes et aussi durables que les exergues des médailles carthaginoises.

Et cependant, dans le fait, – au point de vue ordinaire du monde, – qu'il y avait là peu de choses pour le souvenir ! Le réveil du matin, l'ordre du coucher, les leçons à apprendre, les récitations, les demi-congés périodiques et les promenades, la cour de récréation avec ses querelles, ses passe-temps, ses intrigues, – tout cela, par une magie psychique disparue, contenait en soi un débordement de sensations, un monde riche d'incidents, un univers d'émotions variées et d'excitations des plus passionnées et des plus enivrantes. *Oh ! le bon temps, que ce siècle de fer !*

En réalité, ma nature ardente, enthousiaste, impérieuse, fit bientôt de moi un caractère marqué parmi mes camarades, et, peu à peu, tout naturellement, me donna un ascendant sur tous ceux qui n'étaient guère plus âgés que moi, – sur tous, un seul excepté. C'était un élève qui, sans aucune parenté avec moi, portait le même nom de baptême et le même nom de famille ; – circonstance peu remarquable en soi, – car le mien, malgré la noblesse de mon origine, était une de ces appellations vulgaires qui semblent avoir été de temps immémorial, par droit de prescription, la propriété commune de la foule. Dans ce récit, je me suis donc donné le nom de William Wilson, – nom fictif qui n'est pas très éloigné du vrai. Mon homonyme seul, parmi ceux qui, selon la langue de l'école, composaient notre *classe*, osait rivaliser avec moi dans les études de l'école, – dans les jeux et les disputes de la récréation, – refuser une créance aveugle à mes assertions et une soumission complète à ma volonté, – en somme, contrarier ma dictature dans tous les cas possibles. Si jamais il y eut sur la terre un despotisme suprême et sans réserve, c'est le despotisme d'un enfant de génie sur les âmes moins énergiques de ses camarades.

La rébellion de Wilson était pour moi la source du plus grand embarras ; d'autant plus qu'en dépit de la bravade avec laquelle je me faisais un devoir de le traiter publiquement, lui et ses prétentions, je sentais au fond que je le craignais, et je ne pouvais m'empêcher de considérer l'égalité qu'il maintenait si facilement vis-à-vis de moi comme la preuve d'une vraie supériorité, – puisque c'était de ma part un effort perpétuel pour n'être pas dominé. Cependant, cette supériorité, ou plutôt cette égalité, n'était vraiment reconnue que par moi seul ; nos camarades, par un inexplicable aveuglement, ne paraissaient même pas la soupçonner. Et vraiment, sa rivalité, sa résistance, et particulièrement son impertinente et hargneuse intervention dans tous mes desseins, ne visaient pas au-delà d'une intention privée. Il paraissait également dépourvu de l'ambition qui me poussait à dominer et de l'énergie passionnée qui m'en donnait les moyens. On aurait pu le croire, dans cette rivalité, dirigé uniquement par un désir fantasque de me contrecarrer, de m'étonner, de me mortifier ; bien qu'il y eût des cas où je ne pouvais m'empêcher de remarquer avec un sentiment confus d'ébahissement, d'humiliation et de colère, qu'il mêlait à ses outrages, à ses impertinences et à ses contradictions, de certains airs d'affectuosité les plus intempestifs, et, assurément, les plus déplaisants du monde. Je ne pouvais me rendre compte d'une si étrange conduite qu'en la supposant le résultat d'une parfaite suffisance se permettant le ton vulgaire du patronage et de la protection.

Peut-être était-ce ce dernier trait, dans la conduite de Wilson, qui, joint à notre homonymie et au fait purement accidentel de notre entrée simultanée à l'école, répandit parmi nos condisciples des classes supérieures l'opinion que nous étions frères. Habituellement ils ne s'enquièrent pas avec beaucoup d'exactitude des affaires des plus jeunes. J'ai déjà dit, ou j'aurais dû dire, que Wilson n'était pas, même au degré le plus éloigné, apparenté avec ma famille. Mais assurément, si nous avions été frères, nous aurions été jumeaux ; car, après avoir quitté la maison du docteur Bransby, j'ai appris par hasard que mon homonyme était né le 19 janvier 1813, – et c'est là une coïncidence assez remarquable, car ce jour est précisément celui de ma naissance.

Il peut paraître étrange qu'en dépit de la continuelle anxiété que me causait la rivalité de Wilson et son insupportable esprit de contradiction, je ne fusse pas porté à le haïr absolument. Nous avions, à coup sûr, presque tous les jours une querelle, dans laquelle, m'accordant publiquement la palme de la victoire, il s'efforçait en quelque façon de me faire sentir que c'était lui qui l'avait méritée ; cependant un sentiment d'orgueil de ma part, et de la sienne une véritable dignité, nous maintenaient toujours dans des termes de stricte convenance, pendant qu'il y avait des points assez nombreux de conformité dans nos caractères pour éveiller en moi un sentiment que notre situation respective empêchait seule peut-être de mûrir en amitié. Il m'est difficile, en vérité, de définir ou même de décrire mes vrais sentiments à son égard ; ils formaient un amalgame bigarré et hétérogène, – une animosité pétulante qui n'était pas encore de la haine, de l'estime, encore plus de respect, beaucoup de crainte et une immense et inquiète curiosité. Il est superflu d'ajouter, pour le moraliste, que Wilson et moi, nous étions les plus inséparables des camarades.

Ce fut sans doute l'anomalie et l'ambiguïté de nos relations qui coulèrent toutes mes attaques contre lui – et, franches ou dissimulées, elles étaient nombreuses, – dans le moule de l'ironie et de la charge (la bouffonnerie ne fait-elle pas d'excellentes blessures ?), plutôt qu'en une hostilité plus sérieuse et plus déterminée. Mais mes efforts sur ce point n'obtenaient pas régulièrement un parfait triomphe, même quand mes plans étaient le plus ingénieusement machinés ; car mon homonyme avait dans son caractère beaucoup de cette austérité pleine de réserve et de calme, qui, tout en jouissant de la morsure de ses propres railleries, ne montre jamais le talon d'Achille et se dérobe absolument au ridicule. Je ne pouvais trouver en lui qu'un seul point vulnérable, et c'était dans un détail physique, qui, venant peut-être d'une infirmité constitutionnelle, aurait été épargné par tout antagoniste moins acharné à ses fins que je ne l'étais ; – mon rival avait une faiblesse dans l'appareil vocal qui l'empêchait de jamais élever la voix *au-dessus d'un chuchotement très bas*. Je ne manquais pas de tirer de cette imperfection tout le pauvre avantage qui était en mon pouvoir.

Les représailles de Wilson étaient de plus d'une sorte, et il avait particulièrement un genre de malice qui me troublait outre mesure. Comment eut-il dans le principe la sagacité de découvrir qu'une chose aussi minime pouvait me vexer, c'est une question que je n'ai jamais pu résoudre ; mais une fois qu'il l'eut découvert, il pratiqua opiniâtrement cette torture. Je m'étais toujours senti de l'aversion pour mon malheureux nom de famille, si inélégant, et pour mon prénom, si trivial, sinon tout à fait plébéien. Ces syllabes étaient un poison pour mes oreilles ; et quand, le jour même de mon arrivée, un second William Wilson se présenta dans l'école, je lui en voulus de porter ce nom, et je me dégoûtai doublement du nom parce qu'un étranger le portait, – un étranger qui serait cause que je l'entendrais prononcer deux fois plus souvent, – qui serait constamment en ma présence, et dont les affaires, dans le train-train ordinaire des choses de collège, seraient souvent et inévitablement, en raison de cette détestable coïncidence, confondues avec les miennes.

Le sentiment d'irritation créé par cet incident devint plus vif à chaque circonstance qui tendait à mettre en lumière toute ressemblance morale ou physique entre mon rival et moi. Je n'avais pas encore découvert ce très remarquable fait de parité dans notre âge ; mais je voyais que nous étions de la même taille, et je m'apercevais que nous avions même une singulière ressemblance dans notre physionomie générale et dans nos traits. J'étais également exaspéré par le bruit qui courait sur notre parenté, et qui avait généralement crédit dans les classes supérieures. – En un mot, rien ne pouvait plus sérieusement me troubler (quoique je cachasse avec le plus grand soin tout symptôme de ce trouble) qu'une allusion quelconque à une similitude entre nous, relative à l'esprit, à la personne, ou à la naissance ; mais vraiment je n'avais aucune raison de croire que cette similitude (à l'exception du fait de la parenté, et de tout ce que savait voir Wilson lui-même) eût jamais été un sujet de commentaires ou même remarquée par nos camarades de classe. Que *lui*, il l'observât sous toutes ses faces, et avec autant d'attention que moi-même, cela était clair ; mais qu'il eût pu découvrir dans de pareilles circonstances une mine si riche de contrariétés, je ne peux l'attribuer, comme je l'ai déjà dit, qu'à sa pénétration plus qu'ordinaire.

Il me donnait la réplique avec une parfaite imitation de moi-même, – gestes et paroles, – et il jouait admirablement son rôle. Mon costume était chose facile à copier ; ma démarche et mon allure générale, il se les était appropriées sans difficulté ; en dépit de son défaut constitutionnel, ma voix elle-même ne lui avait pas échappé. Naturellement il n'essayait pas les tons élevés, mais la clef était identique, *et sa voix, pourvu qu'il parlât bas, devenait le parfait écho de la mienne.*

A quel point ce curieux portrait (car je puis ne pas l'appeler proprement une caricature) me tourmentait, je n'entreprendrai pas de le dire. Je n'avais qu'une consolation, – c'était que l'imitation, à ce qu'il me semblait, n'était remarquée que par moi seul, et que j'avais simplement à endurer les sourires mystérieux et étrangement sarcastiques de mon homonyme. Satisfait d'avoir produit sur mon cœur l'effet voulu, il semblait s'épanouir en secret sur la piqûre qu'il m'avait infligée et se montrer singulièrement dédaigneux des applaudissements publics que le succès de son ingéniosité lui aurait si facilement conquis. Comment nos camarades ne devinaient-ils pas son dessein, n'en voyaient-ils pas la mise en œuvre, et ne partageaient-ils pas sa joie moqueuse ? ce fut pendant plusieurs mois d'inquiétude une énigme insoluble pour moi. Peut-être la lenteur graduée de son imitation la rendit-elle moins voyante, ou plutôt devais-je ma sécurité à l'air de *maîtrise* que prenait si bien le copiste, qui dédaignait la *lettre*, – tout ce que les esprits obtus peuvent saisir dans une peinture, – et ne donnait que le parfait esprit de l'original pour ma plus grande admiration et mon plus grand chagrin personnel.

J'ai déjà parlé plusieurs fois de l'air navrant de protection qu'il avait pris vis-à-vis de moi, et de sa fréquente et officieuse intervention dans mes volontés. Cette intervention prenait souvent le caractère déplaisant d'un avis ; avis qui n'était pas donné ouvertement, mais suggéré, – insinué. Je le recevais avec une répugnance qui prenait de la force à mesure que je prenais de l'âge. Cependant, à cette époque déjà lointaine, je veux lui rendre cette stricte justice de reconnaître que je ne me rappelle pas un seul cas où les suggestions de mon rival aient participé à ce caractère d'erreur et de folie, si naturel dans son âge, généralement dénué de maturité et d'expérience ; – que son sens moral, sinon ses talents et sa prudence mondaine, était beaucoup plus fin que le mien ; et que je serais aujourd'hui un homme meilleur et conséquemment plus heureux, si j'avais rejeté moins souvent les conseils inclus dans ces chuchotements significatifs qui ne m'inspiraient alors qu'une haine si cordiale et un mépris si amer.

Aussi je devins, à la longue, excessivement rebelle à son odieuse surveillance, et je détestai chaque jour plus ouvertement ce que je considérais comme une intolérable arrogance. J'ai dit que, dans les premières années de notre camaraderie, mes sentiments vis-à-vis de lui auraient facilement tourné en amitié ;

mais pendant les derniers mois de mon séjour à l'école, quoique l'importunité de ses façons habituelles fût sans doute bien diminuée, mes sentiments, dans une proportion presque semblable, avaient incliné vers la haine positive. Dans une certaine circonstance, il le vit bien, je présume, et dès lors il m'évita, ou affecta de m'éviter.

Ce fut à peu près vers la même époque, si j'ai bonne mémoire, que, dans une altercation violente que j'eus avec lui, où il avait perdu de sa réserve habituelle, et parlait et agissait avec un laisser-aller presque étranger à sa nature, je découvris ou m'imaginai découvrir dans son accent, dans son air, dans sa physionomie générale, quelque chose qui d'abord me fit tressaillir, puis m'intéressa profondément, en apportant à mon esprit des visions obscures de ma première enfance, – des souvenirs étranges, confus, pressés, d'un temps où ma mémoire n'était pas encore née. Je ne saurais mieux définir la sensation qui m'oppressait qu'en disant qu'il m'était difficile de me débarrasser de l'idée que j'avais déjà connu l'être placé devant moi, à une époque très ancienne, – dans un passé même extrêmement reculé. Cette illusion toutefois s'évanouit aussi rapidement qu'elle était venue ; et je n'en tiens note que pour marquer le jour du dernier entretien que j'eus avec mon singulier homonyme.

La vieille et vaste maison, dans ses innombrables subdivisions, comprenait plusieurs grandes chambres qui communiquaient entre elles et servaient de dortoirs au plus grand nombre des élèves. Il y avait néanmoins (comme cela devait arriver nécessairement dans un bâtiment aussi malencontreusement dessiné) une foule de coins et de recoins, – les rognures et les bouts de la construction ; et l'ingéniosité économique du docteur Bransby les avait également transformés en dortoirs ; mais, comme ce n'étaient que de simples cabinets, ils ne pouvaient servir qu'à un seul individu. Une de ces petites chambres était occupée par Wilson.

Une nuit, vers la fin de ma cinquième année à l'école, et immédiatement après l'altercation dont j'ai parlé, profitant de ce que tout le monde était plongé dans le sommeil, je me levai de mon lit, et, une lampe à la main, je me glissai, à travers un labyrinthe d'étroits passages, de ma chambre à coucher vers celle de mon rival. J'avais longuement machiné à ses dépens une de ces méchantes charges, une de ces malices dans lesquelles j'avais si complètement échoué jusqu'alors. J'avais l'idée de mettre dès lors mon plan à exécution, et je résolus de lui faire sentir toute la force de la méchanceté dont j'étais rempli. J'arrivai jusqu'à son cabinet, j'entrai sans faire de bruit, laissant ma lampe à la porte avec un abat-jour dessus. J'avançai d'un pas, et j'écoutai le bruit de sa respiration paisible. Certain qu'il était bien endormi, je retournai à la porte, je pris ma lampe, et je m'approchai de nouveau du lit. Les rideaux étaient fermés ; je les ouvris doucement et lentement pour l'exécution de mon projet ; mais une lumière vive tomba en plein sur le dormeur, et en même temps mes yeux s'arrêtèrent sur sa physionomie. Je regardai ; – et un engourdissement, une sensation de glace pénétrèrent instantanément tout mon être. Mon cœur palpita, mes genoux vacillèrent, toute mon âme fut prise d'une horreur intolérable et inexplicable. Je respirai convulsivement, – j'abaissai la lampe encore plus près de sa face. Étaient-ce, – étaient-ce bien là les traits de William Wilson ? Je voyais bien que c'étaient les siens, mais je tremblais, comme pris d'un accès de fièvre, en m'imaginant que ce n'étaient pas les siens. Qu'y avait-il donc en eux qui pût me confondre à ce point ? Je le contemplais, – et ma cervelle tournait sous l'action de mille pensées incohérentes. Il ne m'apparaissait pas *ainsi*, – non, certes, il ne m'apparaissait pas *tel*, aux heures actives où il était éveillé. Le même nom ! les mêmes traits ! entrés le même jour à l'école ! Et puis, cette hargneuse et inexplicable imitation de ma démarche, de ma voix, de mon costume et de mes manières ! Était-ce, en vérité, dans les limites du possible humain, que *ce que je voyais maintenant* fût le simple résultat de cette habitude d'imitation sarcastique ? Frappé d'effroi, pris de frisson, j'éteignis ma lampe, je sortis silencieusement de la chambre, et quittai une bonne fois l'enceinte de cette vieille école pour n'y jamais revenir.

Après un laps de quelques mois, que je passai chez mes parents dans la pure fainéantise, je fus placé au collège d'Eton. Ce court intervalle avait été suffisant pour affaiblir en moi le souvenir des événements de l'école Bransby, ou au moins pour opérer un changement notable dans la nature des sentiments que ces souvenirs m'inspiraient. La réalité, le côté tragique du drame, n'existait plus. Je trouvais maintenant quelques motifs pour douter du témoignage de mes sens, et je me rappelais rarement l'aventure sans admirer jusqu'où peut aller la crédulité humaine, et sans sourire de la force prodigieuse d'imagination que je tenais de ma famille. Or, la vie que je menais à Eton n'était guère de nature à diminuer cette espèce de scepticisme. Le tourbillon de folie où je me plongeai immédiatement et sans réflexion balaya tout, excepté l'écume de mes heures passées, absorba d'un seul coup toute impression solide et sérieuse, et ne laissa absolument dans mon souvenir que les étourderies de mon existence précédente.

Je n'ai pas l'intention, toutefois, de tracer ici le cours de mes misérables dérèglements, – dérèglements qui défiaient toute loi et éludaient toute surveillance. Trois années de folie, dépensées sans profit, n'avaient pu me donner que des habitudes de vice enracinées, et avaient accru d'une manière presque anormale mon développement physique. Un jour, après une semaine entière de dissipation abrutissante, j'invitai une société d'étudiants des plus dissolus à une orgie secrète dans ma chambre. Nous nous réunîmes à une heure avancée de la nuit, car notre débauche devait se prolonger religieusement jusqu'au matin. Le vin coulait librement, et d'autres séductions plus dangereuses peut-être n'avaient pas été négligées ; si bien que, comme l'aube pâlissait le ciel à l'orient, notre délire et nos extravagances étaient à leur apogée. Furieusement enflammé par les cartes et par l'ivresse, je m'obstinais à porter un toast étrangement indécent, quand mon attention fut soudainement distraite par une porte qu'on entrebâilla vivement et par la voix précipitée d'un domestique. Il me dit qu'une personne qui avait l'air fort pressée demandait à me parler dans le vestibule.

Singulièrement excité par le vin, cette interruption inattendue me causa plus de plaisir que de surprise. Je me précipitai en chancelant, et en quelques pas je fus dans le vestibule de la maison. Dans cette salle basse et étroite il n'y avait aucune lampe, et elle ne recevait d'autre lumière que celle de l'aube, excessivement faible, qui se glissait à travers la fenêtre cintrée. En mettant le pied sur le seuil, je distinguai la personne d'un jeune homme, de ma taille à peu près, et vêtu d'une robe de chambre de casimir blanc, coupée à la nouvelle mode, comme celle que je portais en ce moment. Cette faible lueur me permit de voir tout cela ; mais les traits de la face, je ne pus les distinguer. A peine fus-je entré qu'il se précipita vers moi, et, me saisissant par le bras avec un geste impératif d'impatience, me chuchota à l'oreille ces mots : William Wilson !

En une seconde je fus dégrisé.

Il y avait dans la manière de l'étranger, dans le tremblement nerveux de son doigt qu'il tenait levé entre mes yeux et la lumière, quelque chose qui me remplit d'un complet étonnement ; mais ce n'était pas là ce qui m'avait si violemment ému. C'était l'importance, la solennité d'admonition contenue dans cette parole singulière, basse, sifflante ; et, par-dessus tout, le caractère, le ton *la clef* de ces quelques syllabes, simples, familières, et toutefois mystérieusement *chuchotées*, qui vinrent, avec mille souvenirs accumulés des jours passés, s'abattre sur mon âme, comme une décharge de pile voltaïque. Avant que j'eusse pu recouvrer mes sens, il avait disparu.

Quoique cet événement eût à coup sûr produit un effet très vif sur mon imagination déréglée, cependant cet effet, si vif, alla bientôt s'évanouissant. Pendant plusieurs semaines, à la vérité, tantôt je me livrai à l'investigation la plus sérieuse, tantôt je restai enveloppé d'un nuage de méditation morbide. Je n'essayai pas de me dissimuler l'identité du singulier individu qui s'immisçait si opiniâtrement dans mes affaires et me fatiguait de ses conseils officieux. Mais qui était, mais qu'était ce Wilson ? – Et d'où venait-il ? – Et quel était son but ? Sur aucun de ces points je ne pus me satisfaire ; – je constatais seulement, relativement à lui, qu'un accident soudain dans sa famille lui avait fait quitter l'école du docteur Bransby dans l'après-midi du jour où je m'étais enfui. Mais après un certain temps, je cessai d'y rêver, et mon attention fut tout absorbée par un départ projeté pour Oxford. Là, j'en vins bientôt, – la vanité prodigue de mes parents me permettant de mener un train coûteux et de me livrer à mon gré au luxe déjà si cher à mon cœur, – à rivaliser en prodigalités avec les plus superbes héritiers des plus riches comtés de la Grande-Bretagne.

Encouragé au vice par de pareils moyens, ma nature éclata avec une ardeur double, et, dans le fol enivrement de mes débauches, je foulai aux pieds les vulgaires entraves de la décence. Mais il serait absurde de m'appesantir sur le détail de mes extravagances. Il suffira de dire que je dépassai Hérode en dissipations, et que, donnant un nom à une multitude de folies nouvelles, j'ajoutai un copieux appendice au long catalogue des vices qui régnaient alors dans l'université la plus dissolue de l'Europe.

Il paraîtra difficile à croire que je fusse tellement déchu du rang de gentilhomme, que je cherchasse à me familiariser avec les artifices les plus vils du joueur de profession, et, devenu un adepte de cette science misérable, que je la pratiquasse habituellement comme moyen d'accroître mon revenu, déjà énorme, aux dépens de ceux de mes camarades dont l'esprit était le plus faible. Et cependant tel était le fait. Et l'énormité même de cet attentat contre tous les sentiments de dignité et d'honneur était évidemment la principale, sinon la seule raison de mon impunité. Qui donc, parmi mes camarades les plus dépravés, n'aurait pas contredit le plus clair témoignage de ses sens, plutôt que de soupçonner d'une pareille conduite le joyeux, le franc, le généreux William Wilson, – le plus noble et le plus libéral compagnon d'Oxford, – celui dont les folies, disaient ses parasites, n'étaient que les folies d'une jeunesse et d'une imagination sans frein, – dont les erreurs n'étaient que d'inimitables caprices, – les vices les plus noirs, une insoucieuse et superbe extravagance ?

J'avais déjà rempli deux années de cette joyeuse façon, quand arriva à l'université un jeune homme de fraîche noblesse, – un nommé Glendinning, – riche, disait la voix publique, comme Hérodès Atticus, et à qui sa richesse n'avait pas coûté plus de peine. Je découvris bien vite qu'il était d'une intelligence faible, et naturellement je le marquai comme une excellente victime de mes talents. Je l'engageai fréquemment à jouer, et m'appliquai, avec la ruse habituelle du joueur, à lui laisser gagner des sommes considérables, pour l'enlacer plus efficacement dans mes filets. Enfin mon plan étant bien mûri, je me rencontrai avec lui, – dans l'intention bien arrêtée d'en finir, – chez un de nos camarades, M. Preston, également lié avec nous deux, mais qui, – je dois lui rendre cette justice, – n'avait pas le moindre soupçon de mon dessein. Pour donner à tout cela une meilleure couleur, j'avais eu soin d'inviter une société de huit ou dix personnes, et je m'étais particulièrement appliqué à ce que l'introduction des cartes parût tout à fait accidentelle, et n'eût lieu que sur la proposition de la dupe que j'avais en vue. Pour abréger en un sujet aussi vil, je ne négligeai aucune des basses finesses, si banalement pratiquées en pareille occasion, que c'est merveille qu'il y ait toujours des gens assez sots pour en être les victimes.

Nous avions prolongé notre veillée assez avant dans la nuit, quand j'opérai enfin de manière à prendre Glendinning pour mon unique adversaire. Le jeu était mon jeu favori, l'écarté. Les autres personnes de la société, intéressées par les proportions grandioses de notre jeu, avaient laissé leurs cartes et faisaient galerie autour de nous. Notre parvenu, que j'avais adroitement poussé dans la première partie de la soirée à boire richement, mêlait, donnait et jouait d'une manière étrangement nerveuse, dans laquelle son ivresse, pensais-je, était pour quelque chose, mais qu'elle n'expliquait pas entièrement. En très peu de temps il était devenu mon débiteur pour une forte somme, quand, ayant avalé une longue rasade d'oporto, il fit juste ce que j'avais froidement prévu, – il proposa de doubler notre enjeu, déjà fort extravagant. Avec une heureuse affectation de résistance, et seulement après que mon refus réitéré l'eut entraîné à des paroles aigres qui donnèrent à mon consentement l'apparence d'une pique, finalement je m'exécutai. Le résultat fut ce qu'il devait être : la proie s'était complètement empêtrée clans mes filets ; en moins d'une heure, il avait quadruplé sa dette. Depuis quelque temps, sa physionomie avait perdu le teint fleuri que lui prêtait le vin ; mais alors, je m'aperçus avec étonnement qu'elle était arrivée à une pâleur vraiment terrible. Je dis : avec étonnement ; car j'avais pris sur Glendinning de soigneuses informations ; on me l'avait représenté comme immensément riche, et les sommes qu'il avait perdues jusqu'ici, quoique réellement fortes, ne pouvaient pas, – je le supposais du moins, – le tracasser très sérieusement, encore moins l'affecter d'une manière aussi violente. L'idée qui se présenta le plus naturellement à mon esprit fut qu'il était bouleversé par le vin qu'il venait de boire ; et dans le but de sauvegarder mon caractère aux yeux de mes camarades, plutôt que par un motif de désintéressement, j'allais insister péremptoirement pour interrompre le jeu, quand quelques mots prononcés à côté de moi parmi les personnes présentes, et une exclamation de Glendinning qui témoignait du plus complet désespoir, me firent comprendre que j'avais opéré sa ruine totale, dans des conditions qui avaient fait de lui un objet de pitié pour tous, et l'auraient protégé même contre les mauvais offices d'un démon.

Quelle conduite eussé-je adoptée dans cette circonstance, il me serait difficile de le dire. La déplorable situation de ma dupe avait jeté sur tout le monde un air de gêne et de tristesse ; et il régna un silence profond de quelques minutes, pendant lequel je sentais en dépit de moi mes joues fourmiller sous les regards brûlants de mépris et de reproche que m'adressaient les moins endurcis de la société. J'avouerai même que mon cœur se trouva momentanément déchargé d'un intolérable poids d'angoisse par la soudaine et extraordinaire interruption qui suivit. Les lourds battants de la porte de la chambre s'ouvrirent tout grands, d'un seul coup, avec une impétuosité si vigoureuse et si violente que toutes les bougies s'éteignirent comme par enchantement. Mais la lumière mourante me permit d'apercevoir qu'un étranger s'était introduit, – un homme de ma taille à peu près, et étroitement enveloppé d'un manteau. Cependant les ténèbres étaient maintenant complètes, et nous pouvions seulement *sentir* qu'il se tenait au milieu de nous. Avant qu'aucun de nous fût revenu de l'excessif étonnement où nous avait tous jetés cette violence, nous entendîmes la voix de l'intrus :

– Gentlemen, – dit-il, – *d'une voix très basse*, mais distincte, d'une voix inoubliable qui pénétra la moelle de mes os, – gentlemen, je ne cherche pas à excuser ma conduite, parce qu'en me conduisant ainsi, je ne fais qu'accomplir un devoir. Vous n'êtes sans doute pas au fait du vrai caractère de la personne qui a gagné cette nuit une somme énorme à l'écarté à lord Glendinning. Je vais donc vous proposer un moyen expéditif et décisif pour vous procurer ces très importants renseignements. Examinez, je vous prie, tout à votre aise, la doublure du parement de sa manche gauche et les quelques petits paquets que l'on trouvera dans les poches passablement vastes de sa robe de chambre brodée.

Pendant qu'il parlait, le silence était si profond qu'on aurait entendu tomber une épingle sur le tapis. Quand il eut fini, il partit tout d'un coup, aussi brusquement qu'il était entré. Puis-je décrire, décrirai-je mes sensations ? Faut-il dire que je sentis toutes les horreurs du damné ? J'avais certainement peu de temps pour la réflexion. Plusieurs bras m'empoignèrent rudement, et on se procura immédiatement de la lumière. Une perquisition suivit. Dans la doublure de ma manche on trouva toutes les figures essentielles de l'écarté, et dans les poches de ma robe de chambre un certain nombre de jeux de cartes exactement semblables à ceux dont nous nous servions dans nos réunions, à l'exception que les miennes étaient de celles qu'on appelle, proprement, *arrondies*, les honneurs étant très légèrement convexes sur les petits côtés, et les basses cartes imperceptiblement convexes sur les grands. Grâce à cette disposition, la dupe qui coupe, comme d'habitude, dans la longueur du paquet, coupe invariablement de manière à donner un honneur à son adversaire ; tandis que le grec, en coupant dans la largeur, ne donnera jamais à sa victime rien qu'elle puisse marquer à son avantage.

Une tempête d'indignation m'aurait moins affecté que le silence méprisant et le calme sarcastique qui accueillirent cette découverte.

– Monsieur Wilson, – dit notre hôte, en se baissant pour ramasser sous ses pieds un magnifique manteau doublé d'une fourrure précieuse, – monsieur Wilson, ceci est à vous. (Le temps était froid, et en quittant ma chambre j'avais jeté par-dessus mon vêtement du matin un manteau que j'ôtai en arrivant sur le théâtre du jeu.) Je présume, – ajouta-t-il en regardant les plis du vêtement avec un sourire amer, – qu'il est bien superflu de chercher ici de nouvelles preuves de votre savoir-faire. Vraiment, nous en avons assez. J'espère que vous comprendrez la nécessité de quitter Oxford, – en tout cas, de sortir à l'instant de chez moi.

Avili, humilié ainsi jusqu'à la boue, il est probable que j'eusse châtié ce langage insultant par une violence personnelle immédiate, si toute mon attention n'avait pas été en ce moment arrêtée par un fait de la nature la plus surprenante. Le manteau que j'avais apporté était d'une fourrure supérieure, – d'une rareté et d'un prix extravagant, il est inutile de le dire. La coupe était une coupe de fantaisie, de mon invention ; car dans ces matières frivoles j'étais difficile, et je poussais les rages du dandysme jusqu'à l'absurde. Donc, quand M. Preston me tendit celui qu'il avait ramassé par terre, auprès de la porte de la chambre, ce fut avec un étonnement voisin de la terreur que je m'aperçus que j'avais déjà le mien sur mon bras, où je l'avais sans doute placé sans y penser, et que celui qu'il me présentait en était l'exacte contrefaçon dans tous ses plus minutieux détails. L'être singulier qui m'avait si désastreusement dévoilé était, je me le rappelais bien, enveloppé d'un manteau ; et aucun des individus présents, excepté moi, n'en avait apporté avec lui. Je conservai quelque présence d'esprit, je pris celui que m'offrait Preston ; je le plaçai, sans qu'on y prît garde, sur le mien ; je sortis de la chambre avec un défi et une menace dans le regard ; et le matin même, avant le point du jour, je m'enfuis précipitamment d'Oxford vers le continent, dans une vraie agonie d'horreur et de honte.

Je fuyais en vain. Ma destinée maudite m'a poursuivi, triomphante, et me prouvant que son mystérieux pouvoir n'avait fait jusqu'alors que de commencer. A peine eus-je mis le pied dans Paris, que j'eus une preuve nouvelle du détestable intérêt que le Wilson prenait à mes affaires. Les années s'écoulèrent, et je n'eus point de répit. Misérable ! – A Rome, avec quelle importune obséquiosité, avec quelle tendresse de spectre il s'interposa entre moi et mon ambition !

– Et à Vienne ! – et à Berlin ! – et à Moscou ! Où donc ne trouvai-je pas quelque amère raison de le maudire du fond de mon cœur ? Frappé d'une panique, je pris enfin la fuite devant son impénétrable tyrannie, comme devant une peste, et jusqu'au bout du monde j'ai fui, *j'ai fui en vain.*

Et toujours, et toujours interrogeant secrètement mon âme, je répétais mes questions : Qui est-il ? – D'où vient-il ? – Et quel est son dessein ? – Mais je ne trouvais pas de réponses. Et j'analysais alors avec un soin minutieux les formes, la méthode et les traits caractéristiques de son insolente surveillance. Mais là encore, je ne trouvais pas grand-chose qui pût servir de base à une conjecture. C'était vraiment une chose remarquable que, dans les cas nombreux où il avait récemment traversé mon chemin, il ne l'eût jamais fait que pour dérouter des plans ou déranger des opérations qui, s'ils avaient réussi, n'auraient abouti qu'à une amère déconvenue. Pauvre justification, en vérité, que celle-là, pour une autorité si impérieusement usurpée ! Pauvre indemnité pour ces droits naturels de libre arbitre si opiniâtrement, si insolemment déniés !

J'avais aussi été forcé de remarquer que mon bourreau, depuis un fort long espace de temps, tout en exerçant scrupuleusement et avec une dextérité miraculeuse cette manie de toilette identique à la mienne, s'était toujours arrangé, à chaque fois qu'il posait son intervention dans ma volonté, de manière que je ne pusse voir les traits de sa face. Quoi que pût être ce damné Wilson, certes un pareil mystère était le comble de l'affectation et de la sottise. Pouvait-il avoir supposé un instant que dans mon donneur d'avis à Eton, – dans le destructeur de mon honneur à Oxford, – dans celui qui avait contrecarré mon ambition à Rome, ma vengeance à Paris, mon amour passionné à Naples, en Égypte ce qu'il appelait à tort ma cupidité, – que dans cet être, mon grand ennemi et mon mauvais génie, je ne reconnaîtrais pas le William Wilson de mes années de collège, – l'homonyme, le camarade, le rival, – le rival exécré et redouté de la maison Bransby ? – Impossible ! – Mais laissez-moi courir à la terrible scène finale du drame.

Jusqu'alors, je m'étais soumis lâchement à son impérieuse domination. Le sentiment de profond respect avec lequel je m'étais accoutumé à considérer le caractère élevé, la sagesse majestueuse, l'omniprésence et l'omnipotence apparentes de Wilson, joint à je ne sais quelle sensation de terreur que m'inspiraient certains autres traits de sa nature et certains privilèges, avait créé en moi l'idée de mon entière faiblesse et de mon impuissance, et m'avaient conseillé une soumission sans réserve, quoique pleine d'amertume et de répugnance, à son arbitraire dictature. Mais, depuis ces derniers temps, je m'étais entièrement adonné au vin, et son influence exaspérante sur mon tempérament héréditaire me rendait de plus en plus impatient de tout contrôle. Je commençai à murmurer, – à hésiter, – à résister. Et fut-ce simplement mon imagination qui m'induisit à croire que l'opiniâtreté de mon bourreau diminuerait en raison de ma propre fermeté ? Il est possible ; mais, en tout cas, je commençais à sentir l'inspiration d'une espérance ardente, et je finis par nourrir dans le secret de mes pensées la sombre et désespérée résolution de m'affranchir de cet esclavage.

C'était à Rome, pendant le carnaval de 18... ; j'étais à un bal masqué dans le palais du duc Di Broglio, de Naples. J'avais fait abus du vin encore plus que de coutume, et l'atmosphère étouffante des salons encombrés m'irritait insupportablement. La difficulté de me frayer un passage à travers la cohue ne contribua pas peu à exaspérer mon humeur ; car je cherchais avec anxiété (je ne dirai pas pour quel indigne motif) la jeune, la joyeuse, la belle épouse du vieux et extravagant Di Broglio. Avec une confiance passablement imprudente, elle m'avait confié le secret du costume qu'elle devait porter ; et comme je venais de l'apercevoir au loin, j'avais hâte d'arriver jusqu'à elle. En ce moment, je sentis une main qui se posa doucement sur mon épaule, – et puis cet inoubliable, ce profond, ce maudit *chuchotement* dans mon oreille !

Pris d'une rage frénétique, je me tournai brusquement vers celui qui m'avait ainsi troublé, et je le saisis violemment au collet. Il portait, comme je m'y attendais, un costume absolument semblable au mien : un manteau espagnol de velours bleu, et autour de la taille une ceinture cramoisie où se rattachait une rapière. Un masque de soie noire recouvrait entièrement sa face.

– Misérable ! – m'écriai-je d'une voix enrouée par la rage, et chaque syllabe qui m'échappait était comme un aliment pour le feu de ma colère, – misérable ! imposteur ! scélérat maudit ! tu ne me suivras plus à la piste, – tu ne me harcèleras pas jusqu'à la mort ! Suis-moi, ou je t'embroche sur place !

Et je m'ouvris un chemin de la salle de bal vers une petite antichambre attenante, le traînant irrésistiblement avec moi.

En entrant, je le jetai furieusement loin de moi. Il alla chanceler contre le mur ; je fermai la porte en jurant, et lui ordonnai de dégainer. Il hésita une seconde ; puis, avec un léger soupir, il tira silencieusement son épée et se mit en garde.

Le combat ne fut certes pas long. J'étais exaspéré par les plus ardentes excitations de tout genre, et je me sentais dans un seul bras l'énergie et la puissance d'une multitude. En quelques secondes, je l'acculai par la force du poignet contre la boiserie, et là, le tenant à ma discrétion, je lui plongeai, à plusieurs reprises et coup sur coup, mon épée dans la poitrine avec une férocité de brute.

En ce moment, quelqu'un toucha à la serrure de la porte. Je me hâtai de prévenir une invasion importune, et je retournai immédiatement vers mon adversaire mourant. Mais quelle langue humaine peut rendre suffisamment cet étonnement, cette horreur qui s'emparèrent de moi au spectacle que virent alors mes yeux. Le court instant pendant lequel je m'étais détourné avait suffi pour produire, en apparence, un changement matériel dans les dispositions locales à l'autre bout de la chambre. Une vaste glace, – dans mon trouble, cela m'apparut d'abord ainsi, – se dressait là où je n'en avais pas vu trace auparavant ; et, comme je marchais frappé de terreur vers ce miroir, ma propre image, mais avec une face pâle et barbouillée de sang, s'avança à ma rencontre d'un pas faible et vacillant.

C'est ainsi que la chose m'apparut, dis-je, mais telle elle n'était pas. C'était mon adversaire, – c'était Wilson qui se tenait devant moi dans son agonie. Son masque et son manteau gisaient sur le parquet, là où il les avait jetés. Pas un fil dans son vêtement, – pas une ligne dans toute sa figure si caractérisée et si singulière, – qui ne fût *mien*, – qui ne fût *mienne* ; – c'était l'absolu dans l'identité !

C'était Wilson, mais Wilson ne chuchotant plus ses paroles maintenant ! si bien que j'aurais pu croire que c'était moi-même qui parlais quand il me dit :

– *Tu as vaincu, et je succombe. Mais dorénavant tu es mort aussi, – mort au Monde, au Ciel et à l'Espérance ! En moi tu existais, – et vois dans ma mort, vois par cette image qui est la tienne, comme tu t'es radicalement assassiné toi-même !*

Ne pariez jamais votre tête au diable

Conte avec une morale

Traduit par Alain Jaubert

Conte avec une morale

« *Con tal que las costumbres de un autor* », dit Don Tomas De Las Torres dans la préface à ses *Poèmes érotiques*, « *Sean puras y castas, importa muy poco que no sean igualmente severas sus obras* » – ce qui veut dire, en bon français, que tant que la morale personnelle d'un auteur est pure, la morale de ses livres importe peu. On présume que, pour cette affirmation, Don Tomas est maintenant au Purgatoire. Il serait d'ailleurs assez drôle, en guise de justice poétique, de l'y garder jusqu'à ce que ses *Poèmes érotiques* soient épuisés ou définitivement abandonnés sur leur rayon par manque de lecteurs. Toute œuvre de fiction devrait avoir une morale ; et, mieux encore, les critiques ont découvert que toute fiction en *avait* une. Philippe Melanchthon, il y a quelque temps, a écrit un commentaire sur la *Batrachomyomachie* et il a prouvé que le but du poète était de provoquer le dégoût de la sédition. Pierre La Seine fait un pas de plus et montre que l'intention était de prôner auprès des jeunes gens la tempérance dans le manger et le boire. Dans le même sens, Jacobus Hugo s'était persuadé qu'avec Evenos, Homère avait voulu annoncer

Jean Calvin ; avec Antinoüs, Martin Luther ; avec les Lotophages, les Protestants en général ; et avec les Harpies, les Hollandais. Nos plus modernes scoliastes sont aussi perspicaces. Ces gens démontrent qu'il existe un sens caché dans *Les Antédiluviens*, une parabole dans *Powhatan*, des vues nouvelles dans « Cock Robin » et du transcendantalisme dans « le Petit Poucet ». En bref, il a été démontré qu'aucun homme ne pouvait s'asseoir pour écrire sans un dessein très profond. On épargne ainsi bien du tracas aux auteurs en général. Un romancier, par exemple, n'a pas besoin de se soucier de sa morale. Elle est là – c'est-à-dire, elle est quelque part – et la morale comme les critiques n'ont qu'à se débrouiller. Au moment voulu, tout ce que le monsieur voulait dire, et tout ce qu'il ne voulait pas dire, sera révélé dans le *Cadran* ou dans la *Revue du Maine* avec tout ce qu'il aurait dû vouloir dire, et aussi tout ce qu'il avait nettement l'intention de vouloir dire ; – si bien qu'en fin de compte, tout sera dans l'ordre.

Il n'y a donc aucun fondement à l'accusation lancée contre moi par certains ignares – selon laquelle je n'aurais jamais écrit une histoire morale. Ce ne sont pas des critiques propres à me faire valoir ni à *développer* ma morale ; – voilà la vérité. Bientôt le *Train-train trimestriel de l'Amérique du Nord* leur fera honte pour leur bêtise. En attendant, pour suspendre l'exécution, pour atténuer les accusations portées contre moi, j'offre la triste histoire qui suit ; une histoire dont la morale explicite ne peut absolument pas être mise en doute, puisque même celui qui est pressé peut la lire dans les grandes majuscules qui forment le titre de l'histoire. On devrait me féliciter de ce dispositif : bien plus pertinent que celui de La Fontaine et des autres, qui réservent l'impression à produire jusqu'au dernier moment, et la glissent ainsi furtivement tout au bout de leurs fables.

Defuncti injuria ne afficiantur[1] était une loi des douze Tables, et *De mortuis nil nisi bonum*[2] est une excellente injonction – même si les morts en question ne sont que de la petite bière. Il n'est donc pas dans mon intention de vilipender mon défunt ami Toby Dammit. Il eut une vie de chien, c'est vrai, et il mourut comme un chien ; mais on ne pouvait lui reprocher personnellement ses vices. Ils provenaient de la propre tare de sa mère. Elle fit de son mieux pour le fouetter lorsqu'il était enfant ; car pour son esprit bien réglé, les devoirs étaient toujours des plaisirs, et les enfants, à la façon des biftecks coriaces ou des oliviers grecs modernes, étaient invariablement meilleurs lorsqu'on les battait – mais, pauvre femme ! elle avait le malheur d'être gauchère, et un enfant fouetté de la main gauche, mieux vaudrait ne jamais l'avoir fouetté. Le monde tourne de droite à gauche. Cela ne se fait pas de fouetter un enfant de gauche à droite. Si chaque coup dans la bonne direction chasse un mauvais penchant, il s'ensuit que chaque beigne dans une direction opposée fait pénétrer sa part de méchanceté. J'étais souvent présent aux corrections de Toby et, rien qu'à la façon dont il se débattait, je pouvais me rendre compte qu'il empirait de jour en jour. A la fin, je compris, les larmes aux yeux, qu'il n'y avait aucun espoir pour le misérable, et, un jour

1. « Les morts ne doivent souffrir aucune insulte. » N.d.T.
2. « Des morts il ne faut dire que du bien. » N.d.T.

qu'il avait été taloché jusqu'à ce que son visage devînt tellement noir qu'on aurait pu le prendre pour un petit Africain, et que cela n'avait été suivi d'aucun autre effet que celui de lui faire piquer une crise de nerfs, je tombai aussitôt à genoux, et, élevant la voix, je prophétisai sa ruine.

Le fait est que sa précocité dans le vice fut effroyable. Agé de cinq mois, il avait l'habitude d'entrer dans des colères telles qu'il en restait incapable d'articuler un mot. A six mois, je le surpris en train de ronger un paquet de cartes. A sept mois, il avait la manie constante d'attraper et d'embrasser les bébés femelles. A huit mois, il refusa péremptoirement de signer le vœu de tempérance. Et ainsi, il empira dans le vice, de mois en mois, si bien qu'à l'issue de sa première année, non seulement il insista pour porter des *moustaches*, mais encore il contracta une tendance à blasphémer, à jurer, et à soutenir ses affirmations par des paris.

C'est par la faute de cette habitude fort peu convenable que la ruine que j'avais prédite à Toby Dammit finit par s'abattre sur lui. L'habitude « avait crû avec sa croissance et s'était renforcée avec sa force », si bien que lorsqu'il devint un homme, il pouvait à peine prononcer une phrase sans l'entrelarder d'une offre de pari. Ce n'est pas qu'il *proposât* véritablement un enjeu – non. Je rendrai à mon ami la justice de dire qu'il aurait plutôt pondu des œufs. Chez lui, la chose n'était qu'une simple formule – rien de plus. Dans ce domaine ses expressions n'avaient en elles-mêmes aucun sens. C'étaient de simples sinon tout à fait innocents explétifs – des expressions imaginaires à l'aide desquelles il arrondissait sa phrase. Lorsqu'il disait « Je vous parie ceci ou cela », personne n'aurait jamais songé à le prendre au mot ; et pourtant je ne pouvais m'empêcher de penser qu'il était de mon devoir de le reprendre. L'habitude était immorale et je le lui dis. Elle était vulgaire ; cela je le priai de le croire. Elle était désapprouvée par la société ; là, je n'avais pas eu la moindre intention de dire un mensonge. Je lui fis des remontrances – mais sans résultat. Je raisonnai – en vain. Je le priai – il sourit. J'implorai – il rit. Je prêchai – il ricana. Je menaçai – il jura. Je lui donnai un coup de pied – il appela la police. Je lui tirai le nez – il se moucha, et offrit de parier sa tête au Diable que je ne m'aventurerais pas à tenter une fois de plus cette expérience.

La pauvreté était un autre vice que l'étrange tare de la mère de Dammit avait transmise à son fils. Il était affreusement pauvre ; et c'était sans doute la raison pour laquelle ses expressions explétives sur le pari prenaient rarement un tour pécuniaire. On ne me fera pas dire l'avoir jamais entendu utiliser une tournure de phrase comme « Je vous parie un dollar. » C'était d'habitude « Je vous parie ce que vous voulez », ou « Je vous parie ce que vous oserez parier » ou « Je vous parie une broutille », ou encore, plus significativement « Je parie ma tête au Diable ! »

Cette dernière formule semblait lui plaire davantage ; peut-être parce qu'elle impliquait le moindre risque ; car Dammit était devenu excessivement parcimonieux. Si quelqu'un l'avait pris au mot, sa tête était petite, et sa perte aurait donc été petite elle aussi. Mais ce sont là mes réflexions personnelles, et je ne suis pas du tout certain d'avoir raison de les lui attribuer. En tout cas, l'expression en question gagna chaque jour de la faveur, en dépit de la grave inconvenance qu'il y a pour un homme à parier son cerveau comme on parie des billets de banque ; mais c'était là un point que la perversité d'esprit de mon ami ne lui permettait pas de saisir. A la fin, il abandonna toute autre sorte de gage et s'adonna au « *Je parierais ma tête au Diable* » avec une ferveur dont l'obstination et l'exclusivité ne me contrariaient pas moins qu'elles me surprenaient. Je suis toujours contrarié par les situations que je ne peux expliquer. Les mystères forcent un homme à penser et nuisent ainsi à sa santé. La vérité est qu'il y avait quelque chose dans *l'air* avec lequel M. Dammit avait l'habitude de proférer son expression déplaisante – quelque chose dans sa *manière* de l'énoncer – qui, au début, m'intrigua et, par la suite, me mit fort mal à l'aise – quelque chose que, faute d'un terme plus précis pour le moment, on m'autorisera à appeler *bizarre*, mais que M. Coleridge aurait appelé mystique, M. Kant panthéistique, M. Carlyle spiralistique et M. Emerson hypercanularistique. Je commençai à ne pas aimer du tout cela. L'âme de M. Dammit se trouvait en périlleuse situation. Je résolus de mettre toute mon éloquence en jeu pour la sauver. Je fis vœu de le servir comme il est dit dans la chronique irlandaise que saint Patrick servit le crapaud, c'est-à-dire de « l'éveiller au sentiment de sa situation ». Je me mis immédiatement à la tâche. Une fois de plus je me livrai au reproche. Une fois encore, je rassemblai toute mon énergie pour une ultime tentative de remontrance.

Quand j'eus mis un terme à mon sermon, M. Dammit se laissa aller à un comportement très équivoque.

Pendant quelques instants il resta silencieux, uniquement occupé à me dévisager avec une insistante curiosité. Mais bientôt il rejeta la tête de côté et leva très haut les sourcils. Puis il étendit la paume de ses mains et haussa les épaules. Puis il cligna de l'œil droit. Puis il répéta la même opération avec l'œil gauche. Puis il ferma vivement les yeux. Puis il les ouvrit si larges que je commençai à m'inquiéter sérieusement des conséquences. Puis, appliquant le pouce contre son nez, il crut bon de faire avec les autres doigts un mouvement indescriptible. Finalement, mettant les poings sur les hanches, il condescendit à répondre.

Je ne peux me remémorer que les grands thèmes de son discours. Il me serait très obligé de bien vouloir tenir ma langue. Il ne désirait aucun conseil de moi. Il méprisait toutes mes insinuations. Il était assez grand pour s'occuper de lui-même. Le prenais-je toujours pour bébé Dammit ? Avais-je quelque chose à dire contre son caractère ? Avais-je l'intention de l'insulter ? Etais-je un sot ? En un mot, ma mère était-elle au courant de mon absence du domicile familial ? Il me posait cette dernière question comme à quelqu'un de confiance et il s'engageait à s'en tenir à ma réponse. Une fois de plus, il me demanda explicitement si ma mère savait que j'étais sorti. Ma confusion, déclara-t-il, me trahissait et il aurait été prêt à parier sa tête au Diable qu'elle l'ignorait.

M. Dammit n'attendit pas ma réponse. Tournant les talons, il me quitta avec une précipitation sans retenue. Il valait mieux pour lui qu'il s'en aille. Il avait blessé mes sentiments. Il avait même déclenché ma colère. Pour une fois, je l'aurais pris au mot de son insultant pari. J'aurais gagné la petite tête de M. Dammit pour le compte du Grand Ennemi – car le fait est que ma maman *était* parfaitement au courant de mon absence toute temporaire de la maison.

Mais *Khoda shefa midêhed* – que le ciel me soutienne – comme disent les Musulmans quand on leur marche sur les orteils. C'était dans l'accomplissement de mon devoir que j'avais été insulté, et je supportai l'insulte comme un homme. Il me semblait néanmoins que j'avais fait tout ce qui pouvait être exigé de moi en faveur de ce misérable individu, et je résolus de ne plus du tout l'ennuyer avec mes conseils mais de le laisser seul avec sa conscience. Cependant, tout en m'interdisant de l'importuner de mes avis, je ne pus me résoudre à renoncer entièrement à sa compagnie. J'allai même jusqu'à flatter quelques-uns de ses penchants les moins répréhensibles ; et il y avait des moments où je me surprenais en train de louer ses mauvaises plaisanteries, comme les gourmets vantent la moutarde, avec des larmes dans les yeux, tant j'étais profondément attristé d'entendre ses mauvais propos.

Un beau jour que nous étions partis ensemble nous promener bras dessus bras dessous, notre route nous mena vers une rivière. Il y avait là un pont et nous décidâmes de le traverser. Il était surmonté d'un toit destiné à le protéger contre les intempéries, et le passage couvert, n'ayant que peu de fenêtres, était donc très désagréablement sombre. Lorsque nous pénétrâmes dans le passage, le contraste entre la clarté extérieure et l'obscurité intérieure me frappa vivement l'esprit. Ce ne fut pas le cas du malheureux Dammit qui offrit de parier sa tête au Diable que j'avais le cafard. Il semblait être d'une inhabituelle bonne humeur. Il était excessivement agité – à un point tel que je conçus je ne sais quel soupçon déplaisant. Il n'est pas impossible qu'il ait été atteint de transcendantalisme. Je ne suis cependant pas assez versé dans le diagnostic de cette maladie pour me prononcer sur ce point ; et malheureusement aucun de mes amis du *Cadran* n'était présent. J'émets pourtant cette idée à cause de cette sorte de bouffonnerie qui semblait posséder mon ami et le conduire à jouer les idiots. Il ne se plaisait à rien d'autre que se tortiller et sauter par-dessus ou par-dessous tout ce qui se présentait sur son chemin ; tantôt en criant et tantôt en murmurant toutes sortes de bizarres petits et grands mots, et en conservant pourtant tout le temps le visage le plus grave du monde. Je ne savais vraiment pas s'il me fallait lui donner des coups de pied ou avoir pitié de lui. Finalement, alors que nous avions presque traversé le pont, nous approchions de l'extrémité du passage lorsque notre route se trouva barrée par un tourniquet d'une certaine hauteur. Je le passai tranquillement, en le faisant tourner selon l'usage. Mais ce tour-là ne s'accordait guère avec le tour d'esprit de M. Dammit. Il insista pour sauter au-dessus du tourniquet et déclara qu'il pouvait faire une aile de pigeon en l'air en le franchissant. Or de cela, pour parler en toute conscience, je ne pensais pas qu'il fût capable. Le meilleur sauteur au-dessus de toutes sortes de tours de style était mon ami M. Carlyle et, comme je savais que *lui* ne le pouvait pas, je me refusais à croire que Toby Dammit pût le faire. Je lui dis donc, en termes pesés, qu'il n'était qu'un matamore et qu'il était incapable de faire ce qu'il disait. J'eus par la suite quelque raison de regretter cela ; car il proposa aussitôt de *parier sa tête au Diable* qu'il le pouvait.

J'étais sur le point de répondre, malgré mes résolutions antérieures, en lui faisant quelque remontrance sur son impiété, lorsque j'entendis, tout près de moi, une légère toux qui résonnait tout à fait comme l'exclamation « *hum !* » Je sursautai et regardai autour de moi avec étonnement. Mon regard finit par tomber sur un recoin de la charpente du pont et sur la silhouette d'un vieux petit monsieur boiteux et d'aspect vénérable. Rien n'aurait pu mieux lui donner l'air d'un révérend que son aspect ; car non seulement il avait un costume entièrement noir, mais aussi sa chemise était parfaitement immaculée et le col se rabattait très nettement sur une cravate blanche, tandis que sa chevelure se divisait sur le front comme celle d'une fille. Il avait les mains méditativement serrées sur son ventre et les yeux attentivement levés vers le haut du visage.

En l'observant de plus près, je découvris qu'il portait un tablier de soie noire par-dessus son pantalon ; et ce fut une chose que je trouvai très étrange. Mais avant que j'aie le temps de faire la moindre remarque à propos d'un détail aussi singulier, il m'interrompit d'un second « *hum !* »

A cette observation, je n'avais pas de réponse immédiate. Le fait est que ces remarques de nature laconique ne permettent presque aucune réponse. J'ai connu une *Revue trimestrielle* qui se trouva *embarrassée* par le mot « *Bah !* » Je n'ai donc pas honte d'avouer que je me tournai vers M. Dammit pour lui demander assistance.

« Dammit, dis-je, à quoi pensez-vous donc ? N'entendez-vous pas ? Ce monsieur dit "*hum !*" » Je portai un regard sévère sur mon ami tout en m'adressant à lui ; car, pour tout dire, je me sentais particulièrement perplexe, et lorsqu'un homme est particulièrement perplexe, il faut qu'il fronce les sourcils et qu'il ait l'air farouche, ou alors il est à peu près certain d'avoir l'air d'un imbécile.

« Dammit », observai-je – quoique cela sonnât tout à fait comme un juron, alors que rien n'était plus éloigné de ma pensée – « Dammit, soufflai-je, le monsieur dit "*hum !*" »

Je n'ai pas la prétention de défendre ma remarque pour sa profondeur ; moi-même je ne la trouvais pas profonde ; mais j'ai remarqué que l'effet de nos discours n'est pas toujours proportionnel à l'importance qu'ils ont à nos propres yeux ; et si j'avais transpercé M. D. avec un obus de Paixhans, ou si je lui avais donné un coup sur la tête avec *Poètes et poésie d'Amérique*, il aurait difficilement pu être plus déconfit que lorsque je lui adressai ces simples mots – « Dammit, à quoi pensez-vous donc ? – N'entendez-vous pas ? – le monsieur dit "*hum !*" »

« Pas possible ! » dit-il enfin dans un sursaut, après être passé par plus de couleurs que n'en arbore successivement un pirate lorsqu'il est pris en chasse par un vaisseau de guerre. « Etes-vous bien sûr qu'il ait dit *cela ?* Eh bien, maintenant mon affaire est faite, et autant pour moi payer d'audace. Alors, allons-y – *hum !* »

A ces mots le vieux petit monsieur eut l'air ravi – Dieu seul sait pourquoi. Il quitta sa place du coin du pont, s'avança en claudiquant d'un air gracieux, saisit la main de Dammit et la secoua cordialement tout en le regardant bien en face avec un air de la plus pure bienveillance qu'il soit possible à un esprit humain d'imaginer.

« Je suis tout à fait certain que vous gagnerez, Dammit », dit-il avec le plus franc des sourires – « mais nous sommes obligés d'en passer par l'épreuve, savez-vous, par pure forme. »

« Hum ! » répliqua mon ami, en ôtant sa veste avec un profond soupir ; il noua un mouchoir autour de sa taille et, relevant les yeux et abaissant les coins de sa bouche, il amena un inexplicable changement de sa physionomie – « hum ! » et « hum ! » dit-il encore, après une pause ; et par la suite, je ne crois pas qu'il ait prononcé d'autre mot que « hum ! » « Ah, ah ! » pensai-je, sans m'exprimer à haute voix – « voilà un silence tout à fait remarquable de la part de Toby Dammit, et ce silence est sans doute la conséquence du verbiage affiché en une précédente occasion. Un extrême induit l'autre. Je me demande s'il a oublié les nombreuses questions insolubles qu'il m'a si facilement posées le jour où je lui ai fait mon dernier sermon ? En tout cas, il est guéri du transcendantalisme. »

« Hum ! » répliqua alors Toby, exactement comme s'il avait lu mes pensées, et il eut l'air d'un très vieux mouton perdu dans une rêverie.

Le vieux monsieur le prit alors par le bras et le conduisit plus loin dans l'ombre du pont, à quelques pas du tourniquet. « Mon bon ami », dit-il, c'est pour moi une affaire de conscience que de vous accorder ce supplément d'élan. Attendez là jusqu'à ce que j'aie pris place auprès du tourniquet, je pourrai ainsi vérifier si vous le passez élégamment et transcendantalement, et si vous n'oubliez aucune des fioritures de l'aile de pigeon. Simple question de forme, vous savez. Je dirai "un, deux, trois, partez !" Faites attention de partir au mot "partez". Cela dit, il prit position près du tourniquet, s'arrêta un moment comme s'il était plongé dans une profonde réflexion, puis il regarda en l'air, et, je crois, sourit très discrètement, puis il serra les cordons de son tablier, puis il eut un long regard vers Dammit, et enfin lança la formule convenue –

« UN – DEUX – TROIS – PARTEZ ! »

Ponctuellement, au mot « partez », mon pauvre ami se lança au grand galop. Le style du tourniquet n'était ni très élevé, comme celui de M. Lord – ni très bas, comme celui des critiques de M. Lord – mais à tout prendre, je me persuadai qu'il le franchirait. Et puis, s'il ne le franchissait pas ? – ah, c'était toute la question – s'il ne le franchissait pas ? « Quel droit, me dis-je, le vieux monsieur a-t-il de faire sauter un autre monsieur ? Ce petit vieux clopinant ! Qui est-*il* ? S'il me demande de sauter *à moi*, je ne le ferai pas, c'est sûr, et je ne me soucie pas de *qui diable il est.* » Le pont, comme je l'ai dit, était fermé et couvert d'une façon très ridicule, et il y avait là en permanence un écho fort désagréable – un écho que je n'ai jamais aussi précisément observé qu'au moment où je prononçai les quatre derniers mots de ma remarque.

Mais ce que je dis, ce que je pensai ou ce que j'entendis ne prit qu'un instant. Moins de cinq secondes après son départ, mon pauvre Toby avait accompli son saut. Je le vis courir avec agilité, bondir splendidement du plancher du pont, effectuant les plus périlleuses fioritures avec ses jambes tandis qu'il s'élevait. Je le vis haut en l'air, faisant admirablement son aile de pigeon juste au-dessus du tourniquet ; et, bien sûr, je trouvai étrangement bizarre qu'il ne *continuât* pas à le franchir. Mais le saut tout entier fut l'affaire d'un instant et avant que j'aie l'opportunité de faire la moindre réflexion approfondie, M. Dammit retombait à plat sur le dos, du côté même du tourniquet d'où il était parti. Au même moment je vis le vieux monsieur s'enfuir en clopinant à toute vitesse, après avoir attrapé et enveloppé dans son tablier quelque chose qui venait d'y tomber lourdement du haut des ténèbres de la voûte surplombant le tourniquet. Tout cela m'étonna fort ; mais je n'eus pas le loisir de penser, car M. Dammit gisait particulièrement immobile, et j'en conclus que ses sentiments avaient été blessés, et qu'il se trouvait avoir besoin de mon assistance. Je me précipitai vers lui et je découvris qu'il avait reçu ce qu'on pouvait appeler une sérieuse blessure. A la vérité, il avait été privé de sa tête que, malgré des recherches minutieuses, je ne pus trouver nulle part ; aussi me décidai-je à le ramener chez lui et à faire appel aux homéopathes. Entre-temps une idée me frappa, et j'ouvris une fenêtre du pont, à proximité ; alors la triste vérité m'illumina d'un coup. A cinq pieds juste au-dessus du sommet du tourniquet, traversant la voûte du passage afin d'en former une armature, s'étendait une tige plate de fer, posée avec son aplat horizontal, et qui faisait partie d'une série de barres qui servaient à renforcer la structure sur toute sa longueur. Il semblait évident que le cou de mon infortuné ami était précisément entré en contact avec le tranchant de cette armature.

Il ne survécut pas longtemps à sa terrible perte. Les homéopathes ne lui donnèrent pas assez peu de médicaments, et même le peu qu'ils lui donnèrent, il hésita à le prendre. Si bien qu'à la fin il empira et qu'à la longue il mourut, une leçon pour tous les turbulents viveurs. J'arrosai sa tombe de mes larmes, gravai une *barre* à senestre sur son blason de famille, et, pour les dépenses générales de ses funérailles, j'envoyai ma très modeste note aux transcendantalistes. Les coquins refusèrent de la payer, alors je fis aussitôt déterrer M. Dammit, et le vendis comme viande de chien.

Le portrait ovale

Traduit par Charles Baudelaire

Le château dans lequel mon domestique s'était avisé de pénétrer de force, plutôt que de me permettre, déplorablement blessé comme je l'étais, de passer une nuit en plein air, était un de ces bâtiments, mélange de grandeur et de mélancolie, qui ont si longtemps dressé leurs fronts sourcilleux au milieu des Appenins, aussi bien dans la réalité que dans l'imagination de mistress Radcliffe. Selon toute apparence, il avait été temporairement et tout récemment abandonné. Nous nous installâmes dans une des chambres les plus petites et les moins somptueusement meublées. Elle était située dans une tour écartée du bâtiment. Sa décoration était riche, mais antique et délabrée. Les murs étaient tendus de tapisseries et décorés de nombreux trophées héraldiques de toute forme, ainsi que d'une quantité vraiment prodigieuse de peintures modernes, pleines de style, dans de riches cadres d'or d'un goût arabesque. Je pris un profond intérêt, – ce fut peut-être mon délire qui commençait qui en fut cause, – je pris un profond intérêt à ces peintures qui étaient suspendues non seulement sur les faces principales des murs, mais aussi dans une foule de recoins que la bizarre architecture du château rendait inévitables ; si bien que j'ordonnai à Pedro de fermer les lourds volets de la chambre, – puisqu'il faisait déjà nuit, – d'allumer un grand candélabre à plusieurs branches placé près de mon chevet, et d'ouvrir tout grands les rideaux de velours noir garnis de crépines qui entouraient le lit. Je désirais que cela fût ainsi, pour que je pusse au moins, si je ne pouvais pas dormir, me consoler alternativement par la contemplation de ces peintures et par la lecture d'un petit volume que j'avais trouvé sur l'oreiller et qui en contenait l'appréciation et l'analyse.

Je lus longtemps, – longtemps ; – je contemplai religieusement, dévotement ; les heures s'envolèrent, rapides et glorieuses, et le profond minuit arriva. La position du candélabre me déplaisait, et, étendant la main avec difficulté pour ne pas déranger mon valet assoupi, je plaçai l'objet de manière à jeter les rayons en plein sur le livre.

Mais l'action produisit un effet absolument inattendu. Les rayons des nombreuses bougies (car il y en avait beaucoup) tombèrent alors sur une niche de la chambre que l'une des colonnes du lit avait jusque-là couverte d'une ombre profonde. J'aperçus dans une vive lumière une peinture qui m'avait d'abord échappé. C'était le portrait d'une jeune fille déjà mûrissante et presque femme. Je jetai sur la peinture un coup d'œil rapide, et je fermai les yeux. Pourquoi – je ne le compris pas bien moi-même tout d'abord. Mais pendant que mes paupières restaient closes, j'analysai rapidement la raison qui me les faisait fermer ainsi. C'était un mouvement involontaire pour gagner du temps et pour penser, – pour m'assurer que ma vue ne m'avait pas trompé, – pour calmer et préparer mon esprit à une contemplation plus froide et plus sûre. Au bout de quelques instants, je regardai de nouveau la peinture fixement.

Je ne pouvais pas douter, quand même je l'aurais voulu, que je n'y visse alors très nettement ; car le premier éclair du flambeau sur cette toile avait dissipé la stupeur rêveuse dont mes sens étaient possédés, et m'avait rappelé tout d'un coup à la vie réelle.

Le portrait, je l'ai déjà dit, était celui d'une jeune fille. C'était une simple tête, avec des épaules, le tout dans ce style qu'on appelle, en langage technique, style *de vignette* ; beaucoup de la manière de Sully dans ses têtes de prédilection. Les bras, le sein, et même les bouts des cheveux rayonnants, se fondaient insaisissablement dans l'ombre vague mais profonde qui servait de fond à l'ensemble. Le cadre était ovale, magnifiquement doré et guilloché dans le goût moresque. Comme œuvre d'art, on ne pouvait rien trouver de plus admirable que la peinture elle-même. Mais il se peut bien que ce ne fût ni l'exécution de l'œuvre, ni l'immortelle beauté de la physionomie, qui m'impressionna si soudainement et si fortement. Encore moins devais-je croire que mon imagination, sortant d'un demi-sommeil, eût pris la tête pour celle d'une personne vivante. – Je vis tout d'abord que les détails du dessin, le style de vignette, et l'aspect du cadre auraient immédiatement dissipé un pareil charme, et m'auraient préservé de toute illusion même momentanée. Tout en faisant ces réflexions, et très vivement, je restai, à demi étendu, à demi assis, une heure entière peut-être, les yeux rivés à ce portrait. A la longue, ayant découvert le vrai secret de son effet, je me laissai retomber sur le lit. J'avais deviné que le *charme* de la peinture était une expression vitale absolument adéquate à la vie elle-même, qui d'abord m'avait fait tressaillir, et finalement m'avait confondu, subjugué, épouvanté. Avec une terreur profonde et respectueuse, je replaçai le candélabre dans sa position première. Ayant ainsi dérobé à ma vue la cause de ma profonde agitation, je cherchai vivement le volume qui contenait l'analyse des tableaux et leur histoire. Allant droit au numéro qui désignait le portrait ovale, j'y lus le vague et singulier récit qui suit :

– « C'était une jeune fille d'une très rare beauté, et qui n'était pas moins aimable que pleine de gaieté. Et maudite fut l'heure où elle vit, et aima, et épousa le peintre. Lui, passionné, studieux, austère, et ayant déjà trouvé une épouse dans son Art ; elle, une jeune fille d'une très rare beauté, et non moins aimable que pleine de gaieté : rien que lumière et sourire, et la folâtrerie d'un jeune faon ; aimant et chérissant toutes choses ; ne haïssant que l'Art qui était son rival ; ne redoutant que la palette et les brosses, et les autres instruments fâcheux qui la privaient de la figure de son adoré. Ce fut une terrible chose pour cette dame que d'entendre le peintre parler du désir de peindre même sa jeune épouse. Mais elle était humble et obéissante, et elle s'assit avec douceur pendant de longues semaines dans la sombre et haute chambre de la tour, où la lumière filtrait sur la pâle toile seulement par le plafond. Mais lui, le peintre, mettait sa gloire dans son œuvre qui avançait d'heure en heure et de jour en jour. – Et c'était un homme passionné, et étrange, et pensif, qui se perdait en rêveries ; si bien qu'il ne *voulait* pas voir que la lumière qui tombait si lugubrement dans cette tour isolée desséchait la santé et les esprits de sa femme, qui languissait visiblement pour tout le monde, excepté pour lui. Cependant elle souriait toujours, et toujours, sans se plaindre, parce qu'elle voyait que le peintre (qui avait un grand renom) prenait un plaisir vif et brûlant dans sa tâche, et travaillait nuit et jour pour peindre celle qui l'aimait si fort, mais qui devenait de jour en jour plus languissante et plus faible. Et en vérité, ceux qui contemplaient le portrait parlaient à voix basse de sa ressemblance, comme d'une puissante merveille et comme d'une preuve non moins grande de la puissance du peintre que de son profond amour pour celle qu'il peignait si miraculeusement bien. – Mais à la longue, comme la besogne approchait de sa fin, personne ne fut plus admis dans la tour ; car le peintre était devenu fou par l'ardeur de son travail, et il détournait rarement ses yeux de la toile, même pour regarder la figure de sa femme. Et il ne *voulait* pas voir que les couleurs qu'il étalait sur la toile étaient *tirées* des joues de celle qui était assise près de lui. Et quand bien des semaines furent passées, et qu'il ne restait plus que peu de chose à faire, rien qu'une touche sur la bouche et un glacis sur l'œil, l'esprit de la dame palpita encore comme la flamme dans le bec d'une lampe. Et alors la touche fut donnée, et alors le glacis fut placé ; et pendant un moment le peintre se tint en extase devant le travail qu'il avait travaillé ; mais une minute après, comme il contemplait encore, il trembla, et il devint très pâle, et il fut frappé d'effroi ; et criant d'une voix éclatante : – En vérité c'est la *Vie* elle-même ! – il se retourna brusquement pour regarder sa bien-aimée ; – elle était morte ! »

La barrique d'amontillado

Traduit par Charles Baudelaire

J'avais supporté du mieux que j'avais pu les mille injustices de Fortunato ; mais, quand il en vint à l'insulte, je jurai de me venger. Vous cependant, qui connaissez bien la nature de mon âme, vous ne supposerez pas que j'aie articulé une seule menace. A la longue, je devais être vengé ; c'était un point définitivement arrêté ; – mais la perfection même de ma résolution excluait toute idée de péril. Je devais non seulement punir, mais punir impunément. Une injure n'est pas redressée quand le châtiment atteint le redresseur ; elle n'est pas non plus redressée quand le vengeur n'a pas soin de se faire connaître à celui qui a commis l'injure.

Il faut qu'on sache que je n'avais donné à Fortunato aucune raison de douter de ma bienveillance, ni par mes paroles, ni par mes actions. Je continuai, selon mon habitude, à lui sourire en face, et il ne devinait pas que mon sourire désormais ne traduisait que la pensée de son immolation.

Il avait un côté faible, – ce Fortunato, – bien qu'il fût à tous autres égards un homme à respecter, et même à craindre. Il se faisait gloire d'être connaisseur en vins. Peu d'Italiens ont le véritable esprit de connaisseur ; leur enthousiasme est la plupart du temps emprunté, accommodé au temps et à l'occasion ; c'est un charlatanisme pour agir sur les millionnaires anglais et autrichiens. En fait de peintures et de pierres précieuses, Fortunato, comme ses compatriotes, était un charlatan ; – mais en matière de vieux vins il était sincère. A cet égard, je ne différais pas essentiellement de lui ; j'étais moi-même très entendu dans les crus italiens, et j'en achetais considérablement toutes les fois que je le pouvais.

Un soir, à la brune, au fort de la folie du carnaval, je rencontrai mon ami. Il m'accosta avec une très chaude cordialité, car il avait beaucoup bu. Mon homme était déguisé. Il portait un vêtement collant et mi-parti, et sa tête était surmontée d'un bonnet conique avec des sonnettes. J'étais si heureux de le voir que je crus que je ne finirais jamais de lui pétrir la main.

Je lui dis : – Mon cher Fortunato, je vous rencontre à propos. – Quelle excellente mine vous avez aujourd'hui ! – Mais j'ai reçu une pipe d'amontillado, ou du moins d'un vin qu'on me donne pour tel, et j'ai des doutes.

– Comment ? – dit-il, – de l'amontillado ? Une pipe ? Pas possible ! – Et au milieu du carnaval !

– J'ai des doutes, – répliquai-je, – et j'ai été assez bête pour payer le prix total de l'amontillado sans vous consulter. On n'a pas pu vous trouver, et je tremblais de manquer une occasion.

– De l'amontillado !

– J'ai des doutes.

– De l'amontillado !

– Et je veux les tirer au clair.

– De l'amontillado !

– Puisque vous êtes invité quelque part, je vais chercher Luchesi. Si quelqu'un a le sens critique, c'est lui. Il me dira...

– Luchesi est incapable de distinguer l'amontillado du xérès.

– Et cependant il y a des imbéciles qui tiennent que son goût est égal au vôtre.

– Venez, allons !

– Où ?

– A vos caves.

– Mon ami, non ; je ne veux pas abuser de votre bonté. Je vois que vous êtes invité. Luchesi...

– Je ne suis pas invité ; – partons !

– Mon ami, non. Ce n'est pas la question de l'invitation, mais c'est le cruel froid dont je m'aperçois que vous souffrez. Les caves sont insupportablement humides ; elles sont tapissées de nitre.

– N'importe, allons ! Le froid n'est absolument rien. De l'amontillado ! On vous en a imposé. – Et quant à Luchesi, il est incapable de distinguer le xérès de l'amontillado.

En parlant ainsi, Fortunato s'empara de mon bras. Je mis un masque de soie noire, et, m'enveloppant soigneusement d'un manteau, je me laissai traîner par lui jusqu'à mon palais.

Il n'y avait pas de domestiques à la maison ; ils s'étaient cachés pour faire ripaille en l'honneur de la saison. Je leur avais dit que je ne rentrerais pas avant le matin, et je leur avais donné l'ordre formel de ne pas bouger de la maison. Cet ordre suffisait, je le savais bien, pour qu'ils décampassent en toute hâte, tous, jusqu'au dernier, aussitôt que j'aurais tourné le dos.

Je pris deux flambeaux à la glace, j'en donnai un à Fortunato, et je le dirigeai complaisamment, à travers une enfilade de pièces, jusqu'au vestibule qui conduisait aux caves. Je descendis devant lui un long et tortueux escalier, me retournant et lui recommandant de prendre bien garde. Nous atteignîmes enfin les derniers degrés, et nous nous trouvâmes ensemble sur le sol humide des catacombes des Montrésors.

La démarche de mon ami était chancelante, et les clochettes de son bonnet cliquetaient à chacune de ses enjambées.

– La pipe d'amontillado ? – dit-il.

– C'est plus loin, – dis-je ; – mais observez cette broderie blanche qui étincelle sur les murs de ce caveau.

Il se retourna vers moi et me regarda dans les yeux avec deux globes vitreux qui distillaient les larmes de l'ivresse.

– Le nitre ? – demanda-t-il à la fin.

– Le nitre, – répliquai-je. – Depuis combien de temps avez-vous attrapé cette toux ?

– Euh ! euh ! euh ! – euh ! euh ! euh ! – euh ! euh ! euh ! – euh ! ! !

Il fut impossible à mon pauvre ami de répondre avant quelques minutes.

– Ce n'est rien, – dit-il enfin.

– Venez, – dis-je avec fermeté, – allons-nous-en ; votre santé est précieuse. Vous êtes riche, respecté, admiré, aimé ; vous êtes heureux, comme je le fus autrefois ; vous êtes un homme qui laisserait un vide. Pour moi, ce n'est pas la même chose. Allons-nous-en ; vous vous rendrez malade. D'ailleurs, il y a Luchesi...

– Assez, – dit-il ; – la toux, ce n'est rien. Cela ne me tuera pas. Je ne mourrai pas d'un rhume.

– C'est vrai, – c'est vrai, – répliquai-je, – et en vérité je n'avais pas l'intention de vous alarmer inutilement ; – mais vous devriez prendre des précautions. Un coup de ce médoc vous défendra contre l'humidité.

Ici j'enlevai une bouteille à une longue rangée de ses compagnes qui étaient couchées par terre, et je fis sauter le goulot.

– Buvez, – dis-je, en lui présentant le vin.

Il porta la bouteille à ses lèvres, en me regardant du coin de l'œil. Il fit une pause, me salua familièrement (les grelots sonnèrent), et dit :

– Je bois aux défunts qui reposent autour de nous !

– Et moi, à votre longue vie !

Il reprit mon bras, et nous nous remîmes en route.

– Ces caveaux, – dit-il, – sont très vastes.

– Les Montrésors, – répliquai-je, – étaient une grande et nombreuse famille.

– J'ai oublié vos armes.

– Un grand pied d'or sur champ d'azur ; le pied écrase un serpent rampant dont les dents s'enfoncent dans le talon.

– Et la devise ?

– *Nemo me impune lacessit.*

– Fort beau ! – dit-il.

Le vin étincelait dans ses yeux, et les sonnettes tintaient. Le médoc m'avait aussi échauffé les idées. Nous étions arrivés à travers des murailles d'ossements empilés, entremêlés de barriques et de pièces de vin, aux dernières profondeurs des catacombes. Je m'arrêtai de nouveau, et cette fois je pris la liberté de saisir Fortunato par un bras, au-dessus du coude.

– Le nitre ! – dis-je ; – voyez, cela augmente. Il pend comme de la mousse le long des voûtes. Nous sommes sous le lit de la rivière. Les gouttes d'humidité filtrent à travers les ossements. Venez, partons avant qu'il soit trop tard. Votre toux...

– Ce n'est rien, – dit-il, – continuons. Mais, d'abord, encore un coup de médoc.

Je cassai un flacon de vin de Graves, et je le lui tendis. Il le vida d'un trait. Ses yeux brillèrent d'un feu ardent. Il se mit à rire, et jeta la bouteille en l'air avec un geste que je ne pus pas comprendre.

Je le regardai avec surprise. Il répéta le mouvement, – un mouvement grotesque.

– Vous ne comprenez pas ? – dit-il.

– Non, – répliquai-je.

– Alors vous n'êtes pas de la loge.

– Comment ?

– Vous n'êtes pas maçon.

– Si ! si ! – dis-je, – si ! si !

– Vous ? impossible ! vous maçon ?

– Oui, maçon, – répondis-je.

– Un signe ! – dit-il.

– Voici, – répliquai-je, en tirant une truelle de dessous les plis de mon manteau.

– Vous voulez rire, – s'écria-t-il, en reculant de quelques pas. – Mais allons à l'amontillado.

– Soit, – dis-je, en replaçant l'outil sous ma roquelaure, et lui offrant de nouveau mon bras. Il s'appuya lourdement dessus. Nous continuâmes notre route à la recherche de l'amontillado. Nous passâmes sous une rangée d'arceaux fort bas ; nous descendîmes ; nous fîmes quelques pas, et, descendant encore, nous arrivâmes à une crypte profonde, où l'impureté de l'air faisait rougir plutôt que briller nos flambeaux.

Tout au fond de cette crypte, on en découvrait une autre moins spacieuse. Ses murs avaient été revêtus avec les débris humains, empilés dans les caves au-dessus de nous, à la manière des grandes catacombes de Paris. Trois côtés de cette seconde crypte étaient encore décorés de cette façon. Du quatrième les os avaient été arrachés et gisaient confusément sur le sol, formant en un point un rempart d'une certaine hauteur. Dans le mur, ainsi mis à nu par le déplacement des os, nous apercevions encore une autre niche, profonde de quatre pieds environ, large de trois, haute de six ou sept. Elle ne semblait pas avoir été construite pour un usage spécial, mais formait simplement l'intervalle entre deux des piliers énormes qui supportaient la voûte des catacombes, et s'appuyait à l'un des murs de granit massif qui délimitaient l'ensemble.

Ce fut en vain que Fortunato, élevant sa torche malade, s'efforça de scruter la profondeur de la niche. La lumière affaiblie ne nous permettait pas d'en apercevoir l'extrémité.

– Avancez, – dis-je, – c'est là qu'est l'amontillado. Quant à Luchesi...

– C'est un être ignare ! – interrompit mon ami, prenant les devants et marchant tout de travers, pendant que je suivais sur ses talons. En un instant, il avait atteint l'extrémité de la niche, et, trouvant sa marche arrêtée par le roc, il s'arrêta stupidement ébahi. Un moment après, je l'avais enchaîné au granit. Sur la paroi il y avait deux crampons de fer, à la distance d'environ deux pieds l'un de l'autre, dans le sens horizontal. A l'un des deux était suspendue une courte chaîne, à l'autre un cadenas. Ayant jeté la chaîne autour de sa taille, l'assujettir fut une besogne de quelques secondes. Il était trop étonné pour résister. Je retirai la clef, et reculai de quelques pas hors de la niche.

– Passez votre main sur le mur, – dis-je ; – vous ne pouvez pas ne pas sentir le nitre. Vraiment, il est très humide. Laissez-moi vous *supplier* une fois encore de vous en aller. – Non ? – Alors, il faut positivement que je vous quitte. Mais je vous rendrai d'abord tous les petits soins qui sont en mon pouvoir.

– L'amontillado ! – s'écria mon ami, qui n'était pas encore revenu de son étonnement.

– C'est vrai, – répliquai-je, – l'amontillado.

Tout en prononçant ces mots, j'attaquai la pile d'ossements dont j'ai déjà parlé. Je les jetai de côté, et je découvris bientôt une bonne quantité de moellons et de mortier. Avec ces matériaux, et à l'aide de ma truelle, je commençai activement à murer l'entrée de la niche.

J'avais à peine établi la première assise de ma maçonnerie, que je découvris que l'ivresse de Fortunato était en grande partie dissipée. Le premier indice que j'en eus fut un cri sourd, un gémissement, qui sortit du fond de la niche. *Ce n'était pas le cri d'un homme ivre !* Puis il y eut un long et obstiné silence. Je posai la seconde rangée, puis la troisième, puis la quatrième ; et alors j'entendis les furieuses vibrations de la chaîne. Le bruit dura quelques minutes, pendant lesquelles, pour m'en délecter plus à l'aise, j'interrompis ma besogne et m'accroupis sur les ossements. A la fin, quand le tapage s'apaisa, je repris ma truelle, et j'achevai sans interruption la cinquième, la sixième et la septième rangée. Le mur était alors presque à la hauteur de ma poitrine. Je fis une nouvelle pause, et, élevant les flambeaux au-dessus de la maçonnerie, je jetai quelques faibles rayons sur le personnage inclus.

Une suite de grands cris, de cris aigus, fit soudainement explosion du gosier de la figure enchaînée, et me rejeta pour ainsi dire violemment en arrière. Pendant un instant j'hésitai, – je tremblai. Je tirai mon épée, et je commençai à fourrager à travers la niche ; mais un instant de réflexion suffit à me tranquilliser. Je posai la main sur la maçonnerie massive du caveau, et je fus tout à fait rassuré. Je me rapprochai du mur. Je répondis aux hurlements de mon homme. Je leur fis écho et accompagnement, – je les surpassai en volume et en force. Voilà comme je fis, et le braillard se tint tranquille.

Il était alors minuit, et ma tâche tirait à sa fin. J'avais complété ma huitième, ma neuvième et ma dixième rangée. J'avais achevé une partie de la onzième et dernière ; il ne restait plus qu'une seule pierre à ajuster et à plâtrer. Je la remuai avec effort ; je la plaçai à peu près dans la position voulue. Mais alors s'échappa de la niche un rire étouffé qui me fit dresser les cheveux sur la tête. A ce rire succéda une voix triste que je reconnus difficilement pour celle du noble Fortunato. La voix disait :

– Ha ! ha ! ha ! – Hé ! hé ! – Une très bonne plaisanterie, en vérité ! – une excellente farce ! Nous en rirons de bon cœur au palais, – hé ! hé ! – de notre bon vin ! – hé ! hé ! hé !

– De l'amontillado ! – dis-je.

– Hé ! hé ! – hé ! hé ! – oui, de l'amontillado. Mais ne se fait-il pas tard ? Ne nous attendront-ils pas au palais, la signora Fortunato et les autres ? Allons-nous-en.

– Oui, – dis-je, – allons-nous-en.

– *Pour l'amour de Dieu, Montrésor !*

– Oui, – dis-je, – pour l'amour de Dieu !

Mais à ces mots point de réponse ; je tendis l'oreille en vain. Je m'impatientai. J'appelai très haut :

– Fortunato !

Pas de réponse. J'appelai de nouveau :

– Fortunato !

Rien. – J'introduisis une torche à travers l'ouverture qui restait et la laissai tomber en dedans. Je ne reçus en manière de réplique qu'un cliquetis de sonnettes. Je me sentis mal au cœur, – sans doute par suite de l'humidité des catacombes. Je me hâtai de mettre fin à ma besogne. Je fis un effort, et j'ajustai la dernière pierre ; je la recouvris de mortier. Contre la nouvelle maçonnerie je rétablis l'ancien rempart d'ossements. Depuis un demi-siècle aucun mortel ne les a dérangés. *In pace requiescat !*

Le masque de la Mort Rouge

Traduit par Charles Baudelaire

La *Mort Rouge* avait pendant longtemps dépeuplé la contrée. Jamais peste ne fut si fatale, si horrible. Son avatar, c'était le sang, – la rougeur et la hideur du sang. C'étaient des douleurs aiguës, un vertige soudain, et puis un suintement abondant par les pores, et la dissolution de l'être. Des taches pourpres sur le corps, et spécialement sur le visage de la victime, la mettaient au ban de l'humanité, et lui fermaient tout secours et toute sympathie. L'invasion, le progrès, le résultat de la maladie, tout cela était l'affaire d'une demi-heure.

Mais le prince Prospero était heureux, et intrépide, et sagace. Quand ses domaines furent à moitié dépeuplés, il convoqua un millier d'amis vigoureux et allègres de cœur, choisis parmi les chevaliers et les dames de sa cour ; et se fit avec eux une retraite profonde dans une de ses abbayes fortifiées. C'était un vaste et magnifique bâtiment, une création du prince, d'un goût excentrique et cependant grandiose. Un mur épais et haut lui faisait une ceinture. Ce mur avait des portes de fer. Les courtisans, une fois entrés, se servirent de fourneaux et de solides marteaux pour souder les verrous. Ils résolurent de se barricader contre les impulsions soudaines du désespoir extérieur et de fermer toute issue aux frénésies du dedans. L'abbaye fut largement approvisionnée. Grâce à ces précautions, les courtisans pouvaient jeter le défi à la contagion. Le monde extérieur s'arrangerait comme il pourrait. En attendant, c'était folie de s'affliger ou de penser. Le prince avait pourvu à tous les moyens de plaisir. Il y avait des bouffons, il y avait des improvisateurs, des danseurs, des musiciens, il y avait le beau sous toutes ses formes, il y avait le vin. En dedans, il y avait toutes ces belles choses et la sécurité. Au-dehors, la *Mort Rouge*.

Ce fut vers la fin du cinquième ou sixième mois de sa retraite, et pendant que le fléau sévissait au-dehors avec le plus de rage, que le prince Prospero gratifia ses mille amis d'un bal masqué de la plus insolite magnificence.

Tableau voluptueux que cette mascarade ! Mais d'abord laissez-moi vous décrire les salles où elle eut lieu. Il y en avait sept, – une enfilade impériale. Dans beaucoup de palais, ces séries de salons forment de longues perspectives en ligne droite, quand les battants des portes sont rabattus sur les murs de chaque côté, de sorte que le regard s'enfonce jusqu'au bout sans obstacle. Ici, le cas était fort différent, comme on pouvait s'y attendre de la part du duc et de son goût très vif pour le bizarre. Les salles étaient si irrégulièrement disposées que l'œil n'en pouvait guère embrasser plus d'une à la fois. Au bout d'un espace de vingt à trente yards il y avait un brusque détour, et à chaque coude un nouvel aspect. A droite et à gauche, au milieu de chaque mur, une haute et étroite fenêtre gothique donnait sur un corridor fermé qui suivait les sinuosités de l'appartement. Chaque fenêtre était faite de verres colorés en harmonie avec le ton dominant dans les décorations de la salle sur laquelle elle s'ouvrait. Celle qui occupait l'extrémité orientale, par exemple, était tendue de bleu, – et les fenêtres étaient d'un bleu profond. La seconde pièce était ornée et tendue de pourpre, et les carreaux étaient pourpres. La troisième, entièrement verte, et vertes les fenêtres. La quatrième, décorée d'orange, était éclairée par une fenêtre orangée, – la cinquième, blanche, – la sixième, violette.

La septième salle était rigoureusement ensevelie de tentures de velours noir qui revêtaient tout le plafond et les murs, et retombaient en lourdes nappes sur un tapis de même étoffe et de même couleur. Mais, dans cette chambre seulement, la couleur des fenêtres ne correspondait pas à la décoration. Les carreaux étaient écarlates, – d'une couleur intense de sang.

Or, dans aucune des sept salles, à travers les ornements d'or éparpillés à profusion çà et là ou suspendus aux lambris, on ne voyait de lampe ni de candélabre. Ni lampes, ni bougies ; aucune lumière de cette sorte dans cette longue suite de pièces. Mais, dans les corridors qui leur servaient de ceinture, juste en face de chaque fenêtre, se dressait un énorme trépied, avec un brasier éclatant, qui projetait ses rayons à travers les carreaux de couleur et illuminait la salle d'une manière éblouissante. Ainsi se produisaient une multitude d'aspects chatoyants et fantastiques. Mais dans la chambre de l'ouest, la chambre noire, la lumière du brasier qui ruisselait sur les tentures noires à travers les carreaux sanglants était épouvantablement sinistre, et donnait aux physionomies des imprudents qui y entraient un aspect tellement étrange, que bien peu de danseurs se sentaient le courage de mettre les pieds dans son enceinte magique.

C'était aussi dans cette salle que s'élevait, contre le mur de l'ouest, une gigantesque horloge d'ébène. Son pendule se balançait avec un tic-tac sourd, lourd, monotone ; et quand l'aiguille des minutes avait fait le circuit du cadran et que l'heure allait sonner, il s'élevait des poumons d'airain de la machine un son clair, éclatant, profond et excessivement musical, mais d'une note si particulière et d'une énergie telle, que d'heure en heure, les musiciens de l'orchestre étaient contraints d'interrompre un instant leurs accords pour écouter la musique de l'heure ; les valseurs alors cessaient forcément leurs évolutions ; un trouble momentané courait dans toute la joyeuse compagnie ; et, tant que vibrait le carillon, on remarquait que les plus fous devenaient pâles, et que les plus âgés et les plus rassis passaient leurs mains sur leurs fronts, comme dans une méditation ou une rêverie délirante. Mais quand l'écho s'était tout à fait évanoui, une légère hilarité circulait par toute l'assemblée ; les musiciens s'entre-regardaient et souriaient de leurs nerfs et de leur folie, et se juraient tout bas, les uns aux autres, quc la prochaine sonnerie ne produirait pas en eux la même émotion ; et puis, après la fuite des soixante minutes qui comprennent les trois mille six cents secondes de l'heure disparue, arrivait une nouvelle sonnerie de la fatale horloge, et c'étaient le même trouble, le même frisson, les mêmes rêveries.

Mais en dépit de tout cela, c'était une joyeuse et magnifique orgie. Le goût du duc était tout particulier. Il avait un œil sûr à l'endroit des couleurs et des effets. Il méprisait le *décorum* de la mode. Ses plans étaient téméraires et sauvages, et ses conceptions brillaient d'une splendeur barbare. Il y a des gens qui l'auraient jugé fou. Ses courtisans sentaient bien qu'il ne l'était pas. Mais il fallait l'entendre, le voir, le toucher, pour être sûr qu'il ne l'était pas.

Il avait, à l'occasion de cette grande fête, présidé en grande partie à la décoration mobilière des sept salons, et c'était son goût personnel qui avait commandé le style des travestissements. A coup sûr, c'étaient des conceptions grotesques. C'était éblouissant, étincelant ; il y avait du piquant et du fantastique, – beaucoup de ce qu'on a vu depuis dans *Hernani*. Il y avait des figures vraiment arabesques, absurdement équipées, incongrûment bâties ; des fantaisies monstrueuses comme la folie ; il y avait du beau, du licencieux, du bizarre en quantité, tant soit peu de terrible, et du dégoûtant à foison. Bref, c'était comme une multitude de rêves qui se pavanaient çà et là dans les sept salons. Et ces rêves se contorsionnaient en tous sens, prenant la couleur des chambres ; et l'on eût dit qu'ils exécutaient la musique avec leurs pieds, et que les airs étranges de l'orchestre étaient l'écho de leurs pas.

Et de temps en temps, on entend sonner l'horloge d'ébène de la salle de velours. Et alors, pour un moment, tout s'arrête, tout se tait, excepté la voix de l'horloge. Les rêves sont glacés, paralysés dans leurs postures. Mais les échos de la sonnerie s'évanouissent, – ils n'ont duré qu'un instant, – et à peine ont-ils fui, qu'une hilarité légère et mal contenue circule partout. Et la musique s'enfle de nouveau, et les rêves revivent, et ils se tordent çà et là plus joyeusement que jamais, reflétant la couleur des fenêtres à travers lesquelles ruisselle le rayonnement des trépieds. Mais dans la chambre qui est là-bas tout à l'ouest aucun masque n'ose maintenant s'aventurer ; car la nuit avance, et une lumière plus rouge afflue à travers les carreaux couleur de sang, et la noirceur des draperies funèbres est effrayante ; et à l'étourdi qui met le pied sur le tapis funèbre l'horloge d'ébène envoie un carillon plus lourd, plus solennellement énergique que celui qui frappe les oreilles des masques tourbillonnant dans l'insouciance lointaine des autres salles.

Quant à ces pièces-là, elles fourmillaient de monde, et le cœur de la vie y battait fiévreusement. Et la fête tourbillonnait toujours, lorsque s'éleva enfin le son de minuit de l'horloge. Alors, comme je l'ai dit, la musique s'arrêta ; le tournoiement des valseurs fut suspendu ; il se fit partout, comme naguère, une anxieuse immobilité. Mais le timbre de l'horloge avait cette fois douze coups à sonner ; aussi, il se peut bien que plus de pensée se soit glissé dans les méditations de ceux qui pensaient parmi cette foule festoyante. Et ce fut peut-être aussi pour cela que plusieurs personnes parmi cette foule, avant que les derniers échos du dernier coup fussent noyés dans le silence, avaient eu le temps de s'apercevoir de la présence d'un masque qui jusque-là n'avait aucunement attiré l'attention. Et, la nouvelle de cette intrusion s'étant répandue en un chuchotement à la ronde, il s'éleva de toute l'assemblée un bourdonnement, un murmure significatif d'étonnement et de désapprobation, – puis, finalement, de terreur, d'horreur et de dégoût.

Dans une réunion de fantômes telle que je l'ai décrite, il fallait sans doute une apparition bien extraordinaire pour causer une telle sensation. La licence carnavalesque de cette nuit était, il est vrai, à peu près illimitée ; mais le personnage en question avait dépassé l'extravagance d'un Hérode, et franchi les bornes – cependant complaisantes – du décorum imposé par le prince. Il y a dans les cœurs des plus insouciants des cordes qui ne se laissent pas toucher sans émotion. Même chez les plus dépravés, chez ceux pour qui la vie et la mort sont également un jeu, il y a des choses avec lesquelles on ne peut pas jouer. Toute l'assemblée parut alors sentir profondément le mauvais goût et l'inconvenance de la conduite et du costume de l'étranger. Le personnage était grand et décharné, et enveloppé d'un suaire de la tête aux pieds. Le masque qui cachait le visage représentait si bien la physionomie d'un cadavre raidi, que l'analyse la plus minutieuse aurait difficilement découvert l'artifice. Et cependant, tous ces fous joyeux auraient peut-être supporté, sinon approuvé, cette laide plaisanterie. Mais le masque avait été jusqu'à adopter le type de la *Mort Rouge*. Son vêtement était barbouillé de sang, – et son large front, ainsi que tous les traits de sa face, étaient aspergés de l'épouvantable écarlate.

Quand les yeux du prince Prospero tombèrent sur cette figure de spectre, – qui, d'un mouvement lent, solennel, emphatique, comme pour mieux soutenir son rôle, se promenait çà et là à travers les danseurs, –

on le vit d'abord convulsé par un violent frisson de terreur ou de dégoût ; mais une seconde après, son front s'empourpra de rage.

– Qui ose, – demanda-t-il, d'une voix enrouée, aux courtisans debout près de lui, – qui ose nous insulter par cette ironie blasphématoire ? Emparez-vous de lui, et démasquez-le, – que nous sachions qui nous aurons à pendre aux créneaux, au lever du soleil !

C'était dans la chambre de l'est ou chambre bleue, que se trouvait le prince Prospero, quand il prononça ces paroles. Elles retentirent fortement et clairement à travers les sept salons, – car le prince était un homme impérieux et robuste, et la musique s'était tue à un signe de sa main.

C'était dans la chambre bleue que se tenait le prince, avec un groupe de pâles courtisans à ses côtés. D'abord, pendant qu'il parlait, il y eut parmi le groupe un léger mouvement en avant dans la direction de l'intrus, qui fut un instant presque à leur portée, et qui maintenant, d'un pas délibéré et majestueux, se rapprochait de plus en plus du prince. Mais par suite d'une certaine terreur indéfinissable que l'audace insensée du masque avait inspirée à toute la société, il ne se trouva personne pour lui mettre la main dessus ; si bien que, ne trouvant aucun obstacle, il passa à deux pas de la personne du prince ; et, pendant que l'immense assemblée, comme obéissant à un seul mouvement, reculait du centre de la salle vers les murs, il continua sa route sans interruption, de ce même pas solennel et mesuré qui l'avait tout d'abord caractérisé, de la chambre bleue à la chambre pourpre, – de la chambre pourpre à la chambre verte, – de la verte à l'orange, – de celle-ci à la blanche, – et de celle-là à la violette, avant qu'on eût fait un mouvement décisif pour l'arrêter.

Ce fut alors, toutefois, que le prince Prospero, exaspéré par la rage et la honte de sa lâcheté d'une minute, s'élança précipitamment à travers les six chambres, où nul ne le suivit ; car une terreur mortelle s'était emparée de tout le monde. Il brandissait un poignard nu, et s'était approché impétueusement à une distance de trois ou quatre pieds du fantôme qui battait en retraite, quand ce dernier, arrivé à l'extrémité de la salle de velours, se retourna brusquement et fit face à celui qui le poursuivait. Un cri aigu partit, – et le poignard glissa avec un éclair sur le tapis funèbre où le prince Prospero tombait mort une seconde après.

Alors, invoquant le courage violent du désespoir, une foule de masques se précipita à la fois dans la chambre noire ; et, saisissant l'inconnu, qui se tenait, comme une grande statue, droit et immobile dans l'ombre de l'horloge d'ébène, ils se sentirent suffoqués par une terreur sans nom, en voyant que sous le linceul et le masque cadavéreux, qu'ils avaient empoignés avec une si violente énergie, ne logeait aucune forme palpable.

On reconnut alors la présence de la *Mort Rouge*. Elle était venue comme un voleur de nuit. Et tous les convives tombèrent un à un dans les salles de l'orgie inondées d'une rosée sanglante, et chacun mourut dans la posture désespérée de sa chute.

Et la vie de l'horloge d'ébène disparut avec celle du dernier de ces êtres joyeux. Et les flammes des trépieds expirèrent. Et les Ténèbres, et la Ruine, et la *Mort Rouge* établirent sur toutes choses leur empire illimité.

[illegible] dans [illegible]

Alors, alors qu'il [illegible] une [illegible] dans le [illegible]

[illegible] énergie, [illegible]

[illegible]

Et la [illegible]

Le puits et le pendule

Traduit par Charles Baudelaire

Impia tortorum longos hic turba furores,
Sanguinis innocui non satiata, aluit.
Sospite nunc patria, fracto nunc funeris antro,
Mors ubi dira fuit vita salusque patent.

Quatrain composé
pour les portes d'un marché
qui devait s'élever
sur l'emplacement du club
des Jacobins, à Paris[1].

J'étais brisé, – brisé jusqu'à la mort par cette longue agonie ; et, quand enfin ils me délièrent et qu'il me fut permis de m'asseoir, je sentis que mes sens m'abandonnaient. La sentence, – la terrible sentence de mort, fut la dernière phrase distinctement accentuée qui frappa mes oreilles. Après quoi le son des voix des inquisiteurs me parut se noyer dans le bourdonnement indéfini d'un rêve. Ce bruit apportait dans mon âme l'idée d'une rotation, – peut-être à

1. Ce marché, – marché Saint-Honoré, – n'a jamais eu ni portes ni inscriptions. L'inscription a-t-elle existé en projet ? – C. B.

cause que dans mon imagination je l'associais avec une roue de moulin. Mais cela ne dura que fort peu de temps ; car tout d'un coup je n'entendis plus rien. Toutefois, pendant quelque temps encore, je vis ; mais avec quelle terrible exagération ! Je voyais les lèvres des juges en robe noire. Elles m'apparaissaient blanches, – plus blanches que la feuille sur laquelle je trace ces mots, – et minces jusqu'au grotesque ; amincies par l'intensité de leur expression de dureté, – d'immuable résolution, – de rigoureux mépris de la douleur humaine. Je voyais que les décrets de ce qui pour moi représentait le Destin coulaient encore de ces lèvres. Je les vis se tordre en une phrase de mort. Je les vis figurer les syllabes de mon nom ; et je frissonnai, sentant que le son ne suivait pas le mouvement. Je vis aussi, pendant quelques moments d'horreur délirante, la molle et presque imperceptible ondulation des draperies noires qui revêtaient les murs de la salle. Et alors ma vue tomba sur les sept grands flambeaux qui étaient posés sur la table. D'abord ils revêtirent l'aspect de la Charité, et m'apparurent comme des anges blancs et sveltes qui devaient me sauver ; mais alors, et tout d'un coup, une nausée mortelle envahit mon âme, et je sentis chaque fibre de mon être frémir comme si j'avais touché le fil d'une pile voltaïque ; et ces formes angéliques devenaient des spectres insignifiants, avec des têtes de flamme, et je voyais bien qu'il n'y avait aucun secours à espérer d'eux. Et alors se glissa dans mon imagination, comme une riche note musicale, l'idée du repos délicieux qui nous attend dans la tombe. L'idée vint doucement et furtivement, et il me sembla qu'il me fallut un long temps pour en avoir une appréciation complète ; mais, au moment même où mon esprit commençait enfin à bien sentir et à choyer cette idée, les figures des juges s'évanouirent comme par magie ; les grands flambeaux se réduisirent à néant ; leurs flammes s'éteignirent entièrement ; le noir des ténèbres survint ; toutes sensations parurent s'engloutir comme dans un plongeon fou et précipité de l'âme dans l'Hadès. Et l'univers ne fut plus que nuit, silence, immobilité.

J'étais évanoui ; mais cependant, je ne dirai pas que j'eusse perdu toute conscience. Ce qu'il m'en restait, je n'essaierai pas de le définir, ni même de le décrire ; mais enfin tout n'était pas perdu. Dans le plus profond sommeil, – non ! Dans le délire, – non ! Dans l'évanouissement, – non ! Dans la mort, – non ! Même dans le tombeau tout n'est pas perdu. Autrement il n'y aurait pas d'immortalité pour l'homme. En nous éveillant du plus profond sommeil, nous déchirons la toile aranéeuse de quelque rêve. Cependant une seconde après, – tant était frêle peut-être ce tissu, – nous ne nous souvenons pas d'avoir rêvé. Dans le retour de l'évanouissement à la vie, il y a deux degrés : le premier, c'est le sentiment de l'existence morale ou spirituelle ; le second, le sentiment de l'existence physique. Il semble probable que si, en arrivant au second degré, nous pouvions évoquer les impressions du premier, nous y retrouverions tous les éloquents souvenirs du gouffre transmondain. Et ce gouffre, quel est-il ? Comment du moins distinguerons-nous ses ombres de celles de la tombe ? Mais si les impressions de ce que j'ai appelé le premier degré ne reviennent pas à l'appel de la volonté, toutefois, après un long intervalle, n'apparaissent-elles pas sans y être invitées, cependant que nous nous émerveillons d'où elles peuvent sortir ? Celui-là qui ne s'est jamais évanoui n'est pas celui qui découvre d'étranges palais et des visages bizarrement familiers dans les braises ardentes ; ce n'est pas lui qui contemple, flottantes au milieu de l'air, les mélancoliques visions que le vulgaire ne peut apercevoir ; ce n'est pas lui qui médite sur le parfum de quelque fleur inconnue, – ce n'est pas lui dont le cerveau s'égare dans le mystère de quelque mélodie qui jusqu'alors n'avait jamais arrêté son attention.

Au milieu de mes efforts répétés et intenses, de mon énergique application à ramasser quelque vestige de cet état de néant apparent dans lequel avait glissé mon âme, il y a eu des moments où je rêvais que je réussissais ; il y a eu de courts instants, de très courts instants où j'ai conjuré des souvenirs que ma raison lucide, dans une époque postérieure, m'a affirmé ne pouvoir se rapporter qu'à cet état où la conscience paraît annihilée. Ces ombres de souvenirs me présentent, très distinctement, de grandes figures qui m'enlevaient, et silencieusement me transportaient en bas, – et encore en bas, – toujours plus bas, – jusqu'au moment où un vertige horrible m'oppressa à la simple idée de l'infini dans la descente. Elles me rappellent aussi je ne sais quelle vague horreur que j'éprouvais au cœur, en raison même du calme surnaturel de ce cœur. Puis vient le sentiment d'une immobilité soudaine dans tous les êtres environnants ; comme si ceux qui me portaient, – un cortège de spectres ! – avaient dépassé dans leur descente les limites de l'illimité, et s'étaient arrêtés, vaincus par l'infini ennui de leur besogne. Ensuite mon âme retrouve une sensation de fadeur et d'humidité ; et puis tout n'est plus que folie, – la folie d'une mémoire qui s'agite dans l'abominable.

Très soudainement revinrent dans mon âme son et mouvement, – le mouvement tumultueux du cœur, et dans mes oreilles le bruit de ses battements. Puis une pause dans laquelle tout disparaît. Puis de nouveau, le son, le mouvement et le toucher, – comme une sensation vibrante pénétrant mon être. Puis la simple conscience de mon existence, sans pensée, – situation qui dura longtemps. Puis, très soudainement, la *pensée*, et une terreur frissonnante, et un ardent effort de comprendre au vrai mon état. Puis un vif désir de retomber dans l'insensibilité. Puis brusque renaissance de l'âme et tentative réussie de mouvement. Et alors le souvenir complet du procès, des draperies noires, de la sentence, de ma faiblesse, de mon évanouissement. Quant à tout ce qui suivit, l'oubli le plus complet ; ce n'est que plus tard et par l'application la plus énergique que je suis parvenu à me le rappeler vaguement.

Jusque-là je n'avais pas ouvert les yeux, je sentais que j'étais couché sur le dos et sans liens. J'étendis ma main, et elle tomba lourdement sur quelque chose d'humide et dur. Je la laissai reposer ainsi pendant quelques minutes, m'évertuant à deviner où je pouvais être, et *ce que* j'étais devenu. J'étais impatient de me servir de mes yeux, mais je n'osais pas. Je redoutais le premier coup d'œil sur les objets environnants. Ce n'était pas que je craignisse de regarder des choses horribles, mais j'étais épouvanté de l'idée de ne rien voir. A la longue, avec une folle angoisse de cœur, j'ouvris vivement les yeux. Mon affreuse pensée se trouvait donc confirmée. La noirceur de l'éternelle nuit m'enveloppait. Je fis un effort pour respirer. Il me semblait que l'intensité des ténèbres m'oppressait et me suffoquait. L'atmosphère était intolérablement lourde. Je restai paisiblement couché, et je fis un effort pour exercer ma raison. Je me rappelai les procédés de l'Inquisition, et, partant de là, je m'appliquai à en déduire ma position réelle. La sentence avait été prononcée, et il me semblait que depuis lors il s'était écoulé un long intervalle de temps. Cependant je n'imaginai pas un seul instant que je fusse réellement mort. Une telle idée, en dépit de toutes les fictions littéraires, est tout à fait incompatible avec l'existence réelle ; – mais où étais-je, et dans quel état ? Les condamnés à mort, je le savais, mouraient ordinairement dans les *autodafés*. Une solennité de ce genre avait été célébrée le soir même du jour de mon jugement. Avais-je été réintégré dans mon cachot pour y attendre le prochain sacrifice qui ne devait avoir lieu que dans quelques mois ? Je vis tout d'abord que cela ne pouvait pas être. Le contingent des victimes avait été mis immédiatement en réquisition ; de plus, mon premier cachot, comme toutes les cellules des condamnés à Tolède, était pavé de pierres, et la lumière n'en était pas tout à fait exclue.

Tout à coup une idée terrible chassa le sang par torrents vers mon cœur, et, pendant quelques instants, je retombais de nouveau dans mon insensibilité. En revenant à moi, je me dressai d'un seul coup sur mes pieds, tremblant convulsivement dans chaque fibre. J'étendis follement mes bras au-dessus et autour de moi, dans tous les sens. Je ne sentais rien ;

cependant je tremblais de faire un pas, j'avais peur de me heurter contre les murs de ma tombe. La sueur jaillissait de tous mes pores et s'arrêtait en grosses gouttes froides sur mon front. L'agonie de l'incertitude devint à la longue intolérable, et je m'avançai avec précaution, étendant les bras et dardant mes yeux hors de leurs orbites, dans l'espérance de surprendre quelque faible rayon de lumière. Je fis plusieurs pas, mais tout était noir et vide. Je respirai plus librement. Enfin il me parut évident que la plus affreuse des destinées n'était pas celle qu'on m'avait réservée.

Et alors, comme je continuais à m'avancer avec précaution, mille vagues rumeurs qui couraient sur ces horreurs de Tolède vinrent se presser pêle-mêle dans ma mémoire. Il se racontait sur ces cachots d'étranges choses, – je les avais toujours considérées comme des fables, – mais cependant si étranges et si effrayantes qu'on ne les pouvait répéter qu'à voix basse. Devais-je mourir de faim dans ce monde souterrain de ténèbres, – ou quelle destinée, plus terrible encore peut-être, m'attendait ? Que le résultat fût la mort, et une mort d'une amertume choisie, je connaissais trop bien le caractère de mes juges pour en douter ; le mode et l'heure étaient tout ce qui m'occupait et me tourmentait.

Mes mains étendues rencontrèrent à la longue un obstacle solide. C'était un mur, qui semblait construit en pierres, – très lisse, humide et froid. Je le suivis de près, marchant avec la soigneuse méfiance que m'avaient inspirée certaines anciennes histoires. Cette opération néanmoins ne me donnait aucun moyen de vérifier la dimension de mon cachot ; car je pouvais en faire le tour et revenir au point d'où j'étais parti sans m'en apercevoir, tant le mur semblait parfaitement uniforme. C'est pourquoi je cherchai le couteau que j'avais dans ma poche quand on m'avait conduit au tribunal ; mais il avait disparu, mes vêtements ayant été changés contre une robe de serge grossière. J'avais eu l'idée d'enfoncer la lame dans quelque menue crevasse de la maçonnerie, afin de bien constater mon point de départ. La difficulté cependant était bien vulgaire ; mais d'abord, dans le désordre de ma pensée, elle me sembla insurmontable. Je déchirai une partie de l'ourlet de ma robe, et je plaçai le morceau par terre dans toute sa longueur et à angle droit contre le mur. En suivant mon chemin à tâtons autour de mon cachot, je ne pouvais pas manquer de rencontrer ce chiffon en achevant le circuit. Du moins je le croyais ; mais je n'avais pas tenu compte de l'étendue de mon cachot ou de ma faiblesse. Le terrain était humide et glissant. J'allai en chancelant pendant quelque temps, puis je trébuchai, je tombai. Mon extrême fatigue me décida à rester couché, et le sommeil me surprit bientôt dans cet état.

En m'éveillant et en étendant un bras, je trouvai à côté de moi un pain et une cruche d'eau. J'étais trop épuisé pour réfléchir sur cette circonstance, mais je bus et mangeai avec avidité. Peu de temps après je repris mon voyage autour de ma prison, et avec beaucoup de peine j'arrivai au lambeau de serge. Au moment où je tombai, j'avais compté déjà cinquante-deux pas, et, en reprenant ma promenade, j'en comptai encore quarante-huit, – quand je rencontrai mon chiffon. Donc, en tout, cela faisait cent pas ; et, en supposant que deux pas fissent un yard, je présumai que le cachot avait cinquante yards de circuit. J'avais toutefois rencontré beaucoup d'angles dans le mur, et ainsi il n'y avait guère moyen de conjecturer la forme du caveau ; car je ne pouvais m'empêcher de supposer que c'était un caveau.

Je ne mettais pas un bien grand intérêt dans ces recherches, – à coup sûr pas d'espoir ; mais une vague curiosité me poussa à les continuer. Quittant le mur, je résolus de traverser la superficie circonscrite. D'abord, j'avançai avec une extrême précaution ; car le sol, quoique paraissant fait d'une matière dure, était traître et gluant. A la longue cependant je pris courage, et je me mis à marcher avec assurance, m'appliquant à traverser en ligne aussi droite que possible. Je m'étais ainsi avancé de dix ou douze pas environ, quand le reste de l'ourlet déchiré de ma robe s'entortilla dans mes jambes. Je marchai dessus et tombai violemment sur le visage.

Dans le désordre de ma chute, je ne remarquai pas tout de suite une circonstance passablement surprenante, qui cependant, quelques secondes après, et comme j'étais encore étendu, fixa mon attention. Voici : mon menton posait sur le sol de la prison, mais mes lèvres et la partie supérieure de ma tête, quoique paraissant situées à une moindre élévation que le menton, ne touchaient à rien. En même temps il me sembla que mon front était baigné d'une vapeur visqueuse et qu'une odeur particulière de vieux champignons montait vers mes narines. J'étendis le bras, et je frissonnai en découvrant que j'étais tombé sur le bord même d'un puits circulaire, dont je n'avais, pour le moment, aucun moyen de mesurer l'étendue.

En tâtant la maçonnerie juste au-dessous de la margelle, je réussis à déloger un petit fragment, et je le laissai tomber dans l'abîme. Pendant quelques secondes je prêtai l'oreille à ses ricochets ; il battait dans sa chute les parois du gouffre ; à la fin, il fit dans l'eau un lugubre plongeon, suivi de bruyants échos. Au même instant un bruit se fit au-dessus de ma tête, comme d'une porte presque aussitôt fermée qu'ouverte, pendant qu'un faible rayon de lumière traversait soudainement l'obscurité et s'éteignait presque en même temps.

Je vis clairement la destinée qui m'avait été préparée, et je me félicitai de l'accident opportun qui m'avait sauvé. Un pas de plus, et le monde ne m'aurait plus revu. Et cette mort évitée à temps portait ce même caractère que j'avais regardé comme fabuleux et absurde dans les contes qui se faisaient sur l'Inquisition. Les victimes de sa tyrannie n'avaient pas d'autre alternative que la mort avec ses plus cruelles agonies physiques, ou la mort avec ses plus abominables tortures morales. J'avais été réservé pour cette dernière. Mes nerfs étaient détendus par une longue souffrance, au point que je tremblais au son de ma propre voix, et j'étais devenu à tous égards un excellent sujet pour l'espèce de torture qui m'attendait.

Tremblant de tous mes membres, je rebroussai chemin à tâtons vers le mur, – résolu à m'y laisser mourir plutôt que d'affronter l'horreur des puits, que mon imagination multipliait maintenant dans les ténèbres de mon cachot. Dans une autre situation d'esprit, j'aurais eu le courage d'en finir avec mes misères, d'un seul coup, par un plongeon dans l'un de ces abîmes ; mais maintenant j'étais le plus parfait des lâches. Et puis il m'était impossible d'oublier ce que j'avais lu au sujet de ces puits, – que l'extinction *soudaine* de la vie était une possibilité soigneusement exclue par l'infernal génie qui en avait conçu le plan.

L'agitation de mon esprit me tint éveillé pendant de longues heures ; mais à la fin je m'assoupis de nouveau. En m'éveillant, je trouvai à côté de moi, comme la première fois, un pain et une cruche d'eau. Une soif brûlante me consumait, et je vidai la cruche tout d'un trait. Il faut que cette eau ait été droguée, – car à peine l'eus-je bue que je m'assoupis irrésistiblement. Un profond sommeil tomba sur moi, – un sommeil semblable à celui de la mort. Combien de temps dura-t-il, je n'en puis rien savoir ; mais, quand je rouvris les yeux, les objets autour de moi étaient visibles. Grâce à une lueur singulière, sulfureuse, dont je ne pus pas d'abord découvrir l'origine, je pouvais voir l'étendue et l'aspect de la prison.

Je m'étais grandement mépris sur sa dimension. Les murs ne pouvaient pas avoir plus de vingt-cinq yards de circuit. Pendant quelques minutes cette découverte fut pour moi un immense trouble ; trouble bien puéril en vérité, – car, au milieu des circonstances terribles qui m'entouraient, que pouvait-il y avoir de moins important que les dimensions de ma prison ? Mais mon âme mettait un intérêt bizarre dans des niaiseries, et je m'appliquai fortement à me rendre compte de l'erreur que j'avais commise dans mes mesures. A la fin, la vérité m'apparut comme un éclair. Dans la première tentative d'exploration, j'avais compté cinquante-deux pas, jusqu'au moment où je tombai ; je devais être alors à un pas ou deux du morceau de serge ; dans le fait, j'avais presque accompli le circuit du caveau. Je m'endormis alors, – et, en m'éveillant, il faut que je sois retourné sur mes pas, – créant ainsi un circuit presque double du circuit réel. La confusion de mon cerveau m'avait empêché de remarquer que j'avais commencé mon tour avec le mur à ma gauche, et que je le finissais avec le mur à ma droite.

Je m'étais aussi trompé relativement à la forme de l'enceinte. En tâtant ma route, j'avais trouvé beaucoup d'angles, et j'en avais déduit l'idée d'une grande irrégularité ; tant est puissant l'effet d'une totale obscurité sur quelqu'un qui sort d'une léthargie ou d'un sommeil ! Ces angles étaient simplement produits par quelques légères dépressions ou retraits à des intervalles inégaux. La forme générale de la prison était un carré. Ce que j'avais pris pour de la maçonnerie semblait maintenant de fer, ou tout autre métal, en plaques énormes, dont les sutures et les joints occasionnaient les dépressions. La surface entière de cette construction métallique était grossièrement barbouillée de tous les emblèmes hideux et répulsifs auxquels la superstition sépulcrale des moines a donné naissance. Des figures de démons, avec des airs de menace, avec des formes de squelettes, et d'autres images d'une horreur plus réelle souillaient les murs dans toute leur étendue. J'observai que les contours de ces monstruosités étaient suffisamment distincts, mais que les couleurs étaient flétries et altérées, comme par l'effet d'une atmosphère humide. Je remarquai alors le sol, qui était en pierre. Au centre bâillait le puits circulaire, à la gueule duquel j'avais échappé ; mais il n'y en avait qu'un seul dans le cachot.

Je vis tout cela indistinctement et non sans effort, – car ma situation physique avait singulièrement changé pendant mon sommeil. J'étais maintenant couché sur le dos, tout de mon long, sur une espèce de charpente de bois très basse. J'y étais solidement attaché avec une longue bande qui ressemblait à une sangle. Elle s'enroulait plusieurs fois autour de mes membres et de mon corps, ne laissant de liberté qu'à ma tête et à mon bras gauche ; mais encore me fallait-il faire un effort des plus pénibles pour me procurer la nourriture contenue dans un plat de terre posé à côté de moi sur le sol. Je m'aperçus avec terreur que la cruche avait été enlevée. Je dis : avec terreur, car j'étais dévoré d'une intolérable soif. Il me sembla qu'il entrait dans le plan de mes bourreaux d'exaspérer cette soif, – car la nourriture contenue dans le plat était une viande cruellement assaisonnée.

Je levai les yeux, et j'examinai le plafond de ma prison. Il était à une hauteur de trente ou quarante pieds, et, par sa construction, il ressemblait beaucoup aux murs latéraux. Dans un de ses panneaux, une figure des plus singulières fixa toute mon attention. C'était la figure peinte du Temps, comme il est représenté d'ordinaire, sauf qu'au lieu d'une faux il tenait un objet qu'au premier coup d'œil je pris pour l'image peinte d'un énorme pendule, comme on en voit dans les horloges antiques. Il y avait néanmoins dans l'aspect de cette machine quelque chose qui me fit la regarder avec plus d'attention. Comme je l'observais directement, les yeux en l'air, – car elle était placée juste au-dessus de moi, – je crus la voir remuer. Un instant après, mon idée était confirmée. Son balancement était court, et naturellement très lent. Je l'épiai pendant quelques minutes, non sans une certaine défiance, mais surtout avec étonnement. Fatigué à la longue de surveiller son mouvement fastidieux, je tournai mes yeux vers les autres objets de la cellule.

Un léger bruit attira mon attention, et, regardant le sol, je vis quelques rats énormes qui le traversaient. Ils étaient sortis par le puits, que je pouvais apercevoir à ma droite. Au même instant, comme je les regardais, ils montèrent par troupes, en toute hâte, avec des yeux voraces, affriandés par le fumet de la viande. Il me fallait beaucoup d'efforts et d'attention pour les en écarter.

Il pouvait bien s'être écoulé une demi-heure, peut-être même une heure, – car je ne pouvais mesurer le temps que très imparfaitement, – quand je levai de nouveau les yeux au-dessus de moi. Ce que je vis alors me confondit et me stupéfia. Le parcours du pendule s'était accru presque d'un yard ; sa vélocité, conséquence naturelle, était aussi beaucoup plus grande. Mais ce qui me troubla principalement fut l'idée qu'il était visiblement *descendu.* J'observai alors, – avec quel effroi, il est inutile de le dire, – que son extrémité inférieure était formée d'un croissant d'acier étincelant, ayant environ un pied de long d'une corne à l'autre ; les cornes dirigées en haut, et le tranchant inférieur évidemment affilé comme celui d'un rasoir. Comme un rasoir aussi, il paraissait lourd et massif, s'épanouissant, à partir du fil, en une forme large et solide. Il était ajusté à une lourde verge de cuivre, et le tout *sifflait* en se balançant à travers l'espace.

Je ne pouvais pas douter plus longtemps du sort qui m'avait été préparé par l'atroce ingéniosité monacale. Ma découverte du puits avait été devinée par les agents de l'Inquisition, – *le puits*, dont les horreurs avaient été réservées à un hérétique aussi téméraire que moi, – *le puits*, figure de l'enfer, et considéré par l'opinion comme l'*Ultima Thule* de tous leurs châtiments ! J'avais évité le plongeon par le plus fortuit des accidents, et je savais que l'art de faire du supplice un piège et une surprise formait une branche importante de tout ce fantastique système d'exécutions secrètes. Or, ayant manqué ma chute dans l'abîme, il n'entrait pas dans le plan démoniaque de m'y précipiter ; j'étais donc voué, – et cette fois sans alternative possible, – à une destruction différente et plus douce. – Plus douce ! J'ai presque souri dans mon agonie en pensant à la singulière application que je faisais d'un pareil mot.

Que sert-il de raconter les longues, longues heures d'horreur plus que mortelles durant lesquelles je comptai les oscillations vibrantes de l'acier ? Pouce par pouce, – ligne par ligne, – il opérait une descente graduée et seulement appréciable à des intervalles qui me paraissaient des siècles, – et toujours il descendait, – toujours plus bas, – toujours plus bas ! Il s'écoula des jours, – il se peut que plusieurs jours se soient écoulés, – avant qu'il vînt se balancer assez près de moi pour m'éventer avec son souffle âcre. L'odeur de l'acier aiguisé s'introduisait dans mes narines. Je priai le ciel – je le fatiguai de ma prière, – de faire descendre l'acier plus rapidement. Je devins fou, frénétique, et je m'efforçai de me soulever, d'aller à la rencontre de ce terrible cimeterre mouvant. Et puis, soudainement, je tombai dans un grand calme, – et je restai étendu, souriant à cette mort étincelante, comme un enfant à quelque précieux joujou.

Il se fit un nouvel intervalle de parfaite insensibilité ; intervalle très court, car, en revenant à la vie, je ne trouvai pas que le pendule fût descendu d'une quantité appréciable. Cependant il se pourrait bien que ce temps eût été long, – car je savais qu'il y avait des démons qui avaient pris note de mon évanouissement, et qui pouvaient arrêter la vibration à leur gré. En revenant à moi, j'éprouvai un malaise et une faiblesse – oh ! inexprimables, – comme par suite d'une longue inanition. Même au milieu des angoisses présentes, la nature humaine implorait sa nourriture. Avec un effort pénible, j'étendis mon bras gauche aussi loin que mes liens me le permettaient, et je m'emparai d'un petit reste que les rats avaient bien voulu me laisser. Comme j'en portais une partie à mes lèvres, une pensée informe de joie, – d'espérance, – traversa mon esprit. Cependant, qu'y avait-il de commun entre *moi* et l'espérance ? C'était, dis-je, une pensée informe ; – l'homme en a souvent de semblables, qui ne sont jamais complétées. Je sentis que c'était une pensée de joie, – d'espérance ; mais je sentis aussi qu'elle était morte en naissant. Vainement je m'efforçai de la parfaire, – de la rattraper. Ma longue souffrance avait presque annihilé les facultés ordinaires de mon esprit. J'étais un imbécile, – un idiot.

La vibration du pendule avait lieu dans un plan faisant angle droit avec ma longueur. Je vis que le croissant avait été disposé pour traverser la région du cœur. Il éraillerait la serge de ma robe, – puis il reviendrait et répéterait son opération, – encore, – et encore. Malgré l'effroyable dimension de la courbe parcourue (quelque chose comme trente pieds, peut-être plus), et la sifflante énergie de sa descente, qui aurait suffi pour couper même ces murailles de fer, en somme, tout ce qu'il pouvait faire, pour quelques minutes, c'était d'érailler ma robe. Et sur cette pensée je fis une pause. Je n'osais pas aller plus loin que cette réflexion. Je m'appesantis là-dessus avec une attention opiniâtre, comme si, par cette insistance, je pouvais arrêter *là* la descente de l'acier. Je m'appliquai à méditer sur le son que produirait le croissant en passant à travers mon vêtement, – sur la sensation particulière et pénétrante que le frottement de la toile produit sur les nerfs. Je méditai sur toutes ces futilités, jusqu'à ce que mes dents fussent agacées.

Plus bas, – plus bas encore, – il glissait toujours plus bas. Je prenais un plaisir frénétique à comparer sa vitesse de haut en bas avec sa vitesse latérale. A droite, – à gauche, – et puis il fuyait loin, loin, et puis il revenait, – avec le glapissement d'un esprit damné ! – jusqu'à mon cœur, avec l'allure furtive du tigre ! Je riais et je hurlais alternativement, selon que l'une ou l'autre idée prenait le dessus.

Plus bas, – invariablement, impitoyablement plus bas ! Il vibrait à trois pouces de ma poitrine. Je m'efforçai violemment, – furieusement, – de délivrer mon bras gauche. Il était libre seulement depuis le coude jusqu'à la main. Je pouvais faire jouer ma main depuis le plat situé à côté de moi jusqu'à ma bouche, avec un grand effort, – et rien de plus. Si j'avais pu briser les ligatures au-dessus du coude, j'aurais saisi le pendule, et j'aurais essayé de l'arrêter. J'aurais aussi bien essayé d'arrêter une avalanche !

Toujours plus bas ! – incessamment, – inévitablement plus bas ! Je respirais douloureusement, et je m'agitais à chaque vibration. Je me rapetissais convulsivement à chaque balancement. Mes yeux le suivaient dans sa volée ascendante et descendante avec l'ardeur du désespoir le plus insensé ; ils se refermaient spasmodiquement au moment de la descente, quoique la mort eût été un soulagement, – oh ! quel indicible soulagement ! Et cependant je tremblais dans tous mes nerfs, quand je pensais qu'il suffisait que la machine descendît d'un cran pour précipiter sur ma poitrine cette hache aiguisée, étincelante. C'était l'*espérance* qui faisait ainsi trembler mes nerfs, et tout mon être se replier. C'était l'*espérance*, – l'espérance qui triomphe même sur le chevalet, – qui chuchote à l'oreille des condamnés à mort, même dans les cachots de l'Inquisition.

Je vis que dix ou douze vibrations environ mettraient l'acier en contact immédiat avec mon vêtement, – et avec cette observation entra dans mon esprit le calme aigu et condensé du désespoir. Pour la première fois depuis bien des heures, – depuis bien des jours peut-être, je *pensai*. Il me vint à l'esprit que le bandage, ou sangle, qui m'enveloppait était d'un seul morceau. J'étais attaché par un lien continu. La première morsure du rasoir, du croissant, dans une partie quelconque de la sangle, devait la détacher suffisamment pour permettre à ma main gauche de la dérouler tout autour de moi. Mais combien devenait terrible dans ce cas la proximité de l'acier ! Et le résultat de la plus légère secousse, mortel ! Était-il vraisemblable, d'ailleurs, que les mignons du bourreau n'eussent pas prévu et paré cette possibilité ? Était-il probable que le bandage traversât ma poitrine dans le parcours du pendule ? Tremblant de me voir frustré de ma faible espérance, vraisemblablement ma dernière, je haussai suffisamment ma tête pour voir distinctement ma poitrine. La sangle enveloppait étroitement mes membres et mon corps dans tous les sens, – *excepté dans le chemin du croissant homicide.*

A peine avais-je laissé retomber ma tête dans sa position première, que je sentis briller dans mon esprit quelque chose que je ne saurais mieux définir que la moitié non formée de cette idée de délivrance dont j'ai déjà parlé, et dont une moitié seule avait flotté vaguement dans ma cervelle, lorsque je portai la nourriture à mes lèvres brûlantes. L'idée tout entière était maintenant présente, – faible, à peine viable, à peine définie, – mais enfin complète. Je me mis immédiatement, avec l'énergie du désespoir, à en tenter l'exécution.

Depuis plusieurs heures, le voisinage immédiat du châssis sur lequel j'étais couché fourmillait littéralement de rats. Ils étaient tumultueux, hardis, voraces, – leurs yeux rouges, dardés sur moi, comme s'ils n'attendaient que mon immobilité pour faire de moi leur proie. – A quelle nourriture, – pensai-je, – ont-ils été accoutumés dans ce puits ?

Excepté un petit reste, ils avaient dévoré, en dépit de tous mes efforts pour les en empêcher, le contenu du plat. Ma main avait contracté une habitude de va-et-vient, de balancement vers le plat ; et, à la longue, l'uniformité machinale du mouvement lui avait enlevé toute son efficacité. Dans sa voracité cette vermine fixait souvent ses dents aiguës dans mes doigts. Avec les miettes de la viande huileuse et épicée qui restait encore, je frottai fortement le bandage partout où je pus l'atteindre ; puis, retirant ma main du sol, je restai immobile et sans respirer.

D'abord les voraces animaux furent saisis et effrayés du changement, – de la cessation du mouvement. Ils prirent l'alarme et tournèrent le dos ; plusieurs regagnèrent le puits ; mais cela ne dura qu'un moment. Je n'avais pas compté en vain sur leur gloutonnerie. Observant que je restais sans mouvement, un ou deux des plus hardis grimpèrent sur le châssis et flairèrent la sangle. Cela me parut le signal d'une invasion générale. Des troupes fraîches se précipitèrent hors du puits. Ils s'accrochèrent au bois, – ils l'escaladèrent et sautèrent par centaines sur mon corps. Le mouvement régulier du pendule ne les troublait pas le moins du monde. Ils évitaient son passage et travaillaient activement sur le bandage huilé. Ils se pressaient, – ils fourmillaient et s'amoncelaient incessamment sur moi ; ils se tortillaient sur ma gorge ; leurs lèvres froides cherchaient les miennes ; j'étais à moitié suffoqué par leur poids multiplié ; un dégoût, qui n'a pas de nom dans le monde, soulevait ma poitrine et glaçait mon cœur comme un pesant vomissement. Encore une minute, et je sentais que l'horrible opération serait finie. Je sentais positivement le relâchement du bandage ; je savais qu'il devait être déjà coupé en plus d'un endroit. Avec une résolution surhumaine je restai *immobile*. Je ne m'étais pas trompé dans mes calculs, – je n'avais pas souffert en vain. A la longue je sentis que j'étais *libre*. La sangle pendait en lambeaux autour de mon corps ; mais le mouvement du pendule attaquait déjà ma poitrine ; il avait fendu la serge de ma robe ; il avait coupé la chemise de dessous ; il fit encore deux oscillations, – et une sensation de douleur aiguë traversa tous mes nerfs. Mais l'instant du salut était arrivé. A un geste de ma main, mes libérateurs s'enfuirent tumultueusement. Avec un mouvement tranquille et résolu, – prudent et oblique, – lentement et en m'aplatissant, – je me glissai hors de l'étreinte du bandage et des atteintes du cimeterre. Pour le moment du moins *j'étais libre*.

Libre ! – et dans la griffe de l'Inquisition ! J'étais à peine sorti de mon grabat d'horreur, j'avais à peine fait quelques pas sur le pavé de la prison, que le mouvement de l'infernale machine cessa, et que je la vis attirée par une force invisible à travers le plafond. Ce fut une leçon qui me mit le désespoir dans le cœur. Tous mes mouvements étaient indubitablement épiés. Libre ! – je n'avais échappé à la mort sous une espèce d'agonie que pour être livré à quelque chose de pire que la mort sous quelque autre espèce. A cette pensée je roulai mes yeux convulsivement sur les parois de fer qui m'enveloppaient. Quelque chose de singulier, – un changement que d'abord je ne pus apprécier distinctement, – se produisit dans la chambre, – c'était évident. Durant quelques minutes d'une distraction pleine de rêves et de frissons, je me perdis dans de vaines et incohérentes conjectures. Pendant ce temps, je m'aperçus pour la première fois de l'origine de la lumière sulfureuse qui éclairait la cellule. Elle provenait d'une fissure large à peu près d'un demi-pouce, qui s'étendait tout autour de la prison à la base des murs, qui paraissaient ainsi et étaient en effet complètement séparés du sol. Je tâchai, mais bien en vain, comme on le pense, de regarder par cette ouverture.

Comme je me relevais découragé, le mystère de l'altération de la chambre se dévoila tout d'un coup à mon intelligence. J'avais observé que, bien que les contours des figures murales fussent suffisamment distincts, les couleurs semblaient altérées et indécises. Ces couleurs venaient de prendre et prenaient à chaque instant un éclat saisissant et très intense, qui donnait à ces images fantastiques et diaboliques un aspect dont auraient frémi des nerfs plus solides que les miens. Des yeux de démons, d'une vivacité féroce et sinistre, étaient dardés sur moi de mille endroits, où primitivement je n'en soupçonnais aucun, et brillaient de l'éclat lugubre d'un feu que je voulais absolument, mais en vain, regarder comme imaginaire.

Imaginaire ! – Il me suffisait de respirer pour attirer dans mes narines la vapeur du fer chauffé ! Une odeur suffocante se répandait dans la prison ! Une ardeur plus profonde se fixait à chaque instant dans les yeux dardés sur mon agonie ! Une teinte plus riche de rouge s'étalait sur ces horribles peintures de sang ! J'étais haletant ! Je respirais avec effort ! Il n'y avait pas à douter du dessein de mes bourreaux, – oh ! les plus impitoyables, oh ! les plus démoniaques des hommes ! Je reculai loin du métal ardent vers le centre du cachot. En face de cette destruction par le feu, l'idée de la fraîcheur du puits surprit mon âme comme un baume. Je me précipitai vers ses bords mortels. Je tendis mes regards vers le fond. L'éclat de la voûte enflammée illuminait ses plus secrètes cavités. Toutefois, pendant un instant d'égarement, mon esprit se refusa à comprendre la signification de ce que je voyais. A la fin, cela entra dans mon âme, – de force, victorieusement ; cela s'imprima en feu sur ma raison frissonnante. Oh ! une voix, une voix pour parler ! – Oh ! horreur ! – Oh ! toutes les horreurs, excepté celle-là ! – Avec un cri je me rejetai loin de la margelle, et, cachant mon visage dans mes mains, je pleurai amèrement.

La chaleur augmentait rapidement, et une fois encore je levai les yeux, frissonnant comme dans un accès de fièvre. Un second changement avait eu lieu dans la cellule, – et maintenant ce changement était évidemment dans la *forme*. Comme la première fois, ce fut d'abord en vain que je cherchai à apprécier ou à comprendre ce qui se passait. Mais on ne me laissa pas longtemps dans le doute. La vengeance de l'Inquisition marchait grand train, déroutée deux fois par mon bonheur, et il n'y avait pas à jouer plus longtemps avec le Roi des Épouvantements. La chambre avait été carrée. Je m'apercevais que deux de ses angles de fer étaient maintenant aigus, – deux conséquemment obtus. Le terrible contraste augmentait rapidement, avec un grondement, un gémissement sourd. En un instant la chambre avait changé sa forme en celle d'un losange. Mais la transformation ne s'arrêta pas là. Je ne désirais pas, je n'espérais pas qu'elle s'arrêtât. J'aurais appliqué les murs rouges contre ma poitrine, comme un vêtement d'éternelle paix. – La mort, – me dis-je, – n'importe quelle mort, excepté celle du puits ! – Insensé ! comment n'avais-je pas compris qu'*il fallait le puits*, que *ce puits seul* était la raison du fer brûlant qui m'assiégeait ?

Pouvais-je résister à son ardeur ? Et, même en le supposant, pouvais-je me roidir contre sa pression ? Et maintenant le losange s'aplatissait, s'aplatissait avec une rapidité qui ne me laissait pas le temps de la réflexion. Son centre, placé sur la ligne de sa plus grande largeur, coïncidait juste avec le gouffre béant. J'essayai de reculer – mais les murs, en se resserrant, me pressaient irrésistiblement. Enfin, il vint un moment où mon corps brûlé et contorsionné trouvait à peine sa place, où il y avait à peine prise pour mon pied sur le sol de la prison. Je ne luttais plus, mais l'agonie de mon âme s'exhala dans un grand et long cri suprême de désespoir. Je sentis que je chancelais sur le bord, – je détournai les yeux...

Mais voilà comme un bruit discordant de voix humaines ! Une explosion, un ouragan de trompettes ! Un puissant rugissement comme celui d'un millier de tonnerres ! Les murs de feu reculèrent précipitamment ! Un bras étendu saisit le mien comme je tombais, défaillant dans l'abîme. C'était le bras du général Lassalle. L'armée française était entrée à Tolède. L'Inquisition était dans les mains de ses ennemis.

Le chat noir

Traduit par Charles Baudelaire

Relativement à la très étrange et pourtant très familière histoire que je vais coucher par écrit, je n'attends ni ne sollicite la créance. Vraiment, je serais fou de m'y attendre, dans un cas où mes sens eux-mêmes rejettent leur propre témoignage. Cependant, je ne suis pas fou, – et très certainement je ne rêve pas. Mais demain je meurs, et aujourd'hui je voudrais décharger mon âme. Mon dessein immédiat est de placer devant le monde, clairement, succinctement et sans commentaires, une série de simples événements domestiques. Dans leurs conséquences, ces événements m'ont terrifié, – m'ont torturé, – m'ont anéanti. – Cependant, je n'essaierai pas de les élucider. Pour moi, ils ne m'ont guère présenté que de l'horreur ; – à beaucoup de personnes ils paraîtront moins terribles que *baroques*. Plus tard peut-être il se trouvera une intelligence qui réduira mon fantôme à l'état de lieu commun, – quelque intelligence plus calme, plus logique, et beaucoup moins excitable que la mienne, qui ne trouvera dans les circonstances que je raconte avec terreur qu'une succession ordinaire de causes et d'effets très naturels.

Dès mon enfance, j'étais noté pour la docilité et l'humanité de mon caractère. Ma tendresse de cœur était même si remarquable qu'elle avait fait de moi le jouet de mes camarades. J'étais particulièrement fou des animaux, et mes parents m'avaient permis de posséder une grande variété de favoris. Je passais presque tout mon temps avec eux, et je n'étais jamais si heureux que quand je les nourrissais et les caressais. Cette particularité de mon caractère s'accrut avec ma croissance, et, quand je devins homme, j'en fis une de mes principales sources de plaisirs. Pour ceux qui ont voué une affection à un chien fidèle et sagace, je n'ai pas besoin d'expliquer la nature ou l'intensité des jouissances qu'on peut en tirer. Il y a dans l'amour désintéressé d'une bête, dans ce sacrifice d'elle-même, quelque chose qui va directement au cœur de celui qui a eu fréquemment l'occasion de vérifier la chétive amitié et la fidélité de gaze de *l'homme naturel.*

Je me mariai de bonne heure, et je fus heureux de trouver dans ma femme une disposition sympathique à la mienne. Observant mon goût pour ces favoris domestiques, elle ne perdit aucune occasion de me procurer ceux de l'espèce la plus agréable. Nous eûmes des oiseaux, un poisson doré, un beau chien, des lapins, un petit singe et *un chat.*

Ce dernier était un animal remarquablement fort et beau, entièrement noir, et d'une sagacité merveilleuse. En parlant de son intelligence, ma femme, qui au fond n'était pas peu pénétrée de superstition, faisait de fréquentes allusions à l'ancienne croyance populaire qui regardait tous les chats noirs comme des sorcières déguisées. Ce n'est pas qu'elle fût toujours *sérieuse* sur ce point, – et, si je mentionne la chose, c'est simplement parce que cela me revient, en ce moment même, à la mémoire.

Pluton, – c'était le nom du chat, – était mon préféré, mon camarade. Moi seul, je le nourrissais, et il me suivait dans la maison partout où j'allais. Ce n'était même pas sans peine que je parvenais à l'empêcher de me suivre dans les rues.

Notre amitié subsista ainsi plusieurs années, durant lesquelles l'ensemble de mon caractère et de mon tempérament, – par l'opération du Démon Intempérance, je rougis de le confesser, – subit une altération radicalement mauvaise. Je devins de jour en jour plus morne, plus irritable, plus insoucieux des sentiments des autres. Je me permis d'employer un langage brutal à l'égard de ma femme. A la longue, je lui infligeai même des violences personnelles. Mes pauvres favoris, naturellement, durent ressentir le changement de mon caractère. Non seulement je les négligeais, mais je les maltraitais. Quant à Pluton, toutefois, j'avais encore pour lui une considération suffisante qui m'empêchait de le malmener, tandis que je n'éprouvais aucun scrupule à maltraiter les lapins, le singe et même le chien, quand, par hasard ou par amitié, ils se jetaient dans mon chemin. Mais mon mal m'envahissait de plus en plus, – car quel mal est comparable à l'Alcool ! – et à la longue Pluton lui-même, qui maintenant se faisait vieux et qui naturellement devenait quelque peu maussade, – Pluton lui-même commença à connaître les effets de mon méchant caractère.

Une nuit, comme je rentrais au logis très ivre, au sortir d'un de mes repaires habituels des faubourgs, je m'imaginai que le chat évitait ma présence. Je le saisis ; – mais lui, effrayé de ma violence, il me fit à la main une légère blessure avec les dents. Une fureur de démon s'empara soudainement de moi. Je ne me connus plus. Mon âme originelle sembla tout d'un coup s'envoler de mon corps, et une méchanceté hyperdiabolique, saturée de gin, pénétra chaque fibre de mon être. Je tirai de la poche de mon gilet un canif, je l'ouvris ; je saisis la pauvre bête par la gorge, et, délibérément, je fis sauter un de ses yeux de son orbite ! Je rougis, je brûle, je frissonne en écrivant cette damnable atrocité !

Quand la raison me revint avec le matin, – quand j'eus cuvé les vapeurs de ma débauche nocturne, – j'éprouvai un sentiment moitié d'horreur, moitié de remords, pour le crime dont je m'étais rendu coupable ; mais c'était tout au plus un faible et équivoque sentiment, et l'âme n'en subit pas les atteintes. Je me replongeai dans les excès, et bientôt je noyai dans le vin tout le souvenir de mon action.

Cependant le chat guérit lentement. L'orbite de l'œil perdu présentait, il est vrai, un aspect effrayant ; mais il n'en parut plus souffrir désormais. Il allait et venait dans la maison selon son habitude ; mais, comme je devais m'y attendre, il fuyait avec une extrême terreur à mon approche. Il me restait assez de mon ancien cœur pour me sentir d'abord affligé de cette évidente antipathie de la part d'une créature qui jadis m'avait tant aimé. Mais ce sentiment fit bientôt place à l'irritation. Et alors apparut, comme pour ma chute finale et irrévocable, l'esprit de PERVERSITÉ. De cet esprit la philosophie ne tient aucun compte. Cependant, aussi sûr que mon âme existe, je crois que la perversité est une des primitives impulsions du cœur humain, – une des indivisibles premières facultés ou sentiments qui donnent la direction au caractère de l'homme. Qui ne s'est pas surpris cent fois commettant une action sotte ou vile, par la seule raison qu'il savait devoir *ne pas* la commettre ? N'avons-nous pas une perpétuelle inclination, malgré l'excellence de notre jugement, à violer ce qui est *la Loi*, simplement parce que nous comprenons que c'est *la Loi* ? Cet esprit de perversité, dis-je, vint causer ma déroute finale. C'est ce désir ardent, insondable de l'âme *de se torturer elle-même*, – de violenter sa propre nature, – de faire le mal pour l'amour du mal seul, – qui me poussait à continuer, et finalement consommer le supplice que j'avais infligé à la bête inoffensive. Un matin, de sang-froid, je glissai un nœud coulant autour de son cou, et je le pendis à la branche d'un arbre ; – je le pendis avec des larmes plein mes yeux, – avec le plus amer remords dans le cœur ; – je le pendis, *parce que* je savais qu'il m'avait aimé, et *parce que* je sentais qu'il ne m'avait donné aucun sujet de colère ; – je le pendis, *parce que* je savais qu'en faisant ainsi je commettais un péché, – un péché mortel qui compromettait mon âme immortelle, au point de la placer, – si une telle chose était possible, – même au-delà de la miséricorde infinie du Dieu Très-Miséricordieux et Très-Terrible.

Dans la nuit qui suivit le jour où fut commise cette action cruelle, je fus tiré de mon sommeil par le cri : Au feu ! Les rideaux de mon lit étaient en flammes. Toute la maison flambait. Ce ne fut pas sans une grande difficulté que nous échappâmes à l'incendie, – ma femme, un domestique, et moi. La destruction fut complète. Toute ma fortune fut engloutie, et je m'abandonnai dès lors au désespoir.

Je ne cherche pas à établir une liaison de cause à effet entre l'atrocité et le désastre, je suis au-dessus de cette faiblesse. Mais je rends compte d'une chaîne de faits, – et je ne veux pas négliger un seul anneau. Le jour qui suivit l'incendie, je visitai les ruines. Les murailles étaient tombées, une seule exceptée ; et cette seule exception se trouva être une cloison intérieure, peu épaisse, située à peu près au milieu de la maison, et contre laquelle s'appuyait le chevet de mon lit. La maçonnerie avait ici, en grande partie, résisté à l'action du feu, – fait que j'attribuai à ce qu'elle avait été récemment remise à neuf. Autour de ce mur, une foule épaisse était rassemblée, et plusieurs personnes paraissaient en examiner une portion particulière avec une minutieuse et vive attention. Les mots : Étrange ! singulier ! et autres semblables expressions, excitèrent ma curiosité. Je m'approchai, et je vis, semblable à un bas-relief sculpté sur la surface blanche, la figure d'un gigantesque *chat*. L'image était rendue avec une exactitude vraiment merveilleuse. Il y avait une corde autour du cou de l'animal.

Tout d'abord, en voyant cette apparition, – car je ne pouvais guère considérer cela que comme une apparition, – mon étonnement et ma terreur furent extrêmes. Mais, enfin, la réflexion vint à mon aide. Le chat, je m'en souvenais, avait été pendu dans un jardin adjacent à la maison. Aux cris d'alarme, ce jardin avait été immédiatement envahi par la foule, et l'animal avait dû être détaché de l'arbre par quelqu'un, et jeté dans ma chambre à travers une fenêtre ouverte. Cela avait été fait, sans doute, dans le but de m'arracher au sommeil. La chute des autres murailles avait comprimé la victime de ma cruauté dans la substance du plâtre fraîchement étendu ; la chaux de ce mur, combinée avec les flammes et l'ammoniaque du cadavre, avait ainsi opéré l'image telle que je la voyais.

Quoique je satisfisse ainsi lestement ma raison, sinon tout à fait ma conscience, relativement au fait surprenant que je viens de raconter, il n'en fit pas moins sur mon imagination une impression profonde. Pendant plusieurs mois je ne pus me débarrasser du fantôme du chat ; et durant cette période un demi-sentiment revint dans mon âme, qui paraissait être, mais qui n'était pas le remords. J'allai jusqu'à déplorer la perte de l'animal, et à chercher autour de moi, dans les bouges méprisables que maintenant je fréquentais habituellement, un autre favori de la même espèce et d'une figure à peu près semblable pour le suppléer.

Une nuit, comme j'étais assis à moitié stupéfié, dans un repaire plus qu'infâme, mon attention fut soudainement attirée vers un objet noir, reposant sur le haut d'un des immenses tonneaux de gin ou de rhum qui composaient le principal ameublement de la salle. Depuis quelques minutes je regardais fixement le haut de ce tonneau, et ce qui me surprenait maintenant c'était de n'avoir pas encore aperçu l'objet situé dessus. Je m'en approchai, et je le touchai avec ma main. C'était un chat noir, – un très gros chat, – au moins aussi gros que Pluton, lui ressemblant absolument, excepté en un point. Pluton n'avait pas un poil blanc sur tout le corps ; celui-ci portait une éclaboussure large et blanche, mais d'une forme indécise, qui couvrait presque toute la région de la poitrine.

A peine l'eus-je touché qu'il se leva subitement ronronna fortement, se frotta contre ma main, et parut enchanté de mon attention. C'était donc là la vraie créature dont j'étais en quête. J'offris tout de suite au propriétaire de le lui acheter ; mais cet homme ne le revendiqua pas, – ne le connaissait pas –, ne l'avait jamais vu auparavant.

Je continuai mes caresses, et, quand je me préparai à retourner chez moi, l'animal se montra disposé à m'accompagner. Je lui permis de le faire ; me baissant de temps à autre, et le caressant en marchant. Quand il fut arrivé à la maison, il s'y trouva comme chez lui, et devint tout de suite le grand ami de ma femme.

Pour ma part, je sentis bientôt s'élever en moi une antipathie contre lui. C'était justement le contraire de ce que j'avais espéré ; mais, – je ne sais ni comment ni pourquoi cela eut lieu, – son évidente tendresse pour moi me dégoûtait presque et me fatiguait. Par de lents degrés, ces sentiments de dégoût et d'ennui s'élevèrent jusqu'à l'amertume de la haine. J'évitais la créature ; une certaine sensation de honte et le souvenir de mon premier acte de cruauté m'empêchèrent de la maltraiter. Pendant quelques semaines, je m'abstins de battre le chat ou de le malmener violemment, mais graduellement, – insensiblement, – j'en vins à le considérer avec une indicible horreur, et à fuir silencieusement son odieuse présence, comme le souffle d'une peste.

Ce qui ajouta sans doute à ma haine contre l'animal fut la découverte que je fis le matin, après l'avoir amené à la maison, que, comme Pluton, lui aussi avait été privé d'un de ses yeux. Cette circonstance, toutefois, ne fit que le rendre plus cher à ma femme, qui, comme je l'ai déjà dit, possédait à un haut degré cette tendresse de sentiment qui jadis avait été mon trait caractéristique et la source fréquente de mes plaisirs les plus simples et les plus purs.

Néanmoins, l'affection du chat pour moi paraissait s'accroître en raison de mon aversion contre lui. Il suivait mes pas avec une opiniâtreté qu'il serait difficile de faire comprendre au lecteur. Chaque fois que je m'asseyais, il se blottissait sous ma chaise, ou il sautait sur mes genoux, me couvrant de ses affreuses caresses. Si je me levais pour marcher, il se fourrait dans mes jambes, et me jetait presque par terre, ou bien, enfonçant ses griffes longues et aiguës dans mes habits, grimpait de cette manière jusqu'à ma poitrine. Dans ces moments-là, quoique je désirasse le tuer d'un bon coup, j'en étais empêché, en partie par le souvenir de mon premier crime, mais principalement, – je dois le confesser tout de suite, – par une véritable *terreur* de la bête.

Cette terreur n'était pas positivement la terreur d'un mal physique, – et cependant je serais fort en peine de la définir autrement. Je suis presque honteux d'avouer, – oui, même dans cette cellule de malfaiteur, je suis presque honteux d'avouer que la terreur et l'horreur que m'inspirait l'animal avaient été accrues par une des plus parfaites chimères qu'il fût possible de concevoir. Ma femme avait appelé mon attention plus d'une fois sur le caractère de la tache blanche dont j'ai parlé, et qui constituait l'unique différence visible entre l'étrange bête et celle que j'avais tuée. Le lecteur se rappellera sans doute que cette marque, quoique grande, était primitivement indéfinie dans sa forme ; mais, lentement, par degrés, – par des degrés imperceptibles, et que ma raison s'efforça longtemps de considérer comme imaginaires, – elle avait à la longue pris une rigoureuse netteté de contours. Elle était maintenant l'image d'un objet que je frémis de nommer, – et c'était là surtout ce qui me faisait prendre le monstre en horreur et en dégoût, et m'aurait poussé à m'en délivrer, *si je l'avais osé* ; – c'était maintenant, dis-je, l'image d'une hideuse, – d'une sinistre chose, – l'image du GIBET ! – oh ! lugubre et terrible machine ! machine d'Horreur et de Crime, – d'Agonie et de Mort !

Et, maintenant, j'étais en vérité misérable au-delà de la misère possible de l'Humanité. Une bête brute, – dont j'avais avec mépris détruit le frère, – *une bête brute* engendrer pour *moi*, – pour moi, homme façonné à l'image du Dieu Très-Haut, – une si grande et si intolérable infortune ! Hélas ! je ne connaissais plus la béatitude du repos, ni le jour ni la nuit ! Durant le jour, la créature ne me laissait pas seul un moment ; et, pendant la nuit, à chaque instant, quand je sortais de mes rêves pleins d'une intraduisible angoisse, c'était pour sentir la tiède haleine de la *chose* sur mon visage, et son immense poids, – incarnation d'un Cauchemar que j'étais impuissant à secouer, – éternellement posé sur mon *cœur !*

Sous la pression de pareils tourments, le peu de bon qui restait en moi succomba. De mauvaises pensées devinrent mes seules intimes, – les plus sombres et les plus mauvaises de toutes les pensées. La tristesse de mon humeur habituelle s'accrut jusqu'à la haine de toutes choses et de toute humanité ; cependant ma femme, qui ne se plaignait jamais, hélas ! était mon souffre-douleur ordinaire, la plus patiente victime des soudaines, fréquentes et indomptables éruptions d'une furie à laquelle je m'abandonnai dès lors aveuglément.

Un jour, elle m'accompagna pour quelque besogne domestique dans la cave du vieux bâtiment où notre pauvreté nous contraignait d'habiter. Le chat me suivit sur les marches roides de l'escalier, et, m'ayant presque culbuté la tête la première, m'exaspéra jusqu'à la folie. Levant une hache, et oubliant dans ma rage la peur puérile qui jusque-là avait retenu ma main, j'adressai à l'animal un coup qui eût été mortel, s'il avait porté comme je le voulais ; mais ce coup fut arrêté par la main de ma femme. Cette intervention m'aiguillonna jusqu'à une rage plus que démoniaque ; je débarrassai mon bras de son étreinte et lui enfonçai ma hache dans le crâne. Elle tomba morte sur la place, sans pousser un gémissement.

Cet horrible meurtre accompli, je me mis immédiatement et très délibérément en mesure de cacher le corps. Je compris que je ne pouvais pas le faire disparaître de la maison, soit de jour, soit de nuit, sans courir le danger d'être observé par les voisins. Plusieurs projets traversèrent mon esprit. Un moment j'eus l'idée de couper le cadavre par petits morceaux, et de les détruire par le feu. Puis, je résolus de creuser une fosse dans le sol de la cave. Puis, je pensai à le jeter dans le puits de la cour, – puis à l'emballer dans une caisse comme marchandise, avec les formes usitées, et à charger un commissionnaire de le porter hors de la maison. Finalement, je m'arrêtai à un expédient que je considérai comme le meilleur de tous. Je me déterminai à le murer dans la cave, – comme les moines du Moyen Âge muraient, dit-on, leurs victimes.

La cave était fort bien disposée pour un pareil dessein. Les murs étaient construits négligemment, et avaient été récemment enduits dans toute leur étendue d'un gros plâtre que l'humidité de l'atmosphère avait empêché de durcir. De plus, dans l'un des murs, il y avait une saillie causée par une fausse cheminée, ou espèce d'âtre, qui avait été comblée et maçonnée dans le même genre que le reste de la cave. Je ne doutais pas qu'il ne me fût facile de déplacer les briques à cet endroit, d'y introduire le corps, et de murer le tout de la même manière, de sorte qu'aucun œil n'y pût rien découvrir de suspect.

Et je ne fus pas déçu dans mon calcul. A l'aide d'une pince, je délogeai très aisément les briques, et, ayant soigneusement appliqué le corps contre le mur intérieur, je le soutins dans cette position jusqu'à ce que j'eusse rétabli, sans trop de peine, toute la maçonnerie dans son état primitif. M'étant procuré du mortier, du sable et du poil avec toutes les précautions imaginables, je préparai un crépi qui ne pouvait pas être distingué de l'ancien, et j'en recouvris très soigneusement le nouveau briquetage. Quand j'eus fini, je vis avec satisfaction que tout était pour le mieux. Le mur ne présentait pas la plus légère trace de dérangement. J'enlevai tous les gravats avec le plus grand soin, j'épluchai pour ainsi dire le sol. Je regardai triomphalement autour de moi, et me dis à moi-même : Ici, au moins, ma peine n'aura pas été perdue !

Mon premier mouvement fut de chercher la bête qui avait été la cause d'un si grand malheur ; car, à la fin, j'avais résolu fermement de la mettre à mort. Si j'avais pu la rencontrer dans ce moment, sa destinée était claire ; mais il paraît que l'artificieux animal avait été alarmé par la violence de ma récente colère, et qu'il prenait soin de ne pas se montrer dans l'état actuel de mon humeur. Il est impossible de décrire ou d'imaginer la profonde, la béate sensation de soulagement que l'absence de la détestable créature détermina dans mon cœur. Elle ne se présenta pas de toute la nuit, et ainsi ce fut la première bonne nuit, – depuis son introduction dans la maison, – que je dormis solidement et tranquillement ; oui, je *dormis* avec le poids de ce meurtre sur l'âme !

Le second et le troisième jour s'écoulèrent, et cependant mon bourreau ne vint pas. Une fois encore je respirai comme un homme libre. Le monstre, dans sa terreur, avait vidé les lieux pour toujours ! Je ne le verrais donc plus jamais ! Mon bonheur était suprême ! La criminalité de ma ténébreuse action ne m'inquiétait que fort peu. On avait bien fait une espèce d'enquête, mais elle s'était satisfaite à bon marché. Une perquisition avait même été ordonnée, – mais naturellement on ne pouvait rien découvrir. Je regardais ma félicité à venir comme assurée.

Le quatrième jour depuis l'assassinat, une troupe d'agents de police vint très inopinément à la maison, et procéda de nouveau à une rigoureuse investigation des lieux. Confiant, néanmoins, dans l'impénétrabilité de la cachette, je n'éprouvai aucun embarras. Les officiers me firent les accompagner dans leur recherche. Ils ne laissèrent pas un coin, pas un angle inexploré. A la fin, pour la troisième ou quatrième fois, ils descendirent dans la cave. Pas un muscle en moi ne tressaillit. Mon cœur battait paisiblement, comme celui d'un homme qui dort dans l'innocence. J'arpentais la cave d'un bout à l'autre ; je croisais mes bras sur ma poitrine, et me promenais çà et là avec aisance. La police était pleinement satisfaite et se préparait à décamper. La jubilation de mon cœur était trop forte pour être réprimée. Je brûlais de dire au moins un mot, rien qu'un mot, en manière de triomphe, et de rendre deux fois plus convaincue leur conviction de mon innocence.

– Gentlemen, – dis-je à la fin, – comme leur troupe remontait l'escalier, – je suis enchanté d'avoir apaisé vos soupçons. Je vous souhaite à tous une bonne santé et un peu plus de courtoisie. Soit dit en passant, gentlemen, voilà – voilà une maison singulièrement bien bâtie (dans mon désir enragé de dire quelque chose d'un air délibéré, je savais à peine ce que je débitais) ; – je puis dire que c'est une maison *admirablement* bien construite. Ces murs, – est-ce que vous partez, gentlemen ? – ces murs sont solidement maçonnés !

Et ici, par une bravade frénétique, je frappai fortement avec une canne que j'avais à la main juste sur la partie du briquetage derrière laquelle se tenait le cadavre de l'épouse de mon cœur.

Ah ! qu'au moins Dieu me protège et me délivre des griffes de l'Archidémon ! – A peine l'écho de mes coups était-il tombé dans le silence, qu'une voix me répondit du fond de la tombe ! – une plainte, d'abord voilée et entrecoupée, comme le sanglotement d'un enfant, puis, bientôt, s'enflant en un cri prolongé, sonore et continu, tout à fait anormal et antihumain, – un hurlement, – un glapissement, moitié horreur et moitié triomphe, – comme il en peut monter seulement de l'Enfer, – affreuse harmonie jaillissant à la fois de la gorge des damnés dans leurs tortures, et des démons exultant dans la damnation !

Vous dire mes pensées, ce serait folie. Je me sentis défaillir, et je chancelai contre le mur opposé. Pendant un moment, les officiers placés sur les marches restèrent immobiles, stupéfiés par la terreur. Un instant après, une douzaine de bras robustes s'acharnaient sur le mur. Il tomba tout d'une pièce. Le corps, déjà grandement délabré et souillé de sang grumelé, se tenait droit devant les yeux des spectateurs. Sur sa tête, avec la gueule rouge dilatée et l'œil unique flamboyant, était perchée la hideuse bête dont l'astuce m'avait induit à l'assassinat, et dont la voix révélatrice m'avait livré au bourreau. J'avais muré le monstre dans la tombe !

Petite discussion avec une momie

Traduit par Charles Baudelaire

Le *symposium* de la soirée précédente avait un peu fatigué mes nerfs. J'avais une déplorable migraine et je tombais de sommeil. Au lieu de passer la soirée dehors, comme j'en avais le dessein, il me vint donc à l'esprit que je n'avais rien de plus sage à faire que de souper d'une bouchée, et de me mettre immédiatement au lit.

Un *léger* souper, naturellement. J'adore les rôties au fromage. En manger plus d'une livre à la fois, cela peut n'être pas toujours raisonnable. Toutefois, il ne peut pas y avoir d'objection matérielle au chiffre deux. Et, en réalité, entre deux et trois il n'y a que la différence d'une simple unité. Je m'aventurai peut-être jusqu'à quatre. Ma femme tient pour cinq ; – mais évidemment elle a confondu deux choses bien distinctes. Le nombre abstrait cinq, je suis disposé à l'admettre ; mais, au point de vue concret, il se rapporte aux bouteilles de *Brown Stout*, sans l'assaisonnement duquel la rôtie au fromage est une chose à éviter.

Ayant ainsi achevé un frugal repas, et mis mon bonnet de nuit avec la sereine espérance d'en jouir jusqu'au lendemain midi au moins, je plaçai ma tête sur l'oreiller, et, grâce à une excellente conscience, je tombai immédiatement dans un profond sommeil.

Mais quand les espérances de l'homme furent-elles remplies ? Je n'avais peut-être pas achevé mon troisième ronflement, quand une furieuse sonnerie retentit à la porte de la rue, et puis d'impatients coups de marteau qui me réveillèrent en sursaut. Une minute après, et comme je me frottais encore les yeux, ma femme me fourra sous le nez un billet de mon vieil ami le docteur Ponnonner. Il me disait :

– Venez me trouver et laissez tout, mon cher ami, aussitôt que vous aurez reçu ceci. Venez partager notre joie. A la fin, grâce à une opiniâtre diplomatie, j'ai arraché l'assentiment des directeurs du *City Museum* pour l'examen de ma momie, – vous savez de laquelle je veux parler. J'ai la permission de la démailloter, et même de l'ouvrir, si je le juge à propos. Quelques amis seulement seront présents ; – vous en êtes, cela va sans dire. La momie est présentement chez moi, et nous commencerons à la dérouler à onze heures de la nuit.

Tout à vous,

Ponnonner.

Avant d'arriver à la signature, je m'aperçus que j'étais aussi éveillé qu'un homme peut désirer de l'être. Je sautai de mon lit dans un état de délire, bousculant tout ce qui me tombait sous la main ; je m'habillai avec une prestesse vraiment miraculeuse, et je me dirigeai de toute ma vitesse vers la maison du docteur.

Là je trouvai réunie une société très animée. On m'avait attendu avec beaucoup d'impatience ; la momie était étendue sur la table à manger, et, au moment où j'entrais, l'examen était commencé.

Cette momie était une des deux qui furent rapportées, il y a quelques années, par le capitaine Arthur Sabretash, un cousin de Ponnonner. Il les avait prises dans une tombe près d'Eleithias, dans les montagnes de la Libye, à une distance considérable au-dessus de Thèbes sur le Nil. Sur ce point, les caveaux, quoique moins magnifiques que les sépulcres de Thèbes, sont d'un plus haut intérêt, en ce qu'ils offrent de plus nombreuses *illustrations* de la vie privée des Égyptiens. La salle d'où avait été tiré notre échantillon passait pour très riche en documents de cette nature ; – les murs étaient complètement recouverts de peintures à fresque et de bas-reliefs ; des statues, des vases et une mosaïque d'un dessin très riche témoignaient de la puissante fortune des défunts.

Cette rareté avait été déposée au *Museum* exactement dans le même état où le capitaine Sabretash l'avait trouvée, c'est-à-dire qu'on avait laissé la bière intacte. Pendant huit ans, elle était restée ainsi exposée à la curiosité publique, quant à l'extérieur seulement. Nous avions donc la momie complète à notre disposition, et ceux qui savent combien il est rare de voir des antiquités arriver dans nos contrées sans être saccagées jugeront que nous avions de fortes raisons de nous féliciter de notre bonne fortune.

En approchant de la table, je vis une grande boîte, ou caisse, longue d'environ sept pieds, large de trois pieds peut-être, et d'une profondeur de deux pieds et demi. Elle était oblongue, – mais pas en forme de bière. Nous supposâmes d'abord que la matière était du bois de sycomore ; mais en l'entamant nous reconnûmes que c'était du carton, ou, plus proprement, une pâte dure faite de papyrus. Elle était grossièrement décorée de peintures représentant des scènes funèbres et divers sujets lugubres, parmi lesquels serpentait un semis de caractères hiéroglyphiques, disposés en tous sens, qui signifiaient évidemment le nom du défunt. Par bonheur, M. Gliddon était de la partie, et il nous traduisit sans peine les signes, qui étaient simplement phonétiques et composaient le mot *Allamistakeo*.

Nous eûmes quelque peine à ouvrir cette boîte sans l'endommager ; mais, quand enfin nous y eûmes réussi, nous en trouvâmes une seconde, celle-ci en forme de bière, et d'une dimension beaucoup moins considérable que la caisse extérieure, mais lui ressemblant exactement sous tout autre rapport. L'intervalle entre les deux était comblé de résine, qui avait jusqu'à un certain point détérioré les couleurs de la boîte intérieure.

Après avoir ouvert celle-ci, – ce que nous fîmes très aisément, – nous arrivâmes à une troisième, également en forme de bière, et ne différant en rien de la seconde, si ce n'est par la matière, qui était du cèdre et exhalait l'odeur fortement aromatique qui caractérise ce bois. Entre la seconde et la troisième caisse il n'y avait pas d'intervalle, – celle-ci s'adaptant exactement à celle-là.

En défaisant la troisième caisse, nous découvrîmes enfin le corps, et nous l'enlevâmes. Nous nous attendions à le trouver enveloppé comme d'habitude de nombreux rubans, ou bandelettes de lin ; mais au lieu de cela nous trouvâmes une espèce de gaine, faite de papyrus, et revêtue d'une couche de plâtre grossièrement peinte et dorée. Les peintures représentaient des sujets ayant trait aux divers devoirs supposés de l'âme et à sa présentation à différentes divinités, puis de nombreuses figures humaines identiques, – sans doute des portraits des personnes embaumées. De la tête aux pieds s'étendait une inscription columnaire, ou verticale, en *hiéroglyphes phonétiques*, donnant de nouveau le nom et les titres du défunt et les noms et les titres de ses parents.

Autour du cou, que nous débarrassâmes du fourreau, était un collier de grains de verre cylindriques, de couleurs différentes, et disposés de manière à figurer des images de divinités, l'image du Scarabée, et d'autres, avec le globe ailé. La taille, dans sa partie la plus mince, était cerclée d'un collier ou ceinture semblable.

Ayant enlevé le papyrus, nous trouvâmes les chairs parfaitement conservées, et sans aucune odeur sensible. La couleur était rougeâtre ; la peau, ferme, lisse et brillante. Les dents et les cheveux paraissaient en bon état. Les yeux, à ce qu'il semblait, avaient été enlevés, et on leur avait substitué des yeux de verre, fort beaux et simulant merveilleusement la vie, sauf leur fixité un peu trop prononcée. Les doigts et les ongles étaient brillamment dorés.

De la couleur rougeâtre de l'épiderme M. Gliddon inféra que l'embaumement avait été pratiqué uniquement par l'asphalte ; mais, ayant gratté la surface avec un instrument d'acier et jeté dans le feu les grains de poudre ainsi obtenus, nous sentîmes se dégager un parfum de camphre et d'autres gommes aromatiques.

Nous visitâmes soigneusement le corps pour trouver les incisions habituelles par où on extrait les entrailles ; mais, à notre grande surprise, nous n'en pûmes découvrir la trace. Aucune personne de la société ne savait alors qu'il n'est pas rare de trouver des momies entières et non incisées. Ordinairement la cervelle se vidait par le nez ; les intestins, par une incision dans le flanc ; le corps était alors rasé, lavé et salé ; on le laissait ainsi reposer quelques semaines, puis commençait, à proprement parler, l'opération de l'embaumement.

Comme on ne pouvait trouver aucune trace d'ouverture, le docteur Ponnonner préparait ses instruments de dissection, quand je fis remarquer qu'il était déjà deux heures passées. Là-dessus, on s'accorda à renvoyer l'examen interne à la nuit suivante ; et nous étions au moment de nous séparer, quand quelqu'un lança l'idée d'une ou deux expériences avec la pile de Volta.

L'application de l'électricité à une momie vieille au moins de trois ou quatre mille ans était une idée, sinon très sensée, du moins suffisamment originale, et nous la saisîmes au vol. Pour ce beau projet, dans lequel il entrait un dixième de sérieux et neuf bons dixièmes de plaisanterie, nous disposâmes une batterie dans le cabinet du docteur, et nous y transportâmes l'Égyptien.

Ce ne fut pas sans beaucoup de peine que nous réussîmes à mettre à nu une partie du muscle temporal, qui semblait être d'une rigidité moins marmoréenne que le reste du corps, mais qui naturellement, comme nous nous y attendions bien, ne donna aucun indice de susceptibilité galvanique quand on le mit en contact avec le fil. Ce premier essai nous parut décisif ; et, tout en riant de bon cœur de notre propre absurdité, nous nous souhaitions réciproquement une bonne nuit, quand mes yeux, tombant par hasard sur ceux de la momie, y restèrent immédiatement cloués d'étonnement. De fait, le premier coup d'œil m'avait suffi pour m'assurer que les globes, que nous avions tous supposés être de verre, et qui primitivement se distinguaient par une certaine fixité singulière, étaient maintenant si bien recouverts par les paupières qu'une petite portion de la *tunica albuginea* restait seule visible.

Je poussai un cri, et j'attirai l'attention sur ce fait, qui devint immédiatement évident pour tout le monde.

Je ne dirai pas que j'étais *alarmé* par le phénomène, parce que le mot alarmé, dans mon cas, ne serait pas précisément le mot propre. Il aurait pu se faire toutefois que, sans ma provision de *Brown Stout*, je me sentisse légèrement ému. Quant aux autres personnes de la société, elles ne firent vraiment aucun effort pour cacher leur naïve terreur. Le docteur Ponnonner était un homme à faire pitié. M. Gliddon, par je ne sais quel procédé particulier, s'était rendu invisible. Je présume que M. Silk Buckingham n'aura pas l'audace de nier qu'il ne se soit fourré à quatre pattes sous la table.

Après le premier choc de l'étonnement, nous résolûmes, cela va sans dire, de tenter tout de suite une nouvelle expérience. Nos opérations furent alors dirigées contre le gros orteil du pied droit. Nous fîmes une incision au-dessus de la région de l'os *sesamoideum pollicis pedis*, et nous arrivâmes ainsi à la naissance du muscle *abductor*. Rajustant la batterie, nous appliquâmes de nouveau le fluide aux nerfs mis à nu, – quand, avec un mouvement plus vif que la vie elle-même, la momie retira son genou droit comme pour le rapprocher le plus possible de l'abdomen, puis, redressant le membre avec une force inconcevable, allongea au docteur Ponnonner une ruade, qui eut pour effet de décocher ce gentleman, comme le projectile d'une catapulte, et de l'envoyer dans la rue à travers une fenêtre.

Nous nous précipitâmes en masse pour rapporter les débris mutilés de l'infortuné ; mais nous eûmes le bonheur de le rencontrer sur l'escalier, remontant avec une inconcevable diligence, bouillant de la plus grande ardeur philosophique, et plus que jamais frappé de la nécessité de poursuivre nos expériences, avec rigueur et avec zèle.

Ce fut donc d'après son conseil que nous fîmes sur-le-champ une incision profonde dans le bout du nez du sujet ; et le docteur, y jetant des mains impétueuses, le fourra violemment en contact avec le fil métallique.

Moralement et physiquement, – métaphoriquement et littéralement, – l'effet fut *électrique*. D'abord le cadavre ouvrit les yeux et les cligna très rapidement pendant quelques minutes, comme M. Barnes dans la pantomime ; puis il éternua ; en troisième lieu, il se dressa sur son séant ; en quatrième lieu, il mit son poing sous le nez du docteur Ponnonner ; enfin, se tournant vers MM. Gliddon et Buckingham, il leur adressa, dans l'égyptien le plus pur, le discours suivant :

– Je dois vous dire, gentlemen, que je suis aussi surpris que mortifié de votre conduite. Du docteur

Ponnonner je n'avais rien de mieux à attendre ; c'est un pauvre petit gros sot qui ne sait rien de rien. J'ai pitié de lui et je lui pardonne. Mais vous, monsieur Gliddon, – et vous, Silk, qui avez voyagé et résidé en Égypte, à ce point qu'on pourrait croire que vous êtes né sur nos terres, – vous, dis-je, qui avez tant vécu parmi nous que vous parlez l'égyptien aussi bien, je crois, que vous écrivez votre langue maternelle, – vous que je m'étais accoutumé à regarder comme le plus ferme ami des momies, – j'attendais de vous une conduite plus courtoise. Que dois-je penser de votre impassible neutralité quand je suis traité aussi brutalement ? Que dois-je supposer, quand vous permettez à Pierre et à Paul de me dépouiller de mes bières et de mes vêtements sous cet affreux climat de glace ? A quel point de vue, pour en finir, dois-je considérer votre fait d'aider et d'encourager ce misérable petit drôle, ce docteur Ponnonner, à me tirer par le nez ?

On croira généralement, sans aucun doute, qu'en entendant un pareil discours, dans de telles circonstances, nous avons tous filé vers la porte, ou que nous sommes tombés dans de violentes attaques de nerfs, ou dans un évanouissement unanime. L'une de ces trois choses, dis-je, était probable. En vérité, chacune de ces trois lignes de conduite et toutes les trois étaient des plus légitimes. Et, sur ma parole, je ne puis comprendre comment il se fit que nous n'en suivîmes aucune. Mais, peut-être, la vraie raison doit-elle être cherchée dans l'esprit de ce siècle, qui procède entièrement par la loi des contraires, considérée aujourd'hui comme solution de toutes les antinomies et fusion de toutes les contradictions. Ou peut-être, après tout, était-ce seulement l'air excessivement naturel et familier de la momie qui enlevait à ses paroles toute puissance terrifique. Quoi qu'il en soit, les faits sont positifs, et pas un membre de la société ne trahit d'effroi bien caractérisé et ne parut croire qu'il se fût passé quelque chose de particulièrement irrégulier.

Pour ma part, j'étais convaincu que tout cela était fort naturel, et je me rangeai simplement de côté, hors de la portée du poing de l'Égyptien. Le docteur Ponnonner fourra ses mains dans les poches de sa culotte, regarda la momie d'un air bourru, et devint excessivement rouge. M. Gliddon caressait ses favoris et redressait le col de sa chemise. M. Buckingham baissa la tête et mit son pouce droit dans le coin gauche de sa bouche.

L'Égyptien le regarda avec une physionomie sévère pendant quelques minutes, et à la longue lui dit avec un ricanement :

– Pourquoi ne parlez-vous pas, monsieur Buckingham ? Avez-vous entendu, oui ou non, ce que je vous ai demandé ? Voulez-vous bien ôter votre pouce de votre bouche !

Là-dessus, M. Buckingham fit un léger soubresaut, ôta son pouce droit du coin gauche de sa bouche, et en manière de compensation inséra son pouce gauche dans le coin droit de l'ouverture susdite.

Ne pouvant pas tirer une réponse de M. Buckingham, la momie se tourna avec humeur vers M. Gliddon, et lui demanda d'un ton péremptoire d'expliquer en gros ce que nous voulions tous.

M. Gliddon répliqua tout au long, en *phonétique* ; et, n'était l'absence de caractères *hiéroglyphiques* dans les imprimeries américaines, c'eût été pour moi un grand plaisir de transcrire intégralement et en langue originale son excellent speech.

Je saisirai cette occasion pour faire remarquer que toute la conversation subséquente à laquelle prit part la momie eut lieu en égyptien primitif, – MM. Gliddon et Buckingham servant d'interprètes pour moi et les autres personnes de la société qui n'avaient pas voyagé. Ces messieurs parlaient la langue maternelle de la momie avec une grâce et une abondance inimitables ; mais je ne pouvais pas m'empêcher de remarquer que les deux voyageurs, – sans doute à cause de l'introduction d'images entièrement modernes et, naturellement, tout à fait nouvelles pour l'étranger, – étaient quelquefois réduits à employer des formes sensibles pour traduire à cet esprit d'un autre âge un sens particulier. Il y eut un moment, par exemple, où M. Gliddon, ne pouvant pas faire comprendre à l'Égyptien le mot : *la Politique*, s'avisa heureusement de dessiner sur le mur, avec un morceau de charbon, un petit monsieur au nez bourgeonné, aux coudes troués, grimpé sur un piédestal, la jambe gauche tendue en arrière, le bras droit projeté en avant, le poing fermé, les yeux convulsés vers le ciel, et la bouche ouverte sous un angle de 90 degrés.

De même, M. Buckingham n'aurait jamais réussi à lui traduire l'idée absolument moderne de *Whig* (perruque), si, à une suggestion du docteur Ponnonner, il n'était devenu très pâle et n'avait consenti à ôter la sienne.

Il était tout naturel que le discours de M. Gliddon roulât principalement sur les immenses bénéfices que la science pouvait tirer du démaillotement et du déboyautement des momies ; moyen subtil de nous justifier de tous les dérangements que nous avions pu lui causer, à elle en particulier, momie nommée Allamistakeo ; il conclut en insinuant, – car ce ne fut qu'une insinuation, – que, puisque toutes ces petites questions étaient maintenant éclaircies, on pouvait aussi bien procéder à l'examen projeté. Ici le docteur Ponnonner apprêta ses instruments.

Relativement aux dernières suggestions de l'orateur, il paraît qu'Allamistakeo avait certains scrupules de conscience, sur la nature desquels je n'ai pas été clairement renseigné ; mais il se montra satisfait de notre justification et, descendant de la table, donna à toute la compagnie des poignées de main à la ronde.

Quand cette cérémonie fut terminée, nous nous occupâmes immédiatement de réparer les dommages que le scalpel avait fait éprouver au sujet. Nous recousîmes la blessure de sa tempe, nous bandâmes son pied, et nous lui appliquâmes un pouce carré de taffetas noir sur le bout du nez.

On remarqua alors que le comte – tel était, à ce qu'il paraît, le titre d'Allamistakeo, – éprouvait quelques légers frissons, – à cause du climat, sans aucun doute. Le docteur alla immédiatement à sa garde-robe, et revint bientôt avec un habit noir, de la meilleure coupe de Jennings, un pantalon de tartan bleu de ciel à sous-pieds, une chemise rose de guingamp, un gilet de brocart à revers, un paletot-sac blanc, une canne à bec de corbin, un chapeau sans bords, des bottes en cuir breveté, des gants de chevreau couleur paille, un lorgnon, une paire de favoris et une cravate cascade. La différence de taille entre le comte et le docteur, – la proportion étant comme deux à un, – fut cause que nous eûmes quelque peu de mal à ajuster ces habillements à la personne de l'Égyptien ; mais, quand tout fut arrangé, au moins pouvait-il dire qu'il était bien mis. M. Gliddon lui donna donc le bras et le conduisit vers un bon fauteuil, en face du feu ; pendant ce temps-là, le docteur sonnait et demandait le vin et les cigares.

La conversation s'anima bientôt. On exprima, cela va sans dire, une grande curiosité relativement au fait quelque peu singulier d'Allamistakeo resté vivant.

– J'aurais pensé, – dit M. Buckingham, – qu'il y avait déjà beau temps que vous étiez mort.

– Comment ! – répliqua le comte très étonné, – je n'ai guère plus de sept cents ans ! Mon père en a vécu mille, et il ne radotait pas le moins du monde quand il est mort.

Il s'ensuivit une série étourdissante de questions et de calculs par lesquels on découvrit que l'antiquité de la momie avait été très grossièrement estimée. Il y avait cinq mille cinquante ans et quelques mois qu'elle avait été déposée dans les catacombes d'Eleithias.

– Mais ma remarque, – reprit M. Buckingham, – n'avait pas trait à votre âge à l'époque de votre ensevelissement (je ne demande pas mieux que d'accorder que vous êtes encore un jeune homme), et j'entendais parler de l'immensité de temps pendant lequel, d'après votre propre explication, vous êtes resté confit dans l'asphalte.

– Dans quoi ? – dit le comte.

– Dans l'asphalte, – persista M. Buckingham.

– Ah ! oui ; j'ai comme une idée vague de ce que

vous voulez dire ; – en effet cela pourrait réussir, – mais de mon temps nous n'employions guère autre chose que le bichlorure de mercure.

– Mais ce qu'il nous est particulièrement impossible de comprendre, – dit le docteur Ponnonner, – c'est comment il se fait qu'étant mort et ayant été enseveli en Égypte, il y a cinq mille ans, vous soyez aujourd'hui parfaitement vivant, et avec un air de santé admirable.

– Si à cette époque j'étais *mort*, comme vous dites, – répliqua le comte, – il est plus que probable que mort je serais resté ; car je m'aperçois que vous en êtes encore à l'enfance du galvanisme, et que vous ne pouvez pas accomplir par cet agent ce qui dans le vieux temps était chez nous chose vulgaire. Mais le fait est que j'étais tombé en catalepsie, et que mes meilleurs amis jugèrent que j'étais mort, ou que je devais être mort ; c'est pourquoi ils m'embaumèrent tout de suite. – Je présume que vous connaissez le principe capital de l'embaumement ?

– Mais, pas le moins du monde.

– Ah ! je conçois ; – déplorable condition de l'ignorance ! Je ne puis donc pour le moment entrer dans aucun détail à ce sujet ; mais il est indispensable que je vous explique qu'en Égypte embaumer, à proprement parler, était suspendre indéfiniment toutes les fonctions animales soumises au procédé. Je me sers du terme *animal* dans son sens le plus large, comme impliquant l'être moral et vital aussi bien que l'être physique. Je répète que le premier principe de l'embaumement consistait, chez nous, à arrêter immédiatement et à tenir perpétuellement en suspens toutes les fonctions animales soumises au procédé. Enfin, pour être bref, dans quelque état que se trouvât l'individu à l'époque de l'embaumement, il restait dans cet état. Maintenant, comme j'ai le bonheur d'être du sang du Scarabée, je fus embaumé vivant, tel que vous me voyez présentement.

– Le sang du Scarabée ! – s'écria le docteur Ponnonner.

– Oui. Le Scarabée était l'emblème, les armes d'une famille patricienne très distinguée et peu nombreuse. Être du sang du Scarabée, c'est simplement être de la famille dont le Scarabée est l'emblème. Je parle figurativement.

– Mais qu'a cela de commun avec le fait de votre existence actuelle ?

– Eh bien, c'était la coutume générale en Égypte, avant d'embaumer un cadavre, de lui enlever les intestins et la cervelle ; la race des Scarabées seule n'était pas sujette à cette coutume. Si donc je n'avais pas été un Scarabée, j'eusse été privé de mes boyaux et de ma cervelle, et sans ces deux viscères vivre n'est pas chose commode.

– Je comprends cela, – dit M. Buckingham, et je présume que toutes les momies qui nous parviennent *entières* sont de la race des Scarabées.

– Sans aucun doute.

– Je croyais, – dit M. Gliddon très timidement, – que le Scarabée était un des Dieux Égyptiens.

– Un des *quoi* Égyptiens ! – s'écria la momie, sautant sur ses pieds.

– Un des Dieux, – répéta le voyageur.

– Monsieur Gliddon, je suis réellement étonné de vous entendre parler de la sorte, – dit le comte en se rasseyant. – Aucune nation sur la face de la terre n'a jamais reconnu plus d'*un* Dieu. Le Scarabée, l'Ibis, etc., étaient pour nous (ce que d'autres créatures ont été pour d'autres nations) les symboles, les intermédiaires par lesquels nous offrions le culte au Créateur, trop auguste pour être approché directement.

Ici il se fit une pause. A la longue, l'entretien fut repris par le docteur Ponnonner.

– Il n'est donc pas improbable, d'après vos explications, – dit-il, – qu'il puisse exister dans les catacombes qui sont près du Nil d'autres momies de la race du Scarabée dans de semblables conditions de vitalité ?

– Cela ne peut pas faire l'objet d'une question, – répliqua le comte ; – tous les Scarabées qui par accident ont été embaumés vivants sont vivants. Quelques-uns même de ceux qui ont été ainsi embaumés *à dessein* peuvent avoir été oubliés par leurs exécuteurs testamentaires et sont encore dans leurs tombes.

– Seriez-vous assez bon, – dis-je, – pour expliquer ce que vous entendez par : *embaumés ainsi à dessein ?*

– Avec le plus grand plaisir, – répliqua la momie, après m'avoir considéré à loisir à travers son lorgnon ; car c'était la première fois que je me hasardais à lui adresser directement une question.

– Avec le plus grand plaisir, – dit-elle. – La durée ordinaire de la vie humaine, de mon temps, était de huit cents ans environ. Peu d'hommes mouraient, sauf par suite d'accidents très extraordinaires, avant l'âge de six cents ; très peu vivaient plus de dix siècles ; mais huit siècles étaient considérés comme le terme naturel. Après la découverte du principe de l'embaumement, tel que je vous l'ai expliqué, il vint à l'esprit de nos philosophes qu'on pourrait satisfaire une louable curiosité, et en même temps servir considérablement les intérêts de la science, en morcelant la durée moyenne et en vivant cette vie naturelle par acomptes. Relativement à la science historique, l'expérience a démontré qu'il y avait quelque chose à faire dans ce sens, quelque chose d'indispensable. Un historien, par exemple, ayant atteint l'âge de cinq cents ans, écrivait un livre avec le plus grand soin ; puis il se faisait soigneusement embaumer, laissant commission à ses exécuteurs testamentaires *pro tempore* de le ressusciter après un certain laps de temps, – mettons cinq ou six cents ans. Rentrant dans la vie à l'expiration de cette époque, il trouvait invariablement son grand ouvrage converti en une espèce de cahier de notes accumulées au hasard, – c'est-à-dire en une sorte d'arène littéraire ouverte aux conjectures contradictoires, aux énigmes et aux chamailleries personnelles de toutes les bandes de commentateurs exaspérés. Ces conjectures, ces énigmes qui passaient sous le nom d'annotations ou corrections, avaient si complètement enveloppé, torturé, écrasé le texte, que l'auteur était réduit à fureter partout dans ce fouillis avec une lanterne pour découvrir son propre livre. Mais une fois retrouvé, ce pauvre livre ne valait jamais les peines que l'auteur avait prises pour le ravoir. Après l'avoir récrit d'un bout à l'autre, il restait encore une besogne pour l'historien, un devoir impérieux : c'était de corriger, d'après sa science et son expérience personnelles, les traditions du jour concernant l'époque dans laquelle il avait primitivement vécu. Or, ce procédé de recomposition et de rectification personnelle, poursuivi de temps à autre par différents sages, avait pour résultat d'empêcher notre histoire de dégénérer en une pure fable.

– Je vous demande pardon, – dit alors le docteur Ponnonner, posant doucement sa main sur le bras de l'Égyptien, – je vous demande pardon, monsieur, mais puis-je me permettre de vous interrompre pour un moment ?

– Parfaitement, *monsieur,* – répliqua le comte en s'écartant un peu.

– Je désirais simplement vous faire une question, – dit le docteur. – Vous avez parlé de corrections personnelles de l'auteur relativement aux traditions qui concernaient son époque. En moyenne, monsieur, je vous prie, dans quelle proportion la vérité se trouvait-elle généralement mêlée à ce grimoire ?

– On trouva généralement que ce grimoire, – pour me servir de votre excellente définition, monsieur, – était exactement au pair avec les faits rapportés dans l'histoire elle-même non récrite, – c'est-à-dire qu'on ne vit jamais dans aucune circonstance un simple iota de l'un ou de l'autre qui ne fût absolument et radicalement faux.

– Mais, puisqu'il est parfaitement clair, – reprit le docteur, – que cinq mille ans au moins se sont écoulés depuis votre enterrement, je tiens pour sûr que vos annales à cette époque, sinon vos traditions, étaient suffisamment explicites sur un sujet d'un intérêt universel, la Création ; qui eut lieu, comme vous le savez sans doute, seulement dix siècles auparavant, ou peu s'en faut.

– Monsieur ! – fit le comte Allamistakeo.

Le docteur répéta son observation, mais ce ne fut qu'après mainte explication additionnelle qu'il parvint à se faire comprendre de l'étranger. A la fin, celui-ci dit, non sans hésitation :

– Les idées que vous soulevez sont, je le confesse, entièrement nouvelles pour moi. De mon temps, je n'ai jamais connu personne qui eût été frappé d'une si singulière idée, que l'univers (ou ce monde, si vous l'aimez mieux), pouvait avoir eu un commencement. Je me rappelle qu'une fois, mais rien qu'une fois, un homme de grande science me parla d'une tradition vague concernant l'origine de la race humaine ; et cet homme se servait comme vous du mot *Adam*, ou *terre rouge.* Mais il l'employait dans un sens générique, comme ayant trait à la germination spontanée par le limon, – juste comme un millier d'animalcules, – à la germination spontanée, dis-je, de cinq vastes hordes d'hommes, poussant simultanément dans cinq parties distinctes du globe, presque égales entre elles.

Ici, la société haussa généralement les épaules, et une ou deux personnes se touchèrent le front avec un air très significatif. M. Silk Buckingham, jetant un léger coup d'œil d'abord sur l'occiput, puis sur le sinciput d'Allamistakeo, prit ainsi la parole :

– La longévité humaine dans votre temps, unie à cette pratique fréquente que vous nous avez expliquée, consistant à vivre sa vie par acomptes, aurait dû, en vérité, contribuer puissamment au développement général et à l'accumulation des connaissances. Je présume donc que nous devons attribuer l'infériorité marquée des anciens Égyptiens dans toutes les parties de la science, quand on les compare avec les modernes et plus spécialement avec les Yankees, uniquement à l'épaisseur plus considérable du crâne égyptien.

– Je confesse de nouveau, – répliqua le comte, avec une parfaite urbanité, – que je suis quelque peu en peine de vous comprendre ; dites-moi, je vous prie, de quelles parties de la science voulez-vous parler ?

Ici, toute la compagnie, d'une voix unanime, cita les affirmations de la phrénologie et les merveilles du magnétisme animal.

Nous ayant écoutés jusqu'au bout, le comte se mit à raconter quelques anecdotes qui nous prouvèrent clairement que les prototypes de Gall et de Spurzheim avaient fleuri et dépéri en Égypte, mais dans une époque si ancienne qu'on en avait presque perdu le souvenir, – et que les procédés de Mesmer étaient des tours misérables en comparaison des miracles positifs opérés par les savants de Thèbes qui créaient des poux et une foule d'autres êtres semblables.

Je demandais alors au comte si ses compatriotes étaient capables de calculer les éclipses. Il sourit avec une nuance de dédain et m'affirma que oui.

Ceci me troubla un peu ; cependant, je commençais à lui faire d'autres questions relativement à leurs connaissances astronomiques, quand quelqu'un de la société, qui n'avait pas encore ouvert la bouche, me souffla à l'oreille que, si j'avais besoin de renseignements sur ce chapitre, je ferais mieux de consulter un certain monsieur Ptolémée aussi bien qu'un nommé Plutarque, à l'article *De facie lunœ.*

Je questionnai alors la momie sur les verres ardents et lenticulaires, et généralement sur la fabrication du verre ; mais je n'avais pas encore fini mes questions que le camarade silencieux me poussait doucement par le coude, et me priait, pour l'amour de Dieu, de jeter un coup d'œil sur Diodore de Sicile. Quant au comte, il me demanda simplement, en manière de réplique, si, nous autres modernes, nous possédions des microscopes qui nous permissent de graver des onyx avec la perfection des Égyptiens. Pendant que je cherchais la réponse à faire à cette question, le petit docteur Ponnonner s'aventura dans une voie très extraordinaire.

– Voyez notre architecture ! – s'écria-t-il, à la grande indignation des deux voyageurs qui le pinçaient jusqu'au bleu, mais sans réussir à le faire taire.

– Allez voir, – criait-il avec enthousiasme, – la fontaine du Jeu de boule à New York ! ou, si c'est une trop écrasante contemplation, regardez un instant le Capitole à Washington, D. C. !

Et le bon petit homme médical alla jusqu'à détailler minutieusement les proportions du bâtiment en question. Il expliqua que le portique seul n'était pas orné de moins de vingt-quatre colonnes, de cinq pieds de diamètre, et situées à dix pieds de distance l'une de l'autre.

Le comte dit qu'il regrettait de ne pouvoir se rappeler pour le moment la dimension précise d'aucune des principales constructions de la cité d'Aznac, dont les fondations plongeaient dans la nuit du temps, mais dont les ruines étaient encore debout, à l'époque de son enterrement, dans une vaste plaine de sable à l'ouest de Thèbes. Il se souvenait néanmoins, à propos de portiques, qu'il y en avait un, appliqué à un palais secondaire, dans une espèce de faubourg appelé Carnac, et formé de cent quarante-quatre colonnes de trente-sept pieds de circonférence chacune, et distantes de vingt-cinq pieds l'une de l'autre. On arrivait du Nil à ce portique par une avenue de deux milles de long, formée par des sphinx, des statues, des obélisques de vingt, de soixante et de cent pieds de haut. Le palais lui-même, autant qu'il pouvait se rappeler, avait, dans un sens seulement, deux milles de long, et pouvait bien avoir en tout sept milles de circuit. Ses murs étaient richement décorés en dedans et en dehors de peintures hiéroglyphiques. Il ne prétendait pas *affirmer* qu'on aurait pu bâtir entre ses murs cinquante ou soixante des Capitoles du docteur ; mais il ne lui était pas démontré que deux ou trois cents n'eussent pas pu y être empilés sans trop d'embarras. Ce palais de Carnac était une insignifiante petite bâtisse, après tout. Le comte néanmoins ne pouvait pas, en stricte conscience, se refuser à reconnaître le style ingénieux, la magnificence et la supériorité de la fontaine du Jeu de boule, telle que le docteur l'avait décrite. Rien de semblable, il était forcé de l'avouer, n'avait jamais été vu en Égypte ni ailleurs.

Je demandai alors au comte ce qu'il pensait de nos chemins de fer.

– Rien de particulier, – dit-il. – Ils sont un peu faibles, assez mal conçus et grossièrement assemblés. Ils ne peuvent donc pas être comparés aux vastes chaussées à rainures de fer, horizontales et directes, sur lesquelles les Égyptiens transportaient des temples entiers et des obélisques massifs de cent cinquante pieds de haut.

Je lui parlai de nos gigantesques forces mécaniques. Il convint que nous savions faire quelque chose dans ce genre, mais il me demanda comment nous nous y serions pris pour dresser les impostes sur les linteaux du plus petit palais de Carnac.

Je jugeai à propos de ne pas entendre cette question, et je lui demandai s'il avait quelque idée des puits artésiens ; mais il releva simplement les sourcils, pendant que M. Gliddon me faisait un clignement d'yeux très prononcé, et me disait à voix basse que les ingénieurs chargés de forer le terrain pour trouver de l'eau dans la Grande Oasis en avaient découvert un tout récemment.

Alors, je citai nos aciers ; mais l'étranger leva le nez, et me demanda si notre acier aurait jamais pu exécuter les sculptures si vives et si nettes qui décorent les obélisques, et qui avaient été entièrement exécutées avec des outils de cuivre.

Cela nous déconcerta si fort que nous jugeâmes à propos de faire une diversion sur la métaphysique. Nous envoyâmes chercher un exemplaire d'un ouvrage qui s'appelle le *Dial*, et nous en lûmes un chapitre ou deux sur un sujet qui n'est pas très clair, mais que les gens de Boston définissent ; le Grand Mouvement ou Progrès.

Le comte dit simplement que de son temps les grands mouvements étaient choses terriblement communes, et que, quant au Progrès, il fut à une certaine époque une vraie calamité, mais ne progressa jamais.

Nous parlâmes alors de la grande beauté et de l'importance de la Démocratie, et nous eûmes beaucoup de peine à bien faire comprendre au comte la nature positive des avantages dont nous jouissions en vivant dans un pays où le suffrage était *ad libitum*, et où il n'y avait pas de roi.

Il nous écouta avec un intérêt marqué, et en somme il parut réellement s'amuser. Quand nous eûmes fini, il nous dit qu'il s'était passé là-bas, il y avait déjà bien longtemps, quelque chose de tout à fait semblable.

Treize provinces égyptiennes résolurent tout d'un coup d'être libres, et de donner ainsi un magnifique exemple au reste de l'humanité. Elles rassemblèrent leurs sages, et brassèrent la plus ingénieuse constitution qu'il est possible d'imaginer. Pendant quelque temps, tout alla le mieux du monde ; seulement il y avait là des habitudes de blague qui étaient quelque chose de prodigieux. La chose néanmoins finit ainsi : les treize États, avec quelque chose comme quinze ou vingt autres, se consolidèrent dans le plus odieux et le plus insupportable despotisme dont on ait jamais ouï parler sur la face du globe.

Je demandai quel était le nom du tyran usurpateur.

Autant que le comte pouvait se le rappeler, ce tyran se nommait : *La Canaille.*

Ne sachant que dire à cela, j'élevai la voix, et je déplorai l'ignorance des Égyptiens relativement à la vapeur.

Le comte me regarda avec beaucoup d'étonnement, mais ne répondit rien. Le gentleman silencieux me donna toutefois un violent coup de coude dans les côtes, – me dit que je m'étais suffisamment compromis pour une fois, – et me demanda si j'étais réellement assez innocent pour ignorer que la machine à vapeur moderne descendait de l'invention de Héro en passant par Salomon de Caus.

Nous étions pour lors en grand danger d'être battus ; mais notre bonne étoile fit que le docteur Ponnonner s'étant rallié accourut à notre secours, et demanda si la nation égyptienne prétendait sérieusement rivaliser avec les modernes dans l'article de la toilette, si important et si compliqué.

A ce mot, le comte jeta un regard sur les sous-pieds

de son pantalon ; puis, prenant par le bout une des basques de son habit, il l'examina curieusement pendant quelques minutes. A la fin, il la laissa retomber, et sa bouche s'étendit graduellement d'une oreille à l'autre ; mais je ne me rappelle pas qu'il ait dit quoi que ce soit en manière de réplique.

Là-dessus, nous recouvrâmes nos esprits, et le docteur, s'approchant de la momie d'un air plein de dignité, la pria de dire avec candeur, sur son honneur de gentleman, si les Égyptiens avaient compris, à une époque quelconque, la fabrication soit des pastilles de Ponnonner, soit des pilules de Brandreth.

Nous attendions la réponse dans une profonde anxiété, – mais bien inutilement. Cette réponse n'arrivait pas. L'Égyptien rougit et baissa la tête. Jamais triomphe ne fut plus complet ; jamais défaite ne fut supportée de plus mauvaise grâce. Je ne pouvais vraiment pas endurer le spectacle de l'humiliation de la pauvre momie. Je pris mon chapeau, je la saluai avec un certain embarras, et je pris congé.

En rentrant chez moi, je m'aperçus qu'il était quatre heures passées, et je me mis immédiatement au lit. Il est maintenant dix heures du matin. Je suis levé depuis sept, et j'écris ces notes pour l'instruction de ma famille et de l'humanité. Quant à la première, je ne la verrai plus. Ma femme est une mégère. La vérité est que cette vie et généralement tout le dix-neuvième siècle me donnent des nausées. Je suis convaincu que tout va de travers. En outre, je suis anxieux de savoir qui sera élu Président en 2045. C'est pourquoi, une fois rasé et mon café avalé, je vais tomber chez Ponnonner, et je me fais embaumer pour une couple de siècles.

Ombre

Traduit par Charles Baudelaire

*En vérité, quoique je marche à travers la vallée de l'*Ombre...

Psaumes de David.

Vous qui me lisez, vous êtes encore parmi les vivants ; mais moi qui écris, je serai depuis longtemps parti pour la région des ombres. Car, en vérité, d'étranges choses arriveront, bien des choses secrètes seront révélées, et bien des siècles passeront avant que ces notes soient vues par les hommes. Et quand ils les auront vues, les uns ne croiront pas, les autres douteront, et bien peu d'entre eux trouveront matière à méditation dans les caractères que je grave sur ces tablettes avec un stylus de fer.

L'année avait été une année de terreur, pleine de sentiments plus intenses que la terreur, pour lesquels il n'y a pas de nom sur la terre. Car beaucoup de prodiges et de signes avaient eu lieu, et de tous côtés, sur la terre et sur la mer, les ailes noires de la Peste s'étaient largement déployées. Ceux-là néanmoins qui étaient savants dans les étoiles n'ignoraient pas que les cieux avaient un aspect de malheur ; et pour moi, entre autres, le Grec Oinos, il était évident que nous touchions au retour de cette sept-cent-quatre-vingt-quatorzième année, où, à l'entrée du Bélier, la planète Jupiter fait sa conjonction avec le rouge anneau du terrible Saturne. L'esprit particulier des cieux, si je ne me trompe grandement, manifestait sa puissance non seulement sur le globe physique de la terre, mais aussi sur les âmes, les pensées et les méditations de l'humanité.

Une nuit, nous étions sept, au fond d'un noble palais, dans une sombre cité appelée Ptolémaïs, assis autour de quelques flacons d'un vin pourpre de Chios. Et notre chambre n'avait pas d'autre entrée qu'une haute porte d'airain ; et la porte avait été façonnée par l'artisan Corinnos, et elle était d'une rare main-d'œuvre, et fermait en dedans. Pareillement, de noires draperies, protégeant cette chambre mélancolique, nous épargnaient l'aspect de la lune, des étoiles lugubres et des rues dépeuplées ; – mais le pressentiment et le souvenir du Fléau n'avaient pas pu être exclus aussi facilement. Il y avait autour de nous, auprès de nous, des choses dont je ne puis rendre distinctement compte, – des choses matérielles et spirituelles, – une pesanteur dans l'atmosphère, – une sensation d'étouffement, une angoisse, – et, par-dessus tout, ce terrible mode de l'existence que subissent les gens nerveux, quand les sens sont cruellement vivants et éveillés, et les facultés de l'esprit assoupies et mornes. Un poids mortel nous écrasait. Il s'étendait sur nos membres, – sur l'ameublement de la salle, – sur les verres dans lesquels nous buvions ; et toutes choses semblaient opprimées et prostrées dans cet accablement, – tout, excepté les flammes des sept lampes de fer qui éclairaient notre orgie. S'allongeant en minces filets de lumière, elles restaient toutes ainsi, et brûlaient pâles et immobiles ; et dans la table ronde d'ébène autour de laquelle nous étions assis, et que leur éclat transformait en miroir, chacun des convives contemplait la pâleur de sa propre figure et l'éclair inquiet des yeux mornes de ses camarades. Cependant nous poussions nos rires, et nous étions gais à notre façon, – une façon hystérique ; et nous chantions les chansons d'Anacréon, – qui ne sont que folie ; et nous buvions largement –, quoique la pourpre du vin nous rappelât la pourpre du sang. Car il y avait dans la chambre un huitième personnage, – le jeune Zoïlus. Mort, étendu tout de son long et enseveli, il était le génie et le démon de la scène. Hélas ! il n'avait point sa part de notre divertissement, sauf que sa figure, convulsée par le mal, et ses yeux, dans lesquels la Mort n'avait éteint qu'à moitié le feu de la peste, semblaient prendre à notre joie autant d'intérêt que les morts sont capables d'en prendre à la joie de ceux qui doivent mourir. Mais, bien que moi, Oinos, je sentisse les yeux du défunt fixés sur moi, cependant je m'efforçais de ne pas comprendre l'amertume de leur expression, et, regardant opiniâtrement dans les profondeurs du miroir d'ébène, je chantais d'une voix haute et sonore les chansons du poète de Téos. Mais graduellement mon chant cessa, et les échos, roulant au loin parmi les noires draperies de la chambre, devinrent faibles, indistincts, et s'évanouirent. Et voilà que du fond de ces draperies noires où allait mourir le bruit de la chanson s'éleva une ombre, sombre, indéfinie, – une ombre semblable à celle que la lune, quand elle est basse dans le ciel, peut dessiner d'après le corps d'un homme ; mais ce n'était l'ombre ni d'un homme, ni d'un Dieu, ni d'aucun être connu. Et frissonnant un instant parmi les draperies, elle resta enfin, visible et droite, sur la surface de la porte d'airain. Mais l'ombre était vague, sans forme, indéfinie ; ce n'était l'ombre ni d'un homme, ni d'un Dieu, – ni d'un Dieu de Grèce, ni d'un Dieu de Chaldée, ni d'aucun Dieu égyptien. Et l'ombre reposait sur la grande porte de bronze et sous la corniche cintrée, et elle ne bougeait pas, et elle ne prononçait pas une parole, mais elle se fixait de plus en plus, et elle resta immobile. Et la porte sur laquelle l'ombre reposait était, si je m'en souviens bien, tout contre les pieds du jeune Zoïlus enseveli. Mais nous, les sept compagnons, ayant vu l'ombre, comme elle sortait des draperies, nous n'osions pas la contempler fixement ; mais nous baissions les yeux, et nous regardions toujours dans les profondeurs du miroir d'ébène. Et, à la longue, moi, Oinos, je me hasardai à prononcer quelques mots à voix basse, et je demandai à l'ombre sa demeure et son nom. Et l'ombre répondit :

– Je suis OMBRE, et ma demeure est à côté des Catacombes de Ptolémaïs, et tout près de ces sombres plaines infernales qui enserrent l'impur canal de Charon !

Et alors, tous les sept, nous nous dressâmes d'horreur sur nos sièges, et nous nous tenions tremblants, frissonnants, effarés ; car le timbre de la voix de l'ombre n'était pas le timbre d'un seul individu, mais d'une multitude d'êtres ; et cette voix, variant ses inflexions de syllabe en syllabe, tombait confusément dans nos oreilles en imitant les accents connus et familiers de mille et mille amis disparus !

DU MÊME AUTEUR

Aux Éditions Gallimard

LE MASQUE DE LA MORT ROUGE (Folio Science-Fiction n° 98)

LES AVENTURES D'ARTHUR GORDON PYM (Folio classique n° 658)

HISTOIRES EXTRAORDINAIRES (Folio classique n° 310)

NOUVELLES HISTOIRES EXTRAORDINAIRES (Folio classique n° 801)

HISTOIRES GROTESQUES ET SÉRIEUSES (Folio classique n° 1040)

NE PARIEZ JAMAIS VOTRE TÊTE AU DIABLE (Folio classique n° 2048)

MYSTIFICATION ET AUTRES CONTES / MYSTIFICATION AND OTHER TALES (Folio bilingue n° 24)

DOUBLE ASSASSINAT DANS LA RUE MORGUE / THE MURDERS IN THE RUE MORGUE (Folio bilingue n° 55)

COLLECTION FOLIO

Dernières parutions

3566	Philippe Sollers	*Passion fixe.*
3567	Balzac	*Ferragus 1833.*
3568	Marc Villard	*Un jour je serai latin lover.*
3569	Marc Villard	*J'aurais voulu être un type bien.*
3570	Alessandro Baricco	*Soie.*
3571	Alessandro Baricco	*City.*
3572	Ray Bradbury	*Train de nuit pour Babylone.*
3573	Jerome Charyn	*L'homme de Montezuma.*
3574	Philippe Djian	*Vers chez les blancs.*
3575	Timothy Findley	*Le chasseur de têtes.*
3576	René Fregni	*Elle danse dans le noir.*
3577	François Nourissier	*À défaut de génie.*
3578	Boris Schreiber	*L'excavatrice.*
3579	Denis Tillinac	*Les masques de l'éphémère.*
3580	Frank Waters	*L'homme qui a tué le cerf.*
3581	Anonyme	*Sindbâd de la mer et autres contes.*
3582	François Gantheret	*Libido omnibus.*
3583	Ernest Hemingway	*La vérité à la lumière de l'aube.*
3584	Régis Jauffret	*Fragments de la vie des gens.*
3585	Thierry Jonquet	*La vie de ma mère !*
3586	Molly Keane	*L'amour sans larmes.*
3587	Andrei Makine	*Requiem pour l'Est.*
3588	Richard Millet	*Lauve le pur.*
3589	Gina B. Nahai	*Roxane.*
3590	Pier Paolo Pasolini	*Les anges distraits.*
3591	Pier Paolo Pasolini	*L'odeur de l'Inde.*
3592	Sempé	*Marcellin Caillou.*
3593	Bruno Tessarech	*Les grandes personnes.*
3594	Jacques Tournier	*Le dernier des Mozart.*
3595	Roger Wallet	*Portraits d'automne.*
3596	Collectif	*Le nouveau testament.*
3597	Raphaël Confiant	*L'archet du colonel.*

3598 Remo Forlani	*Emile à l'hôtel.*
3599 Chris Offutt	*Le fleuve et l'enfant.*
3600 Parc Petit	*Le Troisième Faust.*
3601 Roland topor	*Portrait en pied de Suzanne.*
3602 Roger Vaillant	*La fête.*
3603 Roger Vaillant	*La truite.*
3604 Julian Barnes	*England,England.*
3605 Rabah Belamri	*Regard blessé.*
3606 François Bizot	*Le portail.*
3607 Olivier Bleys	*Pastel.*
3608 Larry Brown	*Père et fils.*
3609 Albert Camus	*Réflexions sur la peine capitale.*
3610 Jean-Marie Colombani	*Les infortunes de la République.*
3611 Maurice G. Dantec	*Le théâtre des opérations.*
3612 Michael Frayn	*Tête baissée.*
3613 Adrian C. Louis	*Colères sioux.*
3614 Dominique Noguez	*Les Martagons.*
3615 Jérome Tonnerre	*Le petit voisin.*
3616 Victor Hugo	*L'Homme qui rit.*
3617 Frédéric Boyer	*Une fée.*
3618 Aragon	*Le collaborateur.*
3619 Tonino Benaquista	*La boîte noire.*
3620 Ruth Rendell	*L'Arbousier.*
3621 Truman Capote	*Cercueils sur mesure.*
3622 Francis Scott Fitzgerald	*La sorcière rousse.*
3623 Jean Giono	*Arcadie...Arcadie.*
3624 Henry James	*Daisy Miller.*
3625 Franz Kafka	*Lettre au père.*
3626 Joseph Kessel	*Makhno et sa juive.*
3627 Lao She	*Histoire de ma vie.*
3628 Ian McEwan	*Psychopolis et autres nouvelles.*
3629 Yukio Mishima	*Dojoji et autres nouvelles.*
3630 Philip Roth	*L'habit ne fait pas le moine .*
3631 Leonardo Sciascia	*Mort de L'Inquisiteur.*
3632 Didier Daeninckx	*Leurre de vérité et autres nouvelles.*
3633. Muriel Barbery	*Une gourmandise*
3634. Alessandro Baricco	*Novecento : pianiste*
3635. Philippe Beaussant	*Le Roi-Soleil se lève aussi*
3636. Bernard Comment	*Le colloque des bustes*
3637. Régine Detambel	*Graveurs d'enfance*

3638. Alain Finkielkraut — *Une voix vient de l'autre rive*
3639. Patrice Lemire — *Pas de charentaises pour Eddy Cochran*
3640. Harry Mulisch — *La découverte du ciel*
3641. Boualem Sansal — *L'enfant fou de l'arbre creux*
3642. J.B. Pontalis — *Fenêtres*
3643. Abdourahman A. Waberi — *Balbala*
3644. Alexandre Dumas — *Le Collier de la reine*
3645. Victor Hugo — *Notre-Dame de Paris*
3646. Hector Bianciotti — *Comme la trace de l'oiseau dans l'air*
3647. Henri Bosco — *Un rameau de la nuit*
3648. Tracy Chevalier — *La jeune fille à la perle*
3649. Rich Cohen — *Yiddish Connection*
3650. Yves Courrière — *Jacques Prévert*
3651. Joël Egloff — *Les Ensoleillés*
3652. René Frégni — *On ne s'endort jamais seul*
3653. Jérôme Garcin — *Barbara, claire de nuit*
3654. Jacques Lacarrière — *La légende d'Alexandre*
3655. Susan Minot — *Crépuscule*
3656. Erik Orsenna — *Portrait d'un homme heureux*
3657. Manuel Rivas — *Le crayon du charpentier*
3658. Diderot — *Les deux amis de Bourbonne*
3659. Stendhal — *Lucien Leuwen*
3660. Alessandro Baricco — *Constellations*
3661. Pierre Charras — *Comédien*
3663. Gérard de Cortanze — *Hemingway à Cuba*
3664. Gérard de Cortanze — *J. M. G. Le Clézio*
3665. Laurence Cossé — *Le Mobilier national*
3666. Olivier Frébourg — *Maupassant, le clandestin*
3667. J.M.G. Le Clézio — *Cœur brûle* et autres romances
3668. Jean Meckert — *Les coups*
3669. Marie Nimier — *La nouvelle pornographie*
3670. Isaac B. Singer — *Ombres sur l'Hudson*
3671. Guy Goffette — *Elle, par bonheur, et toujours nue*
3672. Victor Hugo — *Théâtre en liberté*
3673. Pascale Lismonde — *Les arts à l'école. Le plan de Jack Lang et Catherine Tasca*
3674. Collectif — *« Il y aura une fois ». Une anthologie du Surréalisme*

Composition I.G.S.
Impression Société Nouvelle Firmin-Didot
à Mesnil-sur-l'Estrée, le 19 avril 2002.
Dépôt légal : avril 2002.
Numéro d'imprimeur : 59527.

ISBN 2-07-042347-6/Imprimé en France.

10886